Conflits, amour et préjudices

Du même auteur
aux Éditions J'ai lu

COMME TON OMBRE
N° 9600

À Jackson

REMERCIEMENTS

J'aimerais remercier Susan Crawford, mon agent littéraire, pour ce merveilleux voyage, et pour toutes ses recommandations et son enthousiasme. Je voudrais également exprimer mon éternelle gratitude à Dick Sheperd, pour avoir repéré une juriste de Chicago qui disait avoir une excellente idée de comédie romantique.

Je tiens à remercier Wendy McCurdy, mon incroyable éditrice, et toute l'équipe de Berkley, y compris Allison Brandau, Kathryn Tumen, Crissie Johnson et Emma Stockton.

Un remerciement tout particulier à Chris Ernst, mon conseiller technique de golf ; à Brian Kavanaugh, expert en recours collectif mais aussi incroyable webdesigner ; et à Darren pour m'avoir inspiré l'idée qui se cache derrière ce roman.

Je suis reconnaissante à ma famille pour tout son amour et son soutien, et j'ai l'immense chance d'avoir un groupe d'amies qui n'en finissent pas de m'inspirer – ce sont les femmes les plus brillantes, les plus drôles que je connaisse.

Enfin, je tiens à exprimer du plus profond de mon être ma gratitude à Brian, mon mari, pour son soutien inébranlable et pour m'avoir fait don du nouveau héros de ma vie, Jackson, mon adorable fils.

Le manque général de politesse
n'est-il pas l'essence même de l'amour ?

JANE AUSTEN, *Orgueil et préjugés*, II, 2

1

À 5 h 30, le réveil retentit.

Tirée brusquement du sommeil, Payton Kendall chercha la machine à tâtons sur la table de chevet pour arrêter le bip infernal. Confortablement enfouie sous sa couette en plumes d'oie, elle resta étendue sans bouger, s'accordant encore quelques secondes de répit, les premières et les dernières de la journée. Puis, prenant soudain conscience d'une chose, elle jaillit du lit comme un diable sort de sa boîte.

Aujourd'hui, c'était le grand jour.

Payton avait mûri un plan pour ce matin-là et avait réglé son réveil une demi-heure plus tôt que d'habitude. Car, après l'avoir minutieusement épié, elle en avait déduit qu'*il* franchissait les portes du bureau tous les jours à 7 heures pétantes. Il aimait arriver le premier au travail. Ce matin-là, toutefois, elle serait déjà sur les lieux quand il ferait son entrée. Elle l'attendrait de pied ferme.

Elle avait tout prévu : elle ferait comme si de rien n'était. Elle serait tranquillement installée à son bureau et, quand elle l'entendrait approcher, elle irait récupérer un papier à l'imprimante, comme par hasard. « Bonjour », lancerait-elle avec un sourire. Et, sans qu'elle ait besoin d'en dire plus, il saurait exactement ce que cachait ce sourire.

Il porterait sans doute un des costumes sur mesure qui composaient sa garde-robe. « Cet homme a l'art et la manière de porter un costume », avait un jour commenté une secrétaire devant la machine à café de la salle du personnel, au cinquante-troisième étage. Payton, qui avait surpris la conversation, avait failli ajouter une remarque, mais elle avait tenu sa langue, de crainte de révéler les sentiments qu'elle avait tant de mal à garder secrets.

Résolue à mener son plan à bien, elle se livra à sa routine matinale en toute hâte. Ce devait être tellement plus simple d'être un homme, songeait-elle. Pas de maquillage à appliquer, pas de cheveux à lisser, pas de jambes à raser. Du reste, pas besoin de s'asseoir pour faire pipi. Une simple douche, un coup de rasoir, et hop ! En deux coups de cuillère à pot, ils étaient prêts pour le boulot. En même temps, *lui* prenait sûrement plus soin de son apparence que ses congénères. Ce côté négligé calculé, ces cheveux un peu en bataille devaient demander un certain temps de préparation. Et d'après ce qu'elle avait pu observer, il ne portait jamais deux fois dans le mois le même ensemble chemise-cravate.

Bien entendu, Payton aussi prenait soin de son apparence. Un expert en jury qui l'avait assistée sur un cas particulièrement compliqué – un procès pour discrimination sexuelle – lui avait un jour appris que les jurés, hommes ou femmes, réagissaient de manière plus favorable quand l'avocate était séduisante. Si, pour Payton, ce constat était tristement sexiste, elle ne pouvait que s'incliner devant cette réalité. C'était donc devenu un principe pour elle de toujours se montrer sous son meilleur jour au travail. D'ailleurs, elle aurait préféré mourir plutôt que d'apparaître négligée devant *lui*.

Le trajet en métro jusqu'au bureau se fit dans le calme. À cette heure matinale, les passagers étaient encore peu nombreux. Tandis que, longeant la rivière Chicago, Payton remontait les trois blocs d'immeubles qui séparaient la station de métro du cabinet d'avocats, la ville s'éveillait tout juste. Le soleil naissant se reflétait sur l'eau de la rivière, qui rougeoyait d'une douce lueur chatoyante. En traversant le hall de l'immeuble, Payton sourit intérieurement. Elle était d'excellente humeur.

Son excitation crût à mesure que l'ascenseur montait vers le cinquante-troisième étage. Son étage à elle. Et à *lui*. Les portes s'ouvrirent sur un couloir sombre. Les secrétaires n'arriveraient pas avant deux bonnes heures. Tant mieux. Si tout se déroulait comme prévu, elle pourrait s'entretenir librement avec lui sans craindre qu'on surprenne leur conversation.

Payton s'engagea dans le couloir d'un pas assuré, sa sacoche se balançant à son bras. Pour gagner son bureau, elle devait passer devant *le sien*, situé un peu plus près de l'ascenseur. Cela faisait huit ans qu'ils s'étaient installés dans leurs bureaux respectifs, de part et d'autre du couloir. Elle visualisait parfaitement les lettres sur la plaque fixée sur *sa* porte : J. D. Jameson. Seigneur, rien qu'à l'évocation de ce nom, son sang ne faisait qu'un tour.

Elle tourna au coin du couloir, souriant de plaisir à la pensée de la tête qu'il ferait quand...

Elle s'arrêta net.

La lumière était allumée dans le bureau de J. D.

Mais... comment ? C'était impossible. Elle s'était levée ridiculement tôt pour arriver la première. Et son plan, alors ? Le petit tour nonchalant à l'imprimante, la manière dont elle était censée lui décocher un sourire entendu tout en lui lançant : « Bonjour, J. D. » ?

Derrière elle, une voix grave de baryton la fit sursauter :

— Bonjour, Payton.

Le pouls de la jeune femme s'emballa. Rien à faire, cette voix avait toujours le même effet sur elle. Elle pivota vers lui.

J. D. Jameson.

Payton l'examina des pieds à la tête. Chemise (il avait déjà ôté sa veste), pantalon à rayures fines à la coupe ultra-classique, teint hâlé (sans doute le résultat d'un week-end passé à jouer au tennis ou au golf) et cheveux châtain clair à la coiffure parfaitement étudiée, à la fois désinvolte mais pas trop. J. D. dans toute sa splendeur. Il lui décocha un sourire éclatant de vedette de cinéma, tout en s'appuyant nonchalamment contre le meuble derrière lui.

— J'ai dit : « Bonjour », répéta-t-il.

Alors, Payton fit ce qu'elle faisait toujours quand elle croisait J. D. Jameson.

Elle se renfrogna.

Ce crétin s'était débrouillé pour arriver avant elle au travail. Une fois encore.

— Bonjour, J. D., rétorqua-t-elle sur le ton sarcastique qu'elle lui réservait.

Il regarda sa montre pour vérifier l'heure de son arrivée, avant de jeter un coup d'œil dans le couloir, à droite et à gauche, en exagérant le geste.

— Dis-moi, j'ai raté le chariot déjeuner ? Il est déjà midi ?

Dieu qu'elle détestait cet homme !

« Il est très rare que j'arrive à midi », faillit-elle répliquer, mais elle se mordit la langue. Non. Elle n'allait pas s'abaisser à son niveau.

— Si tu passais moins de temps à guetter mes allées et venues, J. D., et un peu plus à te concentrer sur ton boulot, peut-être que tu n'aurais pas besoin de travailler quinze heures pour en facturer dix.

Elle constata avec satisfaction que sa pique avait effacé le petit sourire supérieur du visage de Jameson.

Touché. Affichant un air calme et posé, elle pivota sur ses talons pour rejoindre son bureau, de l'autre côté du couloir.

C'était tellement stupide de la part de J. D. de lui témoigner une telle animosité ! Ce type gaspillait beaucoup trop d'énergie à l'épier. Une situation qui durait depuis… eh bien, depuis aussi longtemps qu'elle s'en souvînt. Dieu merci, elle était au-dessus de ces mesquineries absurdes.

Une fois dans son bureau, elle referma la porte, posa sa sacoche sur la table et s'installa dans le fauteuil en cuir défraîchi. Combien d'heures avait-elle passées assise là ? Combien de soirées à faire des heures supplémentaires ? Combien de week-ends sacrifiés ? Tout cela pour prouver au cabinet qu'elle méritait qu'on la nomme associée – que c'était *elle* la meilleure employée de sa catégorie.

Par la paroi vitrée, elle avait vue sur le bureau de J. D. Installé devant son écran, il s'était déjà remis au travail, comme si ses affaires ne pouvaient pas attendre.

Payton sortit son ordinateur portable de sa sacoche et l'alluma. Après tout, elle avait du pain sur la planche, elle aussi.

Première chose : comment diable allait-elle réussir à se réveiller à 4 h 30 le lendemain ?

2

— Vous avez battu votre propre record, à ce que je vois.

Payton leva le nez de son écran et vit Irma qui pénétrait dans son bureau en agitant dans les airs les feuilles d'heures que Payton lui avait transmises plus tôt dans la matinée.

— Ça me déprime de rentrer toutes ces heures dans le système, continua la secrétaire d'un ton exaspéré. Franchement, il faudrait vraiment qu'on m'affecte auprès d'un autre avocat. Un dont les feuilles d'heures hebdomadaires sont moins longues qu'*Anna Karenine*.

Payton haussa les sourcils, tout en prenant la liasse que sa secrétaire lui tendait.

— *Anna Karenine ?* Laissez-moi deviner… une nouvelle recommandation d'Oprah ?

Irma lui lança un regard d'avertissement : elle s'aventurait en terrain miné.

— Vous vous moquez ?

— Non, jamais de la vie, assura Payton en retenant un sourire. C'est certainement un livre merveilleux.

Quatre fois par an au moins, Irma se rendait en pèlerinage dans le quartier de West Loop pour assister en direct à l'émission de Sa Sainteté Oprah Winfrey. Tout ce que la papesse du talk-show recommandait était pour Irma parole d'Évangile ; elle suivait ses préceptes à la lettre. Devant elle, personne n'était autorisé à critiquer ouvertement Oprah.

Irma s'installa sur une chaise en face de Payton, pendant que cette dernière signait les feuilles d'heures.

— Ça vous plairait sûrement. C'est l'histoire d'une femme qui est en avance sur son temps.

— En effet, ça m'a l'air intéressant, répondit Payton d'une voix distraite, tout en parcourant les données entrées par sa secrétaire.

— Mais elle tombe amoureuse du mauvais homme, reprit Irma.

— Ça fait un peu cliché, vous ne trouvez pas ? Et on prétend que ce Tolstoï est un écrivain ? fit-elle en griffonnant sa signature sur la dernière page, avant de tendre celle-ci à sa secrétaire.

— « Ce Tolstoï », comme vous dites, en connaît un rayon sur les relations amoureuses. Ça ne vous ferait pas de mal de le lire.

Payton feignit de ne pas avoir entendu. Cela faisait des années qu'elle travaillait avec Irma. Au fil du temps, elles avaient tissé des rapports détendus et familiers, et Payton avait appris que la meilleure manière de prendre les commentaires peu subtils de sa secrétaire concernant sa vie privée était simplement de les ignorer.

— Vous avez devant vous la preuve que je n'ai pas assez de temps pour moi, dit Payton en indiquant les feuilles d'heures. Tant que je n'aurai pas bouclé ce procès, Tolstoï devra patienter, j'en ai peur. Si Oprah Winfrey pouvait m'indiquer à la place un livre sur la production de documents d'entreprise au tribunal, ça m'intéresserait davantage.

Comme Irma lui lançait un regard réprobateur, Payton leva les mains avec candeur.

— Simple remarque, précisa-t-elle.

— Voilà ce que je vous propose, dit Irma. Je vous mets *Anna Karenine* de côté. Parce que, à la fin du mois, je pense que vous aurez mérité de faire une petite pause, ajouta-t-elle avec un clin d'œil.

Payton fixa de nouveau son écran d'ordinateur. Bien qu'Irma ait tenté à plusieurs reprises de mettre le sujet sur le tapis, elle n'aimait pas en parler ouvertement. Elle craignait que ça ne lui porte la poisse. Aussi éluda-t-elle la remarque, tout en feignant l'indifférence.

— Ah bon ? Parce qu'il y a un événement particulier ce mois-ci ? Je ne suis pas au courant.

Irma poussa un grognement.

— Allons, ça fait seulement huit ans que la date est enregistrée dans votre agenda électronique.

— Je ne vois vraiment pas de quoi vous voulez parler. Et arrêtez de fouiller dans mon agenda.

Irma se leva pour prendre congé.

— Bon, bon. Je sais que c'est un sujet sensible, dit-elle en se dirigeant vers la porte. Au fait, j'ai failli oublier, ajouta-t-elle en se retournant. La secrétaire de Mr. Gould a appelé. Il voudrait vous voir dans son bureau à 13 h 30.

Payton jeta un coup d'œil à son planning pour vérifier si elle était libre.

— Très bien. Dites-lui que j'y serai.

Elle commençait à rentrer le rendez-vous dans son agenda électronique quand sa secrétaire, sur le pas de la porte, reprit :

— Euh… Payton, une dernière chose.

— Oui ? répondit la jeune femme en levant un œil distrait.

Irma lui sourit d'un air réconfortant.

— Vous allez l'avoir, votre promotion. Vous l'avez bien méritée. Alors, arrêtez de vous mettre la pression.

Payton lui rendit son sourire malgré elle.

— Merci, Irma.

Une fois seule, elle laissa vagabonder ses pensées, les yeux rivés sur le calendrier posé sur le bureau.

Plus que quatre semaines. Le cabinet devait annoncer le nom des nouveaux associés à la fin du mois, et elle pensait avoir toutes les chances d'en faire partie. C'était pour cela qu'elle avait travaillé d'arrache-pied, accumulant les heures sans jamais renâcler à la tâche. Elle était enfin dans la dernière ligne droite. La banderole d'arrivée se profilait déjà à l'horizon.

L'espace d'un dixième de seconde, elle céda à l'excitation, sentant son pouls s'accélérer. Hors de question toutefois de vendre la peau de l'ours avant de l'avoir tué. Aussi, après avoir respiré un grand coup, se remit-elle au boulot.

Peu avant 13 h 30, Payton rassembla ses notes et son classeur pour son rendez-vous avec Ben. Elle ne savait pas exactement pourquoi il voulait la voir, mais il s'agissait sûrement de faire un point sur le procès de la semaine suivante. En tant que directeur du département contentieux du cabinet, Ben chapeautait l'ensemble des dossiers présentés au tribunal, y compris ceux qu'il ne plaidait pas lui-même.

Comme avant chaque entrevue avec son supérieur, Payton se sentait légèrement nerveuse. Avec Ben, elle ne savait jamais sur quel pied danser. Même s'il n'avait jamais manifesté la moindre désapprobation quant à son travail – bien au contraire, chaque année, elle recevait de lui la meilleure évaluation possible –, elle sentait parfois s'immiscer entre eux une sorte de malaise, une drôle de sensation qu'elle ne parvenait pas à définir mais qui resurgissait de temps à autre. Il était versatile avec elle : tantôt sympa, tantôt un peu... rigide, collet monté. Au début, elle s'était dit que ça faisait partie de son tempérament, mais à d'autres occasions, elle l'avait entendu plaisanter avec des collègues. Tous des hommes. C'est alors qu'elle avait commencé à soupçonner Ben d'être légèrement misogyne sur les bords, bien qu'il ne manquât jamais de professionnalisme. Rien d'étonnant à cela, malheureusement. Les cabinets d'avocats avaient parfois un côté vieux jeu, et dans ce milieu, il arrivait que les femmes juristes se heurtent à une sorte de coalition masculine.

Mais Ben était son supérieur, et à ce titre, il jouait un rôle clé dans son avenir. Aussi était-elle résolue à briser la glace entre eux. D'ailleurs, elle se considérait comme quelqu'un de plutôt avenant, et à une exception près (mais dans le fond, est-ce qu'*il* comptait vraiment ?), elle se targuait de bien s'entendre avec tous ses collègues.

Elle attrapa un stylo et un bloc-notes qu'elle fourra dans son classeur, puis elle sortit dans le couloir et passa devant la table de travail d'Irma, qui se trouvait juste devant son bureau. Tout en se tournant vers sa secrétaire pour lui signaler qu'elle s'absentait, elle faillit bousculer quelqu'un qui arrivait en sens inverse.

— Oh, je suis désolée ! s'exclama Payton, faisant un pas de côté pour éviter la collision.

Elle leva des yeux contrits… et vit J. D.

Un soupir d'exaspération lui échappa. Jusque-là, sa journée s'était si bien déroulée !

Puis elle se rappela qu'ils n'étaient pas seuls. Un coup d'œil en direction d'Irma, et elle afficha aussitôt son sourire le plus charmeur.

— Tiens, J. D., bonjour. Comment ça va ? demanda-t-elle.

À son tour, J. D. remarqua la secrétaire. Aussi rodé que Payton à ce petit jeu-là, il répondit à son enthousiasme apparent avec une expression tout aussi affable.

— Comme c'est gentil à toi de me le demander, Payton, répondit-il d'un ton chaleureux, tout en baissant les yeux vers elle. Je vais très bien, merci. Et toi ?

Comme toujours, Payton fut irritée de voir à quel point J. D. était grand. Elle détestait devoir lever le regard vers lui, comme pour l'admirer. Ce qui devait sans doute ravir son collègue.

— Bien, merci, répondit-elle. Je vais voir Ben, ajouta-t-elle.

Elle parvint sans peine à conserver un sourire aimable. Meryl Streep avait peut-être remporté plusieurs oscars, mais Payton était sûre qu'elle l'aurait battue dans la catégorie : « Je feins d'apprécier mon crétin de collègue. »

À cette nouvelle, J. D. plissa légèrement les yeux, mais il continua quand même à jouer le jeu.

— Quelle agréable surprise… Je me dirigeais moi-même vers son bureau, ajouta-t-il, comme si c'était la meilleure nouvelle de la matinée. Après toi, fit-il avec un geste de courtoisie.

Après un hochement de tête, Payton pivota et se dirigea vers le couloir du fond, au coin duquel se trouvait le bureau de Ben. J. D. se déplaçait à grandes enjambées, sans effort, tandis que Payton, à côté de lui, devait presque trottiner pour rester à sa hauteur, faisant deux pas chaque fois qu'il en faisait un – non qu'elle lui donnât l'occasion de s'en rendre compte, bien sûr.

Quelques instants plus tard, J. D. regarda tout autour de lui pour s'assurer qu'il n'y avait plus aucun témoin. Une fois certain qu'ils étaient à l'abri des oreilles et des regards indiscrets, il croisa les bras sur sa poitrine d'un air que Payton trouvait infiniment hautain.

— Dis donc, je suis tombé sur ton nom dans le *Chicago Lawyer*, fit-il en guise d'entrée en matière.

Payton sourit, sachant pertinemment qu'il allait trouver une ou deux remarques à faire sur le sujet. En réalité, elle était ravie qu'il ait lu l'article publié dans le numéro de ce mois-ci. Elle avait été tentée de lui faire parvenir un exemplaire du magazine par le courrier interne de la veille, mais s'était dit ensuite que ce serait encore mieux s'il le découvrait par ses propres moyens.

— « Quarante personnes de moins de quarante ans pleines d'avenir », dit-elle, faisant référence au titre de l'article dans lequel son nom avait été cité.

— « Quarante *femmes* de moins de quarante ans pleines d'avenir », rectifia J. D. en soulignant le deuxième terme. Dis-moi, Payton, comment expliques-tu que la gent féminine mette un point d'honneur à séparer les genres ? La peur de la compétition avec l'autre sexe, peut-être ?

Tout en rejetant sa chevelure en arrière, Payton tenta de retenir un éclat de rire. Peur de la compétition avec les hommes ? Quelle bonne blague !

— Si les femmes hésitent à entrer en compétition avec les hommes, J. D., c'est uniquement parce qu'elles craignent de s'abaisser à leur niveau, rétorqua-t-elle posément.

Ils étaient arrivés devant le bureau de Ben. J. D. s'appuya nonchalamment contre la porte, croisant les bras sur son torse. Pour avoir côtoyé son collègue pendant huit ans, Payton connaissait bien ce geste – c'était le signe que J. D. s'apprêtait à se lancer dans une de ses tirades pleines de condescendance. Allez, quatre-vingt-quinze contre un qu'il allait débuter avec une de ses questions rhétoriques pompeuses à laquelle il ne la laisserait pas répondre.

— Permets-moi de te poser une question... commença-t-il.

Bingo.

— Que penserait-on si le magazine publiait un article intitulé « Quarante hommes de moins de quarante ans pleins d'avenir » ? Toi et tes petites amies féministes, vous crieriez à la discrimination, ajouta-t-il, répondant à sa propre question. Cet article est donc un cas flagrant de discrimination. C.Q.F.D.

Sur ce, J. D. ouvrit la porte et l'invita à entrer d'un geste. En passant devant lui, Payton vit que Ben n'était pas encore dans son bureau. Elle prit un siège. Lorsque J. D. s'installa dans celui d'à côté, elle se tourna vers lui et déclara d'un air imperturbable :

— C'est pour le moins intéressant : voilà un homme, diplômé de l'université de Princeton et de la faculté de droit de Harvard, qui se pavane en costume Armani et a le toupet de se prétendre victime de discrimination.

J. D. ouvrit la bouche, prêt à monter au créneau, mais Payton l'en empêcha en brandissant un doigt – l'index, pas le majeur. C'était une femme distinguée, tout de même.

— Sans oublier, reprit-elle, que vous autres hommes avez vos chasses gardées. Dont plusieurs dans ce cabinet d'avocats, d'ailleurs, plus connues sous le nom de comité exécutif, de comité de direction, de comité de rémunération. Et je ne parle pas du club de golf du groupe, de l'équipe de basket...

— Tu voudrais faire partie de l'équipe de basket ? coupa J. D., une lueur amusée dans le regard.

— C'est seulement un exemple, riposta Payton, sur la défensive, en se calant au fond de sa chaise.

— Un exemple de quoi ?

Au son de cette voix, Payton se redressa brusquement sur son siège. Elle jeta un regard par-dessus son épaule tandis que Ben Gould, directeur du département contentieux du cabinet, pénétrait d'un pas assuré dans la pièce et allait s'asseoir à son bureau. Ce faisant, il interrogea Payton du regard, un regard noir et pénétrant. Elle s'agita sur sa chaise, mal à l'aise. Mais avant même qu'elle ait pu s'exprimer, J. D. prit la parole.

— Oh, ce n'est rien, fit-il avec un geste négligent de la main. Nous disions simplement que le jugement rendu par la Cour suprême dans l'affaire Ledder contre l'État d'Arkansas était l'exemple même de la répugnance de la Cour à s'immiscer dans les droits des États.

Payton lui coula un regard en coin.

Rusé, le crétin.

En même temps, ce mensonge promptement élaboré n'était pas si mauvais.

Le salaud.

Ben accueillit cette réponse avec un éclat de rire tout en jetant un œil aux messages laissés par sa secrétaire sur son bureau.

— Vous deux, vous ne vous arrêtez jamais.

Payton se retint de rouler les yeux. Il ne croyait pas si bien dire.

Profitant de ce que Ben était momentanément occupé, J. D. se pencha en avant sur sa chaise. Il tira le revers de sa veste vers Payton et lui murmura :

— Au fait, ce n'est pas Armani. C'est Zegna.

Puis il lui fit un clin d'œil.

Payton leva les yeux au ciel, tentée de lui dire exactement où il pouvait se mettre son costume Zegna.

— Désolé de vous avoir convoqués tous les deux à la dernière minute, déclara Ben. Mais comme vous le savez peut-être déjà, un recours collectif vient d'être déposé contre la chaîne de drugstores Gibson pour discrimination sexuelle.

Payton avait effectivement entendu parler de cette plainte, déposée la veille au tribunal fédéral de Floride et dont les journaux nationaux, ainsi que MSNBC et CNN, s'étaient aussitôt fait l'écho.

— L'affaire a été confiée au juge Meyers du district sud de la Floride, dit-elle pour montrer qu'elle était à la pointe de l'information.

— La requête s'appuie sur l'article VII de la loi fédérale américaine [1]. Un million huit cent mille femmes employées par la société déclarent avoir été victimes de discrimination au moment de leur embauche, ainsi qu'en matière de salaire et de promotion, ajouta J. D. en jetant à Payton un regard en coin.

Lui aussi avait potassé.

Leur zèle fit sourire Ben. Il se renversa dans son fauteuil et fit tournoyer son stylo entre ses doigts.

— C'est le plus gros cas de recours collectif pour discrimination jamais intenté. Ce qui signifie un gros cachet pour le cabinet d'avocats qui défendra Gibson.

Payton vit une étincelle s'allumer dans les yeux de son chef.

— Et qui pourrait être l'heureux élu ?

Ben croisa les doigts et les fit tambouriner sur le dos de ses mains, tel un méchant dans un film de James Bond.

— Bonne question, Payton… Jasper Conroy, le P-DG de Gibson, n'a pas encore choisi le cabinet qui représentera les intérêts de sa société. Néanmoins, il a décidé de rencontrer trois des meilleurs cabinets du pays.

J. D. esquissa un sourire.

— Laissez-moi deviner : le nôtre en fait partie.

Ben acquiesça d'un hochement de tête, fier que son groupe d'avocats soit toujours classé parmi la fine fleur des juristes.

— Effectivement. J'ai reçu un appel de Jasper Conroy lui-même dans la matinée.

Il pointa J. D. et Payton du doigt.

— Et c'est là que vous entrez en jeu : Jasper a une idée très claire de l'équipe d'avocats qu'il veut mettre sur le coup. Il lui faut des visages frais pour représenter

1. Loi fédérale qui interdit le harcèlement et la discrimination au travail. (*N.d.T.*)

sa société, et non pas une bande de vieux croulants en costume comme moi, fit Ben en se gaussant de sa remarque, conscient qu'à quarante-neuf ans, il était plutôt jeune pour être à la tête du département contentieux d'un cabinet si prestigieux. Personnellement, je crois que Jasper essaie simplement d'éviter d'avoir à payer les honoraires des associés, ajouta-t-il.

En bons subalternes qu'ils étaient, Payton et J. D. rirent à la blague de leur patron.

— Bref, reprit Ben, j'ai dit à Jasper que ça tombait bien, parce que nous avions exactement ce qu'il recherchait dans notre cabinet. Deux jeunes collaborateurs seniors très futés et très expérimentés. Autrement dit, vous deux.

Sous le coup de la surprise, Payton mit quelques instants à comprendre ce que l'annonce de Ben impliquait. Son estomac se noua : cette conversation prenait un très mauvais tour.

À dire vrai, même sous serment lors d'un contre-interrogatoire – pire encore, même si Jack Bauer en personne avait déployé toutes les techniques d'interrogatoire dont disposait la cellule antiterroriste –, Payton aurait été incapable de dire précisément ce qui avait déclenché sa guerre avec J. D. Franchement, ça durait depuis si longtemps qu'elle avait l'impression que leurs relations avaient toujours été tendues.

Au moins s'étaient-ils mis d'accord tacitement pour ne jamais révéler aux autres leur animosité. Car tous deux désiraient plus que tout faire carrière et savaient que, comme à l'école, il n'était jamais bon dans un cabinet d'avocats d'obtenir un « peut mieux faire » dans la case « jouer avec les autres ».

Heureusement, en public, ils jouaient la comédie de l'amabilité à la perfection. Et puis, bien qu'ils fissent partie du même service, ils n'avaient pas collaboré sur un dossier depuis des lustres. Plusieurs raisons à cela : tout d'abord, au contentieux, on confiait généralement un dossier à une équipe composée d'un associé, d'un collaborateur senior et d'un ou de deux collaborateurs juniors. Étant collaborateurs seniors tous les deux, ils n'avaient aucune raison de se retrouver sur la même affaire. Ensuite et surtout, ils s'étaient spécialisés dans des domaines juridiques distincts. J. D. s'occupait des recours collectifs. Il gérait les gros dossiers impliquant de multiples plaignants et recouvrant plusieurs districts. Payton, quant à elle, s'occupait de droit social, et tout particulièrement des procès individuels pour discrimination sexuelle et raciale. Si ses dossiers à elle étaient beaucoup moins lucratifs en matière de dommages et intérêts, ils généraient une importante publicité pour le cabinet.

Jusque-là, coup de chance ou pur hasard, ils n'avaient que très rarement empiété sur l'espace de l'autre.

Jusqu'à ce matin-là, tout du moins.

Tandis que Ben continuait son bla-bla, Payton se garda bien d'ouvrir la bouche, soucieuse qu'elle était de masquer le sentiment d'appréhension qui l'envahissait. Elle jeta un regard furtif en direction de J. D. et vit qu'il s'agitait nerveusement sur sa chaise. Apparemment, la tournure qu'avait prise cette entrevue ne le réjouissait pas plus qu'elle.

— En conjuguant vos compétences, vous ferez merveille sur ce dossier, expliquait Ben. Jasper est impatient de vous rencontrer.

— C'est une merveilleuse nouvelle, Ben, fit Payton en tâchant de ne pas buter sur les mots.

— En effet, c'est... merveilleux, dit à son tour J. D., qui donnait l'impression d'avoir du mal à déglutir. Qu'attendez-vous de nous au juste ?

— Jasper, l'équipe de conseillers de Gibson, ainsi que quelques-uns des avocats de la société débarquent à Chicago ce jeudi, répliqua Ben. Arrangez-vous pour les convaincre de nous confier ce dossier, ajouta-t-il avec insistance, ponctuant chaque mot d'un petit coup sur le bureau. Vous vous sentez à la hauteur de la tâche ?

Payton et J. D. se lorgnèrent avec méfiance, partageant la même pensée : en seraient-ils vraiment capables ?

Conscients de l'enjeu, comprenant l'un et l'autre leur intérêt dans l'affaire, ils se tournèrent vers Ben et déclarèrent d'une même voix :

— Absolument.

Leur chef les gratifia d'un sourire. Ces deux jeunes représentaient l'avenir du cabinet. Il se carra dans son fauteuil et s'autorisa un accès de sentimentalisme, songeant probablement à la somme que l'affaire pouvait lui rapporter.

— Ah... huit années, fit-il. Huit années durant, je vous ai regardés vous métamorphoser en avocats d'exception. Voici l'occasion pour vous de travailler en équipe. Je suis impatient de vous voir à l'œuvre – vous allez former un sacré duo. Et ça tombe à pic, vu que bientôt, vous serez asso...

Il s'interrompit brusquement.

Suspendus qu'ils étaient à ses lèvres, J. D. et Payton s'avancèrent au bord de leur siège, si bien qu'ils faillirent en tomber.

Conscient d'en avoir trop dit, Ben esquissa un sourire réservé et changea de sujet.

— Bon, une chose à la fois. Pour le moment, vous devez vous concentrer sur l'argumentaire que vous allez tenir à notre client potentiel.

Ben en ayant manifestement fini, Payton se leva pour prendre congé. Au lieu de l'imiter, J. D. resta assis. Payton s'immobilisa, embarrassée.

— Vous vouliez nous dire autre chose, Ben ? demanda-t-elle.

Ce dernier secoua la tête.

— Non, ce sera tout, Payton. À présent, j'aimerais m'entretenir seul avec J. D., fit-il avec un hochement sec de la tête qui l'invitait à sortir.

Payton lui rendit son salut et quitta le bureau. Une fois dans le couloir, elle l'entendit s'écrier gaiement :

— Alors, Jameson, j'ai entendu dire que vous alliez jouer au golf à Butler ce week-end. Dites-moi, vous avez quel handicap en ce moment ?

Tandis qu'elle regagnait son bureau, Payton essaya de ne pas prendre à cœur le fait que J. D. avait toujours eu plus de facilité qu'elle à établir des liens avec leur patron. À ce jour, ses propres tentatives de créer une telle complicité s'étaient soldées par de misérables échecs. Le cinéma ? Il n'y allait jamais. La télévision ? Il lui avait un jour demandé si Seinfield [1] était « cet assistant enrobé qui traînait toujours près des distributeurs automatiques de nourriture ». Quand Payton avait éclaté de rire, croyant que son chef plaisantait, il lui avait décoché un regard si glacial qu'elle s'était tue aussitôt. Depuis ce jour, elle s'était juré de s'en tenir avec Ben à des échanges strictement juridiques.

Un point de plus pour Jameson, songea Payton en franchissant la porte de son bureau. De toute façon, il avait automatiquement l'avantage : elle les imaginait parfaitement, Ben et lui, en train de faire copain-copain, éclatant de ce rire gras de mâles, tout en s'échangeant les adresses des meilleurs garages pour faire réviser leur Porsche, Mercedes, Rolls-Royce ou toute autre voiture de luxe.

Non que J. D. et elle soient en compétition. Loin de là.

J. D. avait certes consacré les huit dernières années de sa vie au cabinet, de même que Payton (et c'était certainement leur seul point commun), mais cela ne changeait rien à la question. Elle méritait de devenir

1. Série télévisée américaine. (*N.d.T.*)

associée. Et si, au début, elle avait perçu J. D. comme une menace, son inquiétude s'était progressivement dissipée au fil des ans.

— Il n'y a pas de quotas, avait assuré Ben à maintes reprises lors des évaluations annuelles. Chaque employé est jugé sur son mérite personnel.

Et, d'après ce qu'elle avait observé, Ben disait vrai : chaque année, les employés les mieux classés de leur groupe passaient tous associés.

Par conséquent, à en juger par sa position, Payton avait toutes les chances de son côté. D'autant plus que J. D. et elle étaient les deux seuls avocats de leur promotion. D'après Laney, son amie qui avait intégré le cabinet une année après elle, la rumeur courait parmi les collaborateurs juniors que les autres membres de leur année, incapables de tenir le rythme et de rivaliser avec Payton et J. D., lesquels cumulaient un nombre d'heures de travail effarant, avaient pris leurs jambes à leur cou.

Voilà pourquoi il n'était pas question de compétition.

D'ailleurs, Payton aurait pris J. D. en grippe, quelle qu'ait été sa position au sein du cabinet. Ce type avait quelque chose de vraiment horripilant.

Une fois dans son bureau, elle s'installa devant son ordinateur et vit qu'elle avait reçu trente-deux e-mails durant la brève réunion avec Ben. Elle réprima une terrible envie de soupirer. Encore quatre semaines, se rappela-t-elle.

Passant en revue les e-mails, elle tomba sur un message du comité exécutif du cabinet. Intriguée, elle l'ouvrit et fut agréablement surprise par son contenu.

Afin d'honorer les engagements qu'il a pris envers le Comité de soutien des femmes au travail, notre cabinet est fier d'annoncer son intention d'augmenter de dix pour cent le nombre de femmes parmi ses associés d'ici à l'année prochaine.

Payton se cala au fond de son fauteuil, lisant et relisant l'e-mail. Il était grand temps que le cabinet agisse à ce niveau-là : il était notoire que le pourcentage de femmes qu'il employait était le plus bas de la ville.

Elle saisit le téléphone pour appeler Laney, qui, elle le savait, serait aussi excitée qu'elle par cette nouvelle. Mais tandis qu'elle composait le numéro, elle jeta un œil de l'autre côté du couloir et vit J. D. qui rentrait de son tête-à-tête de gros machos avec Ben. Elle raccrocha le combiné pour l'observer. Hors de question de rater ça.

J. D. s'installa à sa table. Tout comme Payton avant lui, il vérifia aussitôt ses e-mails. L'espace d'un instant, elle frémit d'anticipation...

Au moment où, selon toute vraisemblance, il tomba sur le message du comité exécutif, il écarquilla les yeux, porta la main à sa poitrine comme s'il était au bord de la crise cardiaque, décrocha promptement son téléphone et composa un numéro en toute hâte.

Pour appeler son ami Tyler, devina Payton. Si elle avait été joueuse, elle aurait parié que J. D. ne réagissait pas avec autant d'enthousiasme qu'elle à l'e-mail en faveur de la promotion des femmes au sein de l'entreprise.

Et un point pour Kendall, pensa Payton.

Non qu'ils soient en compétition. Loin de là.

3

— Quelle connerie !

J. D. frappa de toutes ses forces dans la balle de squash pour se défouler. Il était d'une humeur de chien depuis qu'il avait reçu l'e-mail grotesque du comité exécutif, plus tôt dans la journée.

— Dix pour cent de femmes en plus parmi les associés ! continua-t-il, hors de lui, essoufflé par l'exercice.

Ce soir, il avait la tête ailleurs. Alors que Tyler ne transpirait même pas, J. D., qui, en temps normal, était bien meilleur que son adversaire (du moins le disait-il lui-même en toute modestie), courait dans tous les sens sur le court pour garder le rythme.

Tyler n'eut aucun mal à réceptionner la balle que J. D. avait prise à la volée.

— Ce qui ne les amène qu'à vingt-huit pour cent de représentation, rétorqua Tyler.

— Tu te prends pour Gloria Steinem [1] ? explosa J. D., furieux que son ami suggère ne serait-ce qu'un argument en faveur du changement de politique annoncé par le cabinet. Le plafond de verre, cette frontière professionnelle invisible où les femmes stagnaient, n'existe

1. Féministe américaine. (*N.d.T.*)

plus depuis belle lurette, Tyler. Aujourd'hui, si les femmes ne progressent pas dans l'entreprise, c'est uniquement de leur fait.

— Ah, j'entends une fois encore retentir la voix de l'égalité, railla Tyler.

— Bien sûr que je suis pour l'égalité, riposta J. D. en écrasant la balle d'un nouveau smash.

En vérité, le calme avec lequel son ami prenait l'e-mail du comité exécutif le laissait perplexe. Après tout, Tyler travaillait lui aussi pour le cabinet et, même s'il n'était pas candidat au poste d'associé cette année, son tour ne tarderait pas à venir.

— D'ailleurs, tous les défenseurs de l'égalité devraient également s'opposer à cette nouvelle politique, poursuivit J. D. Nous sommes en plein cas de discrimination positive.

Tyler ignora la remarque.

— Le cabinet s'engage seulement à augmenter le pourcentage de femmes de dix pour cent. Quelle différence cela fait-il en substance ?

J. D. se ferma comme une huître. Il attrapa la balle, mettant brusquement un terme à leur partie. Puis, brandissant sa raquette en direction de Tyler, il déclara :

— Je vais te dire ce qui me dérange là-dedans.

Tyler posa sa raquette et s'appuya contre le mur.

— J'ai l'impression qu'il vaudrait mieux que je prenne mes aises.

J. D. ne releva pas l'ironie.

— Les dés sont pipés : nous ne nous battons pas à armes égales. Alors, peut-être que ça te convient, mais moi, ça me révolte. Tu sais très bien que, de nos jours, si un homme et une femme également qualifiés postulent pour le même poste, ledit poste reviendra automatiquement à la femme. C'est là que notre société politiquement correcte et socialement libérale part à la dérive. Les hommes doivent être deux fois plus compétitifs s'ils veulent rester dans la partie. Pour les femmes, en revanche, c'est du tout cuit. Tout ce qu'elles ont à faire, c'est être dans la course.

Tyler eut une moue sceptique.

— Tu es sérieux ?

— Absolument, répliqua J. D. Du moins en ce qui concerne le secteur juridique. C'est une histoire de chiffres. Dans un cabinet d'avocats, le pourcentage de femmes qui font carrière est si faible – et je répète que c'est par *choix* qu'elles ne progressent pas dans l'entreprise et quittent leur travail – que quand une femme relativement convenable se présente comme associée potentielle, c'est un jeu d'enfant pour elle. En revanche, pour des hommes comme toi et moi, tu crois que c'est aussi simple ?

Tyler ouvrit la bouche.

— Non, effectivement, répondit J. D. à sa place. Pourtant, personne aux ressources humaines n'aurait l'idée de faire pression sur le comité exécutif pour qu'on augmente le pourcentage d'hommes blancs au sein du cabinet. Au contraire, c'est à nous de nous débrouiller pour ne leur donner aucun prétexte de ne pas nous promouvoir.

Tyler leva les bras en signe de capitulation.

— Très bien. Calme-toi. Je sais que tu es très stressé en ce moment…

— Je dis simplement que nous devrions tous être jugés selon notre *mérite personnel*, et rien d'autre. Pas d'après des facteurs « positifs » tels que le sexe, l'origine ou la race…

— … avec la nomination imminente des associés. Tu as peur…

— … de manière que chacun ait sa chance… continua J. D. avant de s'interrompre, frappé par le dernier mot de Tyler. Attends une seconde, tu crois que j'ai *peur* de ne pas être promu ?

Tyler le jaugea du regard.

— Tu veux dire que tu ne flippes pas ?

— Tu insinues que j'ai des raisons de m'inquiéter ?

J. D. jeta des regards furtifs tout autour d'eux et baissa la voix.

— On t'a dit quelque chose ? murmura-t-il. Attends, laisse tomber, je ne veux pas savoir... Enfin, si, se ravisa-t-il, dis-moi... Qu'est-ce que tu sais ?

Tyler éclata de rire.

— Détends-toi, mon vieux. Je ne suis au courant de rien. Le comité exécutif n'a pas pour habitude de faire part de ses décisions à de simples collaborateurs en sixième année.

J. D. poussa un soupir de soulagement.

— Oui, évidemment, fit-il en affichant de nouveau un air nonchalant. À toi de servir, dit-il en lançant la balle à Tyler.

Pendant un moment, ils jouèrent sans échanger un mot. Seul résonnait sur le court le bruit des rebonds de la balle.

Ce fut J. D. qui finit par briser le silence.

— Pour information, je ne suis pas stressé, comme tu dis. Mais admettons – ce n'est qu'une hypothèse – que je sois effectivement un peu angoissé, ce serait tout à fait normal. Après tout, ça fait huit ans que je bosse pour le cabinet. C'est mon travail qui est en jeu, tu sais. C'est...

— ... la seule chose que tu aies jamais réussie sans l'aide de ton père, et tu ne veux pas tout ficher en l'air, intervint Tyler. Je connais la chanson.

J. D. arrêta net son mouvement. La balle fila devant son nez, ricocha sur le mur arrière, rebondit à plusieurs reprises à travers le court, puis roula par terre et finit par s'immobiliser.

Tyler adressa un sourire innocent à son ami, qui le fixait dans un silence glacial.

— Zut, ça fait partie de ces choses qu'on n'est pas censé dire à voix haute ?

J. D. ne répondit pas. Tyler était son meilleur ami, et, en tant que tel, il n'ignorait pas qu'il détestait parler de son père.

— Mais je croyais qu'on se comprenait, vois-tu, entre hommes blancs oppressés.

J. D. lui lança un regard noir.

— Très drôle. Rigole tant que tu le peux. On verra si, dans deux ans, tu auras toujours envie de rire quand ton tour viendra de passer associé et qu'on te jettera à la rue comme un malpropre en te souhaitant bon vent. À présent, si tu as fini de m'analyser, on pourrait peut-être reprendre la partie ? ajouta J. D. en indiquant le court.

— Bien entendu, répondit Tyler en s'inclinant aimablement.

Ils se remirent à jouer, silencieux, concentrés. J. D. commençait enfin à rentrer de nouveau dans le jeu quand Tyler mit sur le tapis un autre sujet déplaisant.

— Au fait, je t'ai vu passer dans le couloir avec Payton, cet après-midi, fit-il. Comme toujours, vous aviez l'air très copains.

J. D. plongea pour réceptionner la balle et la manqua de peu. Jurant dans sa barbe, il se releva et marcha de long en large pour garder son calme. Tyler cherchait encore à le titiller, mais J. D. n'avait pas l'intention de mordre à l'hameçon une seconde fois.

— On avait rendez-vous avec Ben, se contenta-t-il de répondre.

Il lança la balle. La partie continua, tout comme les railleries de Tyler, qui cherchait la petite bête.

— Alors... tu l'as félicitée pour l'article du *Chicago Lawyer* ?

J. D. sourit en repensant à la conversation qu'il avait eue avec Payton plus tôt dans la journée.

— Oui, c'est exactement ce que j'ai fait. À ma façon, évidemment.

— Tu devrais peut-être lui soumettre ton argument selon lequel, au travail, on privilégie les femmes par rapport aux hommes, le taquina Tyler. Elle aurait sûrement deux ou trois choses à répondre à ça.

J. D. ricana.

— Je t'en prie, comme si j'en avais quelque chose à faire, de ce que Payton peut bien avoir à dire. Et quelle serait sa réaction, d'après toi ? Elle balancerait ses cheveux en arrière avec colère ? dit-il en imitant le geste, rejetant une longue chevelure imaginaire derrière ses épaules d'un geste exagéré de la main. Laisse-moi te dire qu'un de ces jours, je vais l'attraper par les cheveux et…

Il s'interrompit et fit mine d'étrangler quelqu'un.

Sans perdre le rythme, il renvoya la balle à Tyler. Ils se concentrèrent de nouveau sur la partie, mais, au bout de quelques échanges, Tyler lança :

— La violence, ça fait partie de tes fantasmes sexuels ?

J. D. fit aussitôt volte-face.

— Mes fantasmes ?

Et il reçut la balle en plein visage. Il perdit l'équilibre, bascula en arrière et s'étala au beau milieu du court.

Tyler s'approcha de lui en faisant tournoyer sa raquette.

— C'est sympa. On devrait avoir ce genre de conversation plus souvent.

J. D. tendit le bras en avant, ramassa la balle sur le sol et la projeta sur Tyler.

Ce soir-là, J. D. rentra chez lui la joue en feu et l'ego pareillement blessé. Il n'en revenait toujours pas que

Tyler ait réussi à le distraire de la sorte, en le titillant au sujet de Payton. Mais qu'y pouvait-il ? Cette fille avait le chic pour faire ressortir son plus mauvais côté. Même quand il jouait au squash, apparemment.

Pourtant, Payton Kendall était le cadet de ses soucis. Il avait d'autres chats à fouetter. Il gara sa voiture dans le parking souterrain de l'immeuble de Gold Coast [1] où se trouvait son appartement. Il se sentait las. Usé jusqu'à la moelle. Comme si le poids des dix-neuf heures quotidiennes passées à bosser cette année-là s'abattait soudain sur ses épaules.

Tandis qu'il se dirigeait vers l'ascenseur du parking, J. D. appuya sur la télécommande une seconde fois pour s'assurer qu'il avait bien verrouillé sa voiture. Il avait conscience d'être maniaque, mais à sa place, n'importe qui l'aurait été, non ? Comme il l'avait dit un jour en plaisantant à Tyler, quand on avait la chance de se rendre au travail en Bentley, on en venait à souhaiter que le trajet soit plus long. Si Tyler avait ri à cette blague, son père en revanche s'était renfrogné quand J. D. lui avait sorti la même remarque. En fait, c'était à cause de cette voiture, une Bentley Continental GT gris métallisé, que s'était produite La Dispute, cette violente querelle survenue deux ans plus tôt entre J. D. et son père. Ce dernier, le très estimé juge Preston D. Jameson, avait une fois encore prétendu dire à son fils comment vivre sa vie.

— Tu dois vendre la voiture, avait-il déclaré, le lendemain même de l'enterrement du grand-père de J. D.

J. D. lui avait alors rappelé que c'était à lui que son grand-père, le très illustre entrepreneur Earl Jameson, avait légué l'automobile. Cette réplique n'avait pas plu au juge, qui n'était pas amateur de voitures et qui, du

1. Quartier huppé de Chicago. (*N.d.T.*)

reste, avait toujours vu d'un mauvais œil la relation privilégiée qu'entretenait J. D. avec son grand-père.

— Enfin, tu ne peux tout de même pas aller au travail en Bentley ! Crois-moi, les associés n'apprécieront pas de voir un collaborateur conduire une voiture de cent cinquante mille dollars ! avait alors lancé son père, qui connaissait le talon d'Achille de son fils, à savoir son désir de faire carrière au cabinet.

Mais, pour une fois (la première et la dernière à ce jour), J. D. n'avait pas privilégié son travail au détriment du reste. En outre, son père était loin de comprendre ce que la Bentley représentait à ses yeux.

J. D. avait esquissé un léger sourire, fatigué. Les jours qui avaient suivi le décès de son grand-père avaient été longs et pénibles.

— En réalité, père, cette voiture vaut cent quatre-vingt-dix mille dollars – n'oubliez pas les roues de sport en alliage léger chromé et l'intérieur verni. Et en fait si, je *peux* parfaitement aller au travail avec : il suffit que j'emprunte Lake Shore Drive en direction du sud et que je sorte à Washington Street.

Son père n'avait pas trouvé cela drôle.

— Tu te rends compte de ce que les gens vont penser ? avait-il tempêté. De quoi aurai-je l'air, moi, juge à la cour d'appel fédérale, si mon espèce d'enfant gâté de fils se balade dans une voiture de sport de play-boy ?

J. D. avait lutté pour contenir sa rage. Cette remarque ne méritait pas de réponse. D'accord, étant célibataire, il lui arrivait de sortir avec des filles, mais il n'avait rien d'un play-boy. En fait, il consacrait tellement de temps à son boulot qu'il lui en restait à peine suffisamment pour avoir un semblant de vie sociale. Le fond du problème, c'était la réputation de son père, pas la sienne. Eh bien, Preston D. Jameson n'aurait qu'à ajouter cela à la longue liste des déceptions que son rejeton lui avait causées : ne pas avoir été le rédacteur en chef du *Harvard Law Review*, ne pas s'être marié et, comble de l'horreur, avoir choisi de travailler pour Ripley & Davis, l'un des deux meilleurs cabinets de la ville et concurrent direct de celui dont son père avait été le principal associé avant qu'on le nomme à la cour d'appel.

Toutefois, la goutte d'eau qui avait fait déborder le vase, ç'avait été d'entendre son père le traiter d'enfant gâté. Certes, il venait d'une famille riche, très riche, mais il n'en avait pas moins travaillé comme un damné pour arriver là où il en était. Et jamais il n'avait accepté le moindre traitement de faveur lié à son nom de famille – d'où son refus de rejoindre l'ancien cabinet de son père.

En temps normal, J. D. aurait fermé les yeux sur l'attitude dédaigneuse de son père face à sa réussite, mais ce jour-là, avec l'émotion suscitée par l'enterrement, la pilule n'était pas passée. Alors, il avait dit des choses, élevant graduellement la voix, et son père à son tour avait dit des choses, tant et si bien qu'en pleine dispute, J. D. avait lâché qu'il n'accepterait plus un cent de ses fonds en fidéicommis. À partir de ce jour, il se débrouillerait tout seul, s'était-il juré.

Et il avait tenu parole.

D'accord, ce n'était pas financièrement impossible à réaliser. Au moment de l'incident, le cabinet l'employait depuis six ans déjà, et il touchait un salaire annuel de trois cent mille dollars minimum, bonus inclus. Une misère toutefois en comparaison de ce dont il aurait pu disposer. Mais, justement pour cette raison, J. D. était fier de lui.

Il était également fier d'avoir gardé la Bentley, non seulement en souvenir de son regretté grand-père, mais aussi parce qu'elle était le symbole de sa déclaration d'indépendance vis-à-vis de son père.

Et en plus, il avait une sacrée allure au volant de la voiture.

Dans l'ascenseur qui le menait à son appartement du quarante-quatrième étage (« Tu n'habites pas l'appartement avec terrasse du dernier étage ? » s'était exclamée sa mère, horrifiée, la première fois qu'elle était venue lui rendre visite), J. D. songea aux remarques de Tyler pendant la partie de squash : il aurait préféré mourir plutôt que de l'admettre, mais il se faisait un sang d'encre au sujet de sa carrière.

En même temps, son entrevue avec Ben avait pratiquement balayé les quelques doutes qui l'assaillaient depuis déjà plusieurs semaines quant à son avenir, songea-t-il en remontant le couloir jusqu'à la porte de son appartement puis en tournant la clé dans la serrure. Pendant la réunion, Ben avait failli cracher le morceau, à savoir que Payton et lui seraient bientôt associés, ce qui n'avait pas échappé à J. D. À Payton non plus, d'ailleurs. Il avait soudain vu dans ses yeux bleu marine briller une petite étincelle.

La même étincelle qui avait dû apparaître dans son regard à la lecture de l'e-mail du comité exécutif. Il jeta sa serviette et son sac de gym sur le canapé du salon, face à l'immense baie vitrée donnant sur le célèbre Magnificent Mile de Michigan Avenue et, au-delà, sur la gigantesque étendue bleue du lac Michigan (« Au moins, la vue n'est pas mal », avait concédé sa mère avec dédain).

L'e-mail du comité exécutif avait illuminé la journée de Payton, J. D. n'en doutait pas. Cette fille était futée : jamais elle n'avait directement joué la carte du sexe face aux associés, mais elle n'avait pas manqué une seule occasion de souligner qu'elle était une femme : ainsi dans l'article « Quarante *femmes* de moins de quarante ans pleines d'avenir ». S'il avait été le premier à en parler, c'était uniquement pour lui couper l'herbe sous le pied et l'empêcher de le narguer.

Non qu'ils soient en compétition.

On aurait cité maître Payton Kendall dans une dizaine d'articles que ça ne lui aurait fait ni chaud ni froid. Cette féministe pouvait mener les associés par le bout du nez si ça lui chantait, cela lui était égal. Car J. D. était un avocat brillant, et il le savait. Or, une fois qu'il serait devenu associé (et même si elle aussi le devenait) et qu'il gérerait lui-même ses dossiers, il s'arrangerait pour ne plus jamais avoir à collaborer avec Payton.

À présent, il s'agissait juste de régler le dossier de la chaîne de drugstores Gibson...

J. D. prit une douche rapide. Il était tard, et il commençait tôt le lendemain. L'autre jour, Payton avait presque réussi à arriver avant lui au bureau. Hors de question qu'elle y parvienne.

Non qu'ils soient en compétition. Loin de là.

4

Pour la seconde fois, Payton relut le planning de la rencontre avec la direction de la société Gibson. Ça commençait à lui courir sérieusement sur le haricot.

Submergée de travail, elle avait passé la semaine à bosser sur son argumentaire pour Gibson ainsi que sur un procès pour harcèlement sexuel qui devait débuter le mercredi suivant, et elle n'en voyait pas le bout. Aussi J. D. n'avait-il pas choisi le meilleur moment lorsqu'il était venu la trouver dans son bureau, la veille, pour discuter du restaurant où ils emmèneraient Jasper Conroy et son équipe. Elle s'était pris le bec toute la matinée avec l'avocat de la partie adverse à propos d'éléments ajoutés à la dernière minute à la liste des pièces à conviction. Alors, quand elle avait aperçu J. D. dans l'encadrement de sa porte juste après avoir raccroché le téléphone, elle s'était dit que les choses allaient encore empirer. Mais en fait, dans un de ses rares instants de prévenance, J. D. venait simplement lui proposer de lui ôter une épine du pied en se chargeant lui-même du planning.

Et quand le téléphone s'était remis à sonner et qu'elle avait vu s'afficher le numéro désormais familier de l'avocat de la partie adverse, qui revenait à la charge pour la cent trente-septième fois consécutive, elle avait décidé, une fois n'est pas coutume, d'accepter la proposition de J. D.

Grossière erreur de sa part.

Saisissant la feuille où figurait l'emploi du temps, Payton leva les yeux vers sa secrétaire.

— C'est le bon planning, vous en êtes sûre ? demanda-t-elle, saisie d'un mélange de frustration et d'appréhension.

Irma hocha la tête.

— La secrétaire de J. D. vient tout juste de le déposer.

— D'accord. Merci, Irma.

Payton fit semblant de reprendre un texte qu'elle tapait à l'ordinateur et attendit que sa secrétaire ait regagné son poste de travail. Quelques instants plus tard, elle se leva et traversa le couloir pour se rendre dans le bureau de J. D.

Quand elle frappa à la porte, il leva la tête.

— Tu as une minute ? demanda Payton d'un ton affable – on ne savait jamais, quelqu'un pouvait être en train de les observer.

— Pour toi, Payton, j'ai tout le temps du monde. En quoi puis-je t'aider ?

Payton referma la porte. Ils cessèrent aussitôt leur petite comédie.

Elle brandit le programme d'un air accusateur.

— Tu m'as dit que nous dînions avec les dirigeants de Gibson demain soir.

J. D. se renversa dans son fauteuil et désigna d'un geste le planning.

— Et comme tu peux le voir sur la feuille, c'est effectivement le cas.

— Mais tu as aussi prévu de jouer au golf avec eux demain après-midi. Pourquoi n'ai-je pas été invitée ?

— Tu joues au golf ?

— Non, mais tu n'étais pas censé le savoir.

J. D. esquissa un sourire.

— En fait si, je le savais. Je t'ai entendue le dire à Ben l'été dernier.

Stupéfaite, Payton serra les poings, cherchant une repartie, une insulte quelconque, n'importe laquelle. Quelques secondes s'écoulèrent avant qu'elle ouvre la bouche, et…

Rien.

J. D. eut un sourire triomphant.

— Tu sais quoi ? Réfléchis-y tranquillement. Tu n'auras qu'à revenir me voir quand tu seras prête. Trouve quelque chose de bien.

Puis, l'invitant à sortir, il la reconduisit à la porte, qu'il referma derrière elle.

Payton resta figée bêtement dans le couloir, le regard dans le vague, face à la stupide plaque nominative où la narguaient les lettres « J. D. Jameson ».

Il avait raison. Elle ne connaissait strictement rien au golf ; elle n'avait même jamais tenu un club de sa vie. Jusque-là, elle avait mis un point d'honneur à éviter ce loisir. En fait, elle avait des idées bien arrêtées sur ce sport, et surtout sur ceux qui le pratiquaient.

Payton évalua les options qui s'offraient à elle. Si elle ne supportait pas l'idée de concéder cette victoire à J. D., elle ne pouvait vraiment pas se ridiculiser en jouant au golf devant les dirigeants de Gibson – passer pour une débutante paumée ne ferait aucun bien à son image.

Mais l'idée d'être laissée de côté tout l'après-midi n'était pas plus alléchante… On nommerait bientôt les associés, l'heure de vérité approchait dangereusement. Il fallait qu'elle fasse preuve de zèle pour décrocher ce contrat avec la société Gibson. Pas question de passer pour celle qui poireautait sagement au bureau tandis que les hommes parlaient affaires au trou numéro vingt-cinq, ou un truc dans le genre.

Elle n'avait donc pas le choix.

Tout en se demandant comment elle allait glisser une leçon express de golf dans son emploi du temps ce soir-là, histoire de ne pas avoir l'air totalement demeurée le lendemain, elle retourna dans le bureau de J. D. d'un pas assuré.

Il leva les yeux, surpris de la voir réapparaître devant lui.

— Tu as fait vite, dit-il en se renversant dans son siège. Très bien, je t'écoute, Kendall, ajouta-t-il. Épate-moi.

— J'en suis, déclara-t-elle. Ajoute-moi sur la liste pour la partie de golf de demain.

J. D. parut étonné.

Payton hocha la tête en réponse à son silence.

— Bien. C'est réglé, dans ce cas.

Sur ces mots, elle pivota vers la porte, s'apprêtant à quitter la pièce. Des milliers de pensées s'agitaient dans son esprit. Il fallait qu'elle trouve des clubs de golf – peut-être qu'elle pourrait en emprunter à Laney, si elle en avait. Et, bien sûr, il y avait la question de la tenue : devrait-elle porter un short ? Une chemise de polo ? Une petite casquette de couleur gaie, peut-être ? Fallait-il avoir des chaussures réglementaires ?

— Tu ne peux pas venir.

Payton s'immobilisa, la main sur la poignée. Puis elle pivota vers J. D.

— Tu plaisantes ? Tu es donc vraiment prêt à tout pour passer un peu de temps en tête à tête avec les dirigeants de Gibson ?

— Non, tu n'y es pas, répliqua-t-il vivement.

Il hésita et, l'espace d'une seconde, parut mal à l'aise.

Le poing sur la taille, elle attendit la suite.

— Eh bien, c'est quoi exactement le problème, J. D. ?

— Nous allons jouer au golf de Butler.

Butler ? Oh... *Butler*, évidemment, songea Payton avec ironie. Elle n'avait pas la moindre idée de ce que ça voulait dire.

— Et alors ? demanda-t-elle.

— Butler, le golf national ? répéta J. D. avec insistance, comme si c'était censé éveiller un écho en elle.

Payton secoua la tête. Ça ne lui disait rien.

J. D. s'agita nerveusement, visiblement embarrassé.

— Ma famille en est membre. Ben a suggéré l'endroit parce que le terrain est classé à l'échelle nationale. Malheureusement, il s'agit d'un club privé, dit-il en insistant sur ces derniers mots.

Payton ne voyait pas le problème.

— Mais si tu peux y inviter les gens de chez Gibson, je ne vois pas ce qui t'empêche de m'y inviter aussi.

J. D. se racla la gorge, l'air gêné. Il s'agita dans son fauteuil avant de croiser son regard.

— Les femmes n'y sont pas admises.

Sa phrase résonna dans la pièce, dressant une sorte de frontière invisible entre eux deux.

— Oh, je vois, lança vivement Payton. Eh bien, dans ce cas, amusez-vous bien entre mecs demain.

Sans un regard, certaine que J. D. affichait à présent un sourire satisfait qu'elle ne voulait pas voir, elle tourna les talons et quitta le bureau.

— Tu me prendras pour une pleurnicheuse si je te dis que c'est pas juste ?

Laney caressa la main de Payton.

— Oui. Mais ce n'est pas grave, laisse-toi aller.

Avec un grognement de frustration, Payton s'affala sur la table du café où Laney et elle s'étaient installées quelques minutes plus tôt et enfouit le visage dans ses mains.

— Je le déteste, déclara-t-elle d'une voix étouffée. Il va passer deux fois plus de temps que moi avec les représentants de la société Gibson, ajouta-t-elle en coulant un regard vers Laney.

— Dans ce cas, il faudra que tu sois deux fois plus performante quand tu les verras pour le dîner, rétorqua Laney. Allez, ne pense plus à J. D.

— Qu'il aille se faire foutre, acquiesça Payton.

Gênée par la grossièreté de son amie, Laney regarda furtivement autour d'elle.

— Il abuse de jouer cet atout avec les associés, reprit Payton. « Hé, vous devriez venir faire un tour à mon club, un de ces quatre », ajouta-t-elle en imitant la voix de J. D. Le problème, c'est que décrocher de nouveaux clients fait partie de notre boulot. Et les hommes ont cette sorte de rituel qui n'appartient qu'à eux.

Reprenant son imitation de voix masculine, elle ajouta :

— « Allons faire une partie de golf et fumer un cigare », « Je vous montre mon pénis, montrez-moi le vôtre », « Ouais, on dirait bien qu'ils font à peu près la même taille », « Super, maintenant, parlons business. »

À la table voisine, une dame lui lança un regard réprobateur par-dessus son énorme tasse de cappuccino fumant. Laney se pencha vers Payton.

— Essaie d'être discrète quand tu utilises le mot qui commence par un « p », murmura-t-elle sur le ton de la réprimande.

Ignorant la remarque, Payton avala une autre gorgée de son *latte* à la vanille.

— Dans le monde des affaires, quel est l'équivalent pour une femme d'une partie de golf avec un client ?

Laney y songea. Payton se tut elle aussi pour considérer la question. Mais même après plusieurs minutes de réflexion, aucune réponse ne leur vint.

Comme c'était déprimant !

Payton poussa un soupir, feignant de baisser les bras.

— Eh bien, je n'ai pas le choix, j'imagine. Il ne me reste plus qu'à coucher avec eux.

Laney croisa les doigts sur la table, l'air guindé.

— Cette conversation me met mal à l'aise.

Payton éclata de rire. Ça lui faisait du bien de se détendre un peu. Depuis son entrevue avec J. D., elle était sur les nerfs. Elle n'arrivait pas à croire qu'il ait réussi à l'évincer en emmenant l'équipe de Gibson dans un lieu exclusivement masculin. Et ce qu'elle avait encore plus de mal à avaler, c'était qu'il existât encore aujourd'hui un lieu interdit aux femmes.

Mais elle refusait de penser plus longtemps à J. D. Hors de question de le laisser gâcher davantage sa journée. En plus, la réaction de Laney lui donnait l'occasion d'entamer avec son amie un de leurs « débats ». Laney et elle auraient difficilement pu avoir des points de vue plus différents en matière sociopolitique. Ayant été élevée par une mère ex-hippie aux idées sociales radicales – qui n'avait jamais (ou presque) enfreint la loi pour autant –, Payton était fascinée par le côté raide comme la justice et hyper convenable de son amie.

— Je ne voulais pas te mettre mal à l'aise, Laney. J'imagine qu'en tant que conservatrice, tu n'es pas en faveur de la liberté d'expression, reprit Payton pour la taquiner.

— Ne monte pas sur tes grands chevaux de libérale. Bien sûr que je suis pour la liberté d'expression, répondit Laney en jouant avec le médaillon en forme de cœur qu'elle portait.

— Dans ce cas, je devrais pouvoir dire tout ce qui me passe par la tête, n'est-ce pas ? Y compris le mot « pénis » ?

Laney poussa un soupir.

— Tu tiens vraiment à avoir cette discussion maintenant ?

— Tu devrais essayer de prononcer le terme au moins une fois.

— Je te remercie, mais je préfère passer mon tour.

Payton haussa les épaules.

— Comme tu le sens. Moi, je crois que ça te libérerait d'un poids. Tout le monde devrait recourir à un bon « pénis » de temps à autre.

Laney jeta des coups d'œil furtifs dans le café.

— Les gens nous écoutent.

— Désolée, tu as raison. Une petite astuce : si jamais tu sors un « pénis » dans un lieu public, il faut le faire avec douceur. Autrement, tu risques de te retrouver au centre de l'attention.

À la table voisine, la dame les regardait d'un air interdit. Laney se pencha vers elle.

— Veuillez excuser mon amie. Ça la prend parfois. Syndrome de la Tourette, ajouta-t-elle à voix basse. C'est très triste.

La dame acquiesça d'un signe de tête pour témoigner sa compassion, puis elle sortit son portable et fit mine de passer un appel.

Laney se retourna vers Payton.

— Si tu en as fini avec ta petite leçon sur le premier amendement, nous pouvons peut-être en revenir au sujet qui nous intéresse, à savoir J. D. Parce qu'en fait, j'ai une idée à te suggérer pour résoudre ton problème.

Payton se rapprocha d'elle avec enthousiasme.

— Super, je t'écoute. Je suis ouverte à toute suggestion.

— Très bien. Voilà ce que je te propose…

Laney fit une pause pour ménager le suspense.

— Apprends à jouer au golf, reprit-elle. Le problème sera réglé une fois pour toutes et ça ne risquera plus de t'arriver.

Payton s'enfonça dans son siège en jouant avec sa tasse.

— Mmm… non, répliqua-t-elle en chassant l'idée d'un geste de la main. Jouer au golf, c'est vraiment un truc de… je ne sais pas… de snobinard.

— Tu sais, quand tu seras associée, tu devras t'habituer à traîner avec des gens qui ont grandi dans l'opulence.

— Je n'ai absolument rien contre ça, rétorqua Payton, piquée au vif.

— Oh, vraiment ? Tu ne penses pas que c'est un peu pour cette raison que tu as une dent contre J. D. ?

— Non, si je ne peux pas le voir en peinture, c'est parce que c'est un crétin. Point barre.

— Bien, bien… réfléchit Laney. Vous semblez vraiment avoir une très mauvaise influence l'un sur l'autre.

L'un sur l'autre ?

— Tu n'insinues tout de même pas que j'ai une quelconque responsabilité dans le comportement de J. D. ? fit Payton. Si c'est le cas, il est temps de changer de sujet. Cette conversation, ça devient n'importe quoi.

— C'est quand même étrange, car J. D. possède nombre de qualités que tu apprécies d'habitude chez un homme. Pourvu que cet homme ne soit pas si… enfin, tu vois… ajouta Laney en gesticulant sans achever sa phrase.

— Si quoi ? demanda Payton.

— Riche.

Payton leva les yeux au ciel.

— Primo : comme je te l'ai dit, je me fiche qu'il soit riche. Secundo : j'aimerais bien connaître ces prétendues qualités dont J. D. serait pourvu.

Laney prit le temps de réfléchir avant de répondre.

— Il est intelligent.

Payton se renfrogna.

— J'ai changé d'avis, marmonna-t-elle. Je n'ai pas envie d'en parler.

Elle saisit la carte des desserts posée à côté de sa tasse et la fixa attentivement.

Ignorant sa remarque, Laney continua sa liste des qualités de J. D.

— Il est passionné par le droit, il s'intéresse à la politique – bien qu'il ait une opinion opposée à la tienne. Ce qui, par ailleurs, ne te dérange pas chez moi.

Payton jeta un coup d'œil par-dessus la carte.

— Toi, tu as du charme.

Laney reprit :

— Comme toi, J. D. travaille dur, et il peut être drôle, dans le genre sarcastique…

— Objection ! intervint Payton. Sans fondement : tu peux me rappeler la dernière fois que J. D. a sorti un truc drôle ?

— Nous ne sommes pas au tribunal.

Payton croisa les bras sur sa poitrine.

— Très bien. « Ramassis de conneries », tu préfères que je dise ça à la place ?

— Mince alors ! Je suis désolée, Payton, je ne voulais pas te mettre si mal à l'aise, répliqua Laney avec un sourire. C'est bon, je me tais. Voyons voir, fit-elle en prenant la carte. Qu'est-ce qui te tente ? Le gâteau au chocolat sans gluten que nous avons partagé la dernière fois était absolument divin. Une dernière chose sur J. D. et j'arrête, ajouta-t-elle en lançant un regard à Payton. Il est totalement sexy.

Laney eut tout juste le temps de lever la carte pour se protéger le visage de la serviette en papier que lui jetait Payton.

— Ce fils à papa qui est allé dans une école privée, ce crétin avec ses petits polos roses de chez Ralph Lauren, cet enfant gâté qui s'est vu offrir sa carrière sur un plateau d'argent ? s'exclama celle-ci.

Elle plaqua les mains sur sa bouche.

— Mince ! On dirait effectivement que j'ai une dent contre les gosses de riches.

Laney acquiesça en signe d'encouragement, comme pour lui indiquer qu'elle faisait des progrès.

— Tu es sur le point de devenir associée. Je comprends que tu aies été sur la défensive jusque-là, mais ça y est, tu as réussi. Tu n'as plus besoin de faire des pieds et des mains pour prouver que tu vaux autant que ces types-là.

— Tu trouves que j'ai l'air sur la défensive ? s'étonna Payton.

— Au travail, parfois, il peut t'arriver d'être un peu à cran, expliqua Laney en pesant ses mots. Regarde, par exemple, cette tension avec J. D.

Payton se demanda comment prendre la remarque. Mais, dans le fond, même si elle rechignait à l'avouer, elle savait que Laney n'avait pas complètement tort.

— J'avoue que cette « tension », comme tu dis, m'a légèrement fait perdre les pédales, concéda-t-elle à contrecœur. Tu as raison, il faut que j'agisse en adulte dans cette histoire, ajouta-t-elle avec un petit sourire en coin. Ce n'est pas J. D. qui risque de montrer l'exemple…

Comme Laney lui lançait un regard d'avertissement, elle s'empressa de corriger :

— Enfin, c'est ce que Payton l'angoissée aurait dit. Mais la nouvelle Payton ne s'aventurera pas sur ce terrain.

Laney leva sa tasse en signe d'assentiment.

— Bravo ! À la nouvelle Payton !

— À la nouvelle Payton !

5

Sois la balle.

J. D. se concentra à fond, sans quitter le tee des yeux.

Sois la balle.

Il s'écarta, et *whizzz* ! Son swing partit le plus naturellement du monde. La main en visière pour bloquer les rayons aveuglants du soleil, il regarda la balle atterrir sur le green, deux cent vingt mètres plus loin, à quelques centimètres du trou.

J. D. esquissa un sourire. Dieu, qu'il aimait ce sport !

Dans son dos fusèrent applaudissements et sifflements. Il se retourna pour faire face à ses camarades de jeu.

— Joli ! déclara Jasper de sa voix marquée par l'indolent accent du Sud. Un type qui facture trois mille heures de travail par an ne devrait pas avoir un si bon swing.

Les trois juristes de la société Gibson qui les accompagnaient acquiescèrent d'un signe de tête.

J. D. s'approcha de Jasper et prit la bière que celui-ci lui tendait.

— Nous parlons donc affaires ?

Jasper lui décocha un large sourire, le sourire impudent d'un homme sûr de son pouvoir. Il porta les yeux sur sa bière, puis embrassa du regard le décor magnifique autour du trou numéro huit.

— Vous savez quoi ? Attendez qu'on en soit au numéro quinze. Là, nous parlerons.

Imitant Jasper, J. D. s'imprégna de la chaleur de cette magnifique journée d'été, tout en admirant le spectacle de la rivière qui coulait au-delà du green. Il leva sa bière en direction de Jasper.

— Disons plutôt le trou numéro dix-sept.

Jasper ricana.

— Voilà un gars comme je les aime. Mais vous êtes sûr de vouloir attendre jusque-là ? On m'a dit que les neuf derniers trous de ce parcours vous mettaient un homme à genoux.

— Un homme moins résistant, peut-être.

Cette repartie fit rire Jasper de bon cœur.

— Vous commencez à me plaire, Jameson.

Ravi, J. D. prit une gorgée de bière. Cet après-midi de golf en compagnie de l'équipe de Gibson se déroulait on ne peut mieux. Il était à l'aise, se sentait comme un poisson dans l'eau, ce qui expliquait en partie pourquoi Ben l'avait choisi pour remplir cette tâche. J. D. avait côtoyé des gens comme Jasper durant toute sa vie. Il parlait leur langue, comprenait les règles auxquelles ils obéissaient, et le rôle qu'il était censé jouer, lui, dans leur jeu. Ben désirait impressionner ces clients potentiels, et c'était pour cette raison qu'il avait insisté pour que J. D. les invite à ce golf en particulier. Il voulait leur en mettre plein la vue sans en avoir l'air. Le fait que J. D. soit membre de ce club, l'un des plus sélects du pays, n'aurait pu mieux tomber.

Seule ombre au tableau : le petit pincement qu'il ressentait chaque fois qu'il se représentait Payton assise seule à son bureau. Il tentait en vain de repousser cette sensation. Pourquoi aurait-il dû se sentir coupable qu'on l'ait évincée ? Après tout, il ne faisait que son boulot, se contentait de remplir la mission qu'on lui avait confiée. D'ailleurs, dans la situation inverse, Payton n'aurait certainement pas eu le moindre remords à l'écarter du jeu.

Une autre image le hantait : le regard de Payton quand il lui avait annoncé que le club n'acceptait pas les femmes. Pendant un très bref instant, il avait surpris dans ses yeux une expression qu'il n'y avait jamais vue jusque-là. Une faille, une légère brèche dans l'assurance dont elle s'était fait une armure au fil des ans. Pour une raison ou pour une autre, cette découverte l'avait dérangé.

Il revint brutalement à la réalité en s'apercevant qu'un des juristes de Gibson lui posait une question sur le parcours. J. D. chassa Payton de son esprit. Le moment était mal choisi pour se laisser distraire. Il lui fallait rester concentré, charmant et professionnel. Et surtout, il devait se préparer mentalement au trou numéro neuf, un par quatre impitoyable.

Payton Kendall se débrouillerait très bien toute seule. Elle n'avait besoin de personne, il le savait pertinemment.

Payton attendait au bar. Elle avait rendez-vous avec J. D. et l'équipe de Gibson à 19 h 30 au restaurant japonais. Comme toutes les jeunes femmes célibataires de plus de vingt-cinq ans de Chicago, elle connaissait bien l'endroit, un établissement coûteux et branché. De tous les bars et restaurants de la ville, c'était le lieu de prédilection des couples pour un premier rendez-vous.

Non qu'elle ait enchaîné les rendez-vous galants dernièrement. Rencontrer un homme demandait du temps – du temps pour sortir ensemble, pour apprendre à se connaître, pour savoir s'il vous plaisait et vice versa. Or elle n'avait pas une minute à elle. Aussi, à moins que le prince charmant n'atterrisse sur son paillasson comme par miracle, sa vie sentimentale était-elle condamnée à rester au point mort jusqu'à ce qu'on la promeuve associée.

Payton fit tourner le vin dans son verre, tout en songeant à son dernier rendez-vous en date. Elle était venue dîner dans ce même restaurant avec un banquier d'investissement rencontré lors d'une dégustation de vins dans un bar du coin. À 22 heures, le type avait déjà descendu huit sakés Mukune offerts par la maison. À 22 h 15, il était tombé de sa chaise en tentant de se lever pour aller aux toilettes, et à 22 h 15 minutes et quinze secondes, quand Payton s'était précipitée auprès de lui pour lui venir en aide, il avait avoué en bafouillant avoir du mal à se sevrer des médicaments qu'il prenait pour traiter ses troubles maniaco-dépressifs.

Sympa.

— Et voilà le genre de mecs qu'il reste sur le marché ! s'était-elle ensuite plainte à Laney.

Évidemment, son amie ne connaissait pas ce problème, elle qui s'était mariée avec son petit copain de fac.

Depuis ce rencard désastreux, Payton s'était juré de cesser temporairement de sortir avec des hommes. Du moins jusqu'à ce qu'elle soit fixée sur son sort au cabinet.

Plus tôt dans la soirée, tout en se préparant pour le dîner, elle s'était rendu compte que c'était la première fois depuis des semaines qu'elle enfilait autre chose qu'un tailleur pour sortir de chez elle. En un sens, c'était drôle, voire un peu pathétique. Pour ne pas avoir l'air trop formel, elle avait troqué sa veste de tailleur habituelle contre un chemisier sur mesure avec col à pointes boutonnées, une jupe crayon et des talons.

Une fois son verre terminé, Payton consulta sa montre et vit que J. D. et l'équipe de Gibson avaient vingt minutes de retard. En vérité, ce dîner l'angoissait. Elle avait maintes fois vanté les services du cabinet par le passé, de même que J. D., à n'en pas douter, mais comme ils ne s'étaient que très rarement retrouvés sur le même dossier, ils n'avaient jamais rencontré de clients ensemble. Ce genre de réunion nécessitait une réelle cohésion entre les avocats qui représentaient le cabinet. Ils devaient paraître soudés.

Unis.

Solidaires.

Des qualificatifs qui ne s'appliquaient pas franchement à J. D. et à elle. D'où les bouffées d'angoisse qui l'assaillaient, de plus en plus prégnantes à mesure que les minutes défilaient et qu'elle demeurait plantée au comptoir, livrée à elle-même.

Cinq minutes s'écoulèrent encore. Payton attrapa son sac pour en sortir son portable. Elle composait le numéro de sa messagerie vocale, au cas où J. D. aurait laissé un message, quand elle leva les yeux.

J. D. se tenait devant elle.

L'espace d'un instant, il lui parut différent. Elle se rendit compte alors qu'il s'était lui aussi habillé de manière plus décontractée pour la soirée. Au lieu de son costume-cravate habituel, il portait une chemise noire à fines rayures ainsi qu'un pantalon gris anthracite parfaitement coupé.

Pour une raison inconnue, la remarque de Laney vantant le sex-appeal de J. D. lui vint à l'esprit. Or, elle avait beau l'avoir côtoyé cinq jours par semaine pendant huit ans, elle n'avait jamais pris la peine de le regarder vraiment. Aussi s'efforça-t-elle de le considérer d'un œil neuf.

Il était grand (d'autant plus pratique pour prendre les gens de haut), avait des cheveux châtain clair rehaussés de reflets dorés (sans doute des mèches), était long et élancé (probablement le résultat de toutes ces heures passées à jouer au tennis dans son country club de sexistes qui se croyaient hyper cools), et il avait des yeux d'un bleu qui... euh...

Bon, Payton ne trouvait pas grand-chose à redire aux yeux de J. D. D'un point de vue strictement objectif, ils étaient plutôt pas mal. Ils étaient d'un bleu vif pétillant. Un vrai gâchis sur un mec tel que lui.

Une fois ce bilan terminé, Payton en conclut que, l'un dans l'autre, malgré ce pull Ralph Lauren jeté sur les épaules qui lui donnait l'allure d'un propriétaire de poney de polo, J. D. était vraiment beau gosse.

Interprétant son regard de travers, J. D. inclina la tête et pointa le doigt en direction de son téléphone portable.

— Oh, désolé, Payton, tu as l'air d'être au beau milieu d'une conversation de la plus haute importance, je ne voulais pas t'interrompre, dit-il sur un ton un tantinet caustique.

Préférant ignorer le commentaire et s'en tenir aux affaires qui les occupaient, Payton se tourna vers le groupe d'hommes qui accompagnait son collègue. Elle n'eut aucun mal à reconnaître Jasper, dont elle avait trouvé des photos sur Internet en faisant des recherches sur sa société.

Elle tendit la main et se présenta :

— Payton Kendall. Ravie de vous rencontrer, Jasper, déclara-t-elle d'une voix chaleureuse.

Puis, d'une ferme poignée de main, elle salua les autres membres de l'équipe, Robert, Trevor et Charles, en prenant bien soin de regarder chacun de ces hommes droit dans les yeux.

— J'espère que ça ne fait pas trop longtemps que vous attendez, Ms. [1] Kendall, fit Jasper. C'est la faute de Charlie – combien de coups il vous a fallu pour rentrer

1. En anglais, l'emploi de « Ms. » évite de faire la distinction entre « Miss » (« Mlle ») et « Mrs. » (« Mme »). (*N.d.T.*)

cette fichue balle dans le trou ? demanda-t-il à Charles, qui était visiblement le junior de l'équipe de juristes. Quatorze ? Quinze ?

— Je ne suis pas vraiment golfeur, avoua Charles à Payton.

Il lui plut d'emblée.

— Je suis moi-même débutante, répliqua-t-elle avec un sourire. Et je vous en prie, appelez-moi Payton, ajouta-t-elle en s'adressant à Jasper.

— Comme un de mes quarterbacks préférés, commenta le P-DG, visiblement ravi.

— Sauf que ça ne s'écrit pas avec un « e », mais avec un « a ». Et que mes passes ne sont pas aussi performantes, fit Payton.

Et zut ! Ils étaient là depuis moins de deux minutes, et elle avait déjà grillé une des trois misérables références sportives qu'elle gardait en réserve pour la soirée.

Jasper éclata de rire.

— Vos passes sont moins performantes, répéta-t-il. Ça me plaît. Vous nous aviez caché cette nana, J. D., fit-il en se tournant vers lui.

J. D. fut sauvé in extremis : une hôtesse vint les chercher pour les conduire à leur table, ce qui lui évita d'avoir à bafouiller une réponse hypocrite.

Une fois assis, le petit groupe commença par se livrer au bavardage préliminaire typique de ces dîners d'affaires : Jasper et ses compagnons étaient-ils déjà venus à Chicago ? Dans quel hôtel étaient-ils descendus ? Payton et J. D. étaient-ils originaires de Chicago ? Ils évitèrent de peu la catastrophe quand Trevor, le directeur juridique de la société, demanda à Payton si elle vivait dans le même quartier que J. D. et qu'elle se rendit compte qu'en dépit de leur longue collaboration, elle ignorait totalement où il habitait. En fait, la vie privée de J. D. était pour elle un vrai mystère. Si toutefois il en avait une, évidemment.

Payton éluda habilement la question en expliquant à la place à Trevor que Chicago était une ville plutôt concentrée, qu'on y trouvait tout ce qu'on voulait à côté de chez soi, etc. Elle remarqua que J. D., qui parlait avec Robert, le chef du contentieux de Gibson, l'observait à la dérobée. Il avait dû entendre prononcer son nom et s'assurait qu'elle ne lui cassait pas de sucre sur le dos.

Heureusement, il n'y eut pas d'autre question requérant d'elle une quelconque connaissance de la vie personnelle de J. D. Lorsque les entrées furent servies, Payton se lança dans une discussion sur le cabinet et les atouts qu'offrait leur département contentieux. J. D. joignait sa voix à la sienne, soulignant les récentes victoires du groupe, quand Jasper l'interrompit en brandissant son verre de bourbon d'un geste impatient.

— La renommée de Ripley & Davis n'est plus à faire, Jameson. C'est d'ailleurs pour ça qu'il fait partie des trois cabinets qui nous intéressent. Mais, d'après ce que j'ai cru comprendre, si nous choisissons votre boîte, c'est vous deux qui superviserez la défense, fit-il en désignant Payton et J. D. Du coup, c'est plutôt sur vous que j'aimerais en savoir un peu plus.

— Bien entendu, Jasper. Je serais ravi de vous en dire plus sur mon…

— Non, pas de cette manière, Jameson, coupa Jasper. Vous et Payton avez certainement préparé un joli petit discours pour vous dépeindre sous votre meilleur jour, mais ce n'est pas comme ça que je procède. Payton, ajouta-t-il sur un ton impérieux, parlez-moi de J. D. Dites-moi ce qui le rend si… spécial.

Payton en avala sa gorgée de vin de travers, manquant s'étouffer. Il lui fallait gagner du temps avant de répondre à la question.

— Eh bien, Jasper… balbutia-t-elle en se raclant la gorge. Hum. Hum. Hou là ! Il y a tant de choses que je pourrais vous dire sur J. D. Je ne sais pas par où commencer.

Elle s'enfonçait. À l'autre bout de la table, J. D. baissa les yeux et se mit à jouer avec ses couverts en argent, manifestement embarrassé.

Sentant quatre paires d'yeux braqués sur elle, Payton réfléchit à toute allure : d'un point de vue extérieur, que dirait-on de J. D. ?

— Voyez-vous, Jasper, en fait, ce qu'il faut savoir sur J. D., c'est que… bafouilla Payton, essayant de glaner quelques secondes supplémentaires.

Que fallait-il savoir au juste sur J. D. ? Cela faisait huit ans qu'elle travaillait avec lui, et pourtant, sous certains aspects, elle ne le connaissait pas le moins du monde.

Essaie d'être objective, se dit-elle. Ce qu'il fallait savoir sur J. D., c'était que…

Il était doué. Vraiment très doué.

Attention, c'était quand même un crétin. Un crétin *passionné*. J. D. arrivait tous les jours au travail à 7 heures pétantes – elle était bien placée pour le savoir –, et elle devait reconnaître que son acharnement avait payé. En huit ans, il avait abattu une charge de travail considérable pour un avocat de son âge. Laney avait raison : il était intelligent et talentueux. Payton se sentait menacée. Pour être honnête, c'était essentiellement pour cette raison qu'elle avait une dent contre lui.

Payton s'adressa à Jasper.

— Ce qu'il faut savoir sur J. D., c'est qu'il est l'un des meilleurs experts en recours collectif de cette ville, et peut-être même de ce pays. Il a remporté chacun de ses procès. Depuis sa sixième année au sein du cabinet, il traite des dossiers de plusieurs millions de dollars pour le compte de sociétés classées par le magazine *Fortune* parmi les cinq cents premières entreprises américaines. Il connaît les ficelles du recours collectif mieux que n'importe quel avocat deux fois plus expérimenté que lui. En bref, il est brillant dans son domaine.

Payton se pencha en avant.

— Voilà le tableau, Jasper : votre société fait face au plus gros recours collectif pour discrimination sexuelle jamais intenté contre une société. Aucun avocat à ce jour n'a eu à gérer un dossier de cette envergure ou de ce type. La personne que vous choisirez devra avoir non seulement de l'expérience, mais aussi un talent brut et naturel. Il vous faut quelqu'un qui ait un véritable instinct juridique, quelqu'un qui sache mieux que personne comment attaquer ce recours collectif. Et c'est sans l'ombre d'une hésitation que je vous le dis : cette personne que vous recherchez n'est autre que J. D.

Lorsqu'elle eut fini, Payton se cala au fond de sa chaise. Jasper avait l'air ravi. Tout en considérant les points abordés par la jeune femme dans son discours, il faisait tournoyer le vin dans son verre, la tête penchée. Gênée par l'enthousiasme avec lequel elle avait loué son collègue, Payton coula un regard furtif à J. D., assis à l'autre bout de la table, pour prendre la température.

La stupéfaction se peignait sur son visage. Il semblait interdit. Ses yeux se voilèrent, puis il croisa son regard et son expression changea.

La manière dont il l'observait la troubla. Elle lui rappelait l'expression qu'elle avait surprise chez lui un jour, il y avait bien longtemps de cela.

La voix de Jasper la ramena brutalement à la réalité.

— Très bien, Payton, fit-il. Jusque-là, ce que j'ai entendu me plaît. Même si j'ai l'impression que les autres cabinets vont me servir à peu près la même rengaine, ajouta-t-il en souriant. Mais j'avoue que vous vous êtes bien défendue.

Payton détourna les yeux de J. D. pour adresser un sourire à Jasper.

— Vous n'avez qu'à me donner le nom des autres cabinets, je vous ferai gagner du temps. Je peux vous prédire mot pour mot ce qu'ils vont vous sortir. Non, mieux encore, laissez-moi trouver de qui il s'agit.

Elle s'interrompit, le temps de réfléchir.

— Baker & Lewis, devina-t-elle.

Jasper se tourna vers son directeur juridique pour avoir confirmation. Trevor acquiesça d'un hochement de tête.

— Et Sayer, Gray & Jones.

Trevor confirma de nouveau d'un signe de la tête.

— Vous connaissez bien vos concurrents.

— Ce sont de bons cabinets, intervint J. D. Mais ce n'est pas eux qu'il faut pour votre dossier.

— Pourquoi ? Qu'est-ce que votre cabinet offre de mieux ?

— Hormis des honoraires plus élevés, plaisanta Robert.

Tout le monde rit, à l'exception de J. D., qui demeura très sérieux et déclara :

— Payton.

Jasper s'installa plus confortablement dans son siège.

— Très bien, Jameson, c'est à vous. Parlez-moi de Ms. Kendall.

Payton retint son souffle, priant pour que J. D. soit aussi fair-play qu'elle. Il prit la parole sur un ton très assuré.

— Il y a quelques minutes, quand Payton a souligné l'importance pour vous d'avoir parmi vos défenseurs un avocat expérimenté en recours collectif, elle s'est montrée très humble. Bien sûr, elle a raison, mais il est également important, je dirais même essentiel, que vous embauchiez un expert en discrimination. C'est là qu'elle entre en jeu.

« Vous avez très certainement lu l'article du *Chicago Lawyer* dans lequel Payton est citée, continua-t-il, aussi est-il inutile que je vous répète ce que vous savez déjà sur ses multiples exploits. Mais il serait négligent de ma part de ne pas souligner qu'en dépit de son jeune âge – Payton n'a que trente-deux ans –, elle a déjà géré une quarantaine de dossiers traitant de discrimination. Ce qui représente plus de procès qu'un avocat lambda n'en traitera dans l'ensemble de sa carrière. Et savez-vous combien de ces procès elle a remportés ? Absolument tous.

J. D. prit son verre.

— Cependant, Payton n'est pas du genre à s'en vanter ; elle mettrait probablement ses victoires sur le compte de la chance. Mais la vérité, c'est que plaider est inné chez elle. Elle a ça dans le sang. Ça lui vient instinctivement, et c'est précisément ce dont votre société a besoin, déclara-t-il avant de marquer une pause. En outre, c'est une femme.

Jasper haussa les sourcils, ne sachant visiblement pas comment prendre cette dernière remarque.

J. D. consulta alors Payton du regard. Elle faisait comme si de rien n'était, comme si elle avait l'habitude qu'il chante ses louanges.

— Payton ? fit-il pour lui indiquer de prendre le relais.

Elle savait exactement où il voulait en venir.

— J. D. n'a pas tort, Jasper. Votre société est poursuivie pour discrimination sexuelle. Un million huit cent mille femmes affirment que votre entreprise ne les a pas traitées équitablement. Les médias vont s'en donner à cœur joie. Si vous vous présentez devant le jury avec une équipe constituée uniquement d'hommes pour vous défendre, vous creuserez votre propre tombe.

Elle parlait tout en martelant la table de ses doigts pour souligner ses paroles.

— Il vous faut un membre de la gent féminine pour représenter votre société. Vous gagnerez immédiatement en crédibilité si c'est une femme qui plaide que vous n'êtes pas coupable de discrimination sexuelle.

— Et croyez-moi, Jasper, ajouta J. D., j'ai eu l'occasion d'assister aux plaidoiries de Payton. Elle est redoutable.

Jasper rit de bon cœur. Trevor, à son tour, intervint.

— J'ai une question, fit-il en s'adressant à Payton et à J. D. de l'air de celui à qui on ne la faisait pas. Vous répétez votre numéro depuis combien de temps ? Car c'est très convaincant.

J. D. secoua la tête.

— Désolé de vous décevoir, mais il n'y a pas de numéro. Payton et moi, nous sommes tels que vous nous voyez. Nous ne jouons pas de jeu, nous ne portons pas de masque.

— Vous ne tournez pas autour du pot, vous ne cherchez pas à nous abrutir avec votre jargon d'avocats. Ça, vous voyez, ça me plaît vraiment, ajouta Jasper avec un large sourire, tout en levant son verre. Je trinque au meilleur argumentaire de vente que j'aie entendu jusque-là. Pas de langue de bois.

Tandis que le groupe éclatait de rire en faisant tinter les verres, Payton croisa le regard de J. D. Il esquissa un très léger sourire et inclina son verre dans sa direction. Elle lui répondit d'un bref signe de tête. Un très court instant, ils eurent la sensation d'être sur la même longueur d'onde.

Victoire, pensaient-ils.

Si seulement la soirée avait pu s'achever sur cette note !

6

À la fin du dîner, Jasper leur proposa de sortir sur la terrasse du restaurant, qui donnait sur la rivière Chicago.

— Je ne signe pas de paperasses ce soir, mais rien ne nous empêche de fumer un cigare pour célébrer l'occasion, déclara-t-il.

Payton leur annonça qu'elle les rejoindrait à l'extérieur, puis elle se dirigea vers les toilettes pour femmes. Elle ne fumait pas le cigare, et le moment n'était pas franchement propice à une première tentative. Elle passa quelques minutes dans les toilettes puis fit un détour par le bar, songeant gagner encore un peu de temps en commandant une boisson.

— Un verre de cabernet sauvignon Silver Oak, demanda-t-elle au barman.

Vu qu'elle avait déjà pris un verre à table, un digestif aurait risqué de lui faire tourner la tête. Tandis qu'elle attendait toute seule au comptoir, avec la désagréable sensation d'être le point de mire de tous les regards, elle eut le malheur de croiser celui d'un homme vêtu d'une chemise en soie quasiment déboutonnée jusqu'au nombril.

Elle détourna aussitôt la tête, mais visiblement, son coup d'œil, si furtif qu'il ait été, n'avait pas échappé à M. Torse Velu, qui n'eut pas besoin de plus d'encouragements. Il fondit sur elle.

Payton n'eut pas le choix. Elle secoua la tête, feignant le dégoût :

— Désolée, lui dit-elle. Je suis lesbienne.

Torse Velu haussa un sourcil intéressé. Ce qu'il venait d'entendre n'avait pas l'air de lui déplaire.

De nouveau, Payton secoua la tête.

— Non, pas de ce genre-là.

Déçu, Torse Velu se remit en quête de proies plus prometteuses. Payton avala une gorgée du verre de vin que le barman venait de poser devant elle. Derrière elle, une voix familière et amusée l'interpella :

— Lesbienne ?

Elle pivota vers J. D.

Peut-être était-ce l'alcool qui lui jouait des tours. Peut-être aussi était-elle encore grisée par son entretien triomphal avec l'équipe de Gibson. Ou peut-être était-ce en rapport avec la promesse faite à Laney de changer d'attitude, ou bien peut-être toutes ces choses se mélangeaient-elles dans son esprit confus. Quoi qu'il en soit, Payton se surprit à *sourire* à J. D.

— C'était un simple prétexte, expliqua-t-elle.

Il s'appuya au bar à côté d'elle. Tandis qu'il commandait un verre, Payton haussa les épaules, avant d'ajouter d'un air faussement innocent :

— Sauf si on tient compte de cette seule et unique fois à la fac.

J. D. renversa malencontreusement la pile de verres à vodka posés à proximité, au grand amusement de Payton.

— Désolée. Laney me tuerait si elle savait ce que je viens de dire.

J. D. fit volte-face.

— C'était avec *Laney* ?

Cette pensée divertit beaucoup Payton, qui partit d'un éclat de rire.

— Non. Non, pas du tout, répondit-elle. Je plaisantais. Ce que je voulais dire, c'est que Laney me reproche toujours de raconter des bêtises

— Je vois, répliqua J. D., qui jeta quelques billets sur le comptoir pour régler sa boisson.

Tout en l'observant, Payton inclina la tête d'un air intrigué.

— Mais dis-moi, qu'est-ce que tu fais là ?

Remis de ses récentes émotions, J. D. s'adossa nonchalamment au bar.

— Eh bien, nous nous sommes donné rendez-vous ici pour un dîner d'affaires, tu t'en souviens ? dit-il comme s'il s'adressait à une enfant ou à une attardée. Nous avons fini de manger, et maintenant, nous…

— Ce n'est pas ce que je voulais dire, gros malin, coupa-t-elle en lui jetant un regard réprobateur. Qu'est-ce que tu fais à l'intérieur avec moi, alors que tu devrais être sur la terrasse à fumer un cigare avec les autres *mecs* ? expliqua-t-elle en insistant sur ce dernier mot.

— Eh bien, je me suis dit que Jasper et les autres *mecs*, fit-il en insistant lui aussi sur le terme, pouvaient bien se passer de moi pendant quelques minutes. Je n'aimais pas l'idée de te savoir seule ici.

Payton ne se donna pas la peine de masquer sa surprise, et il haussa les épaules avec indolence.

— Mais je peux te laisser, ajouta-t-il en indiquant d'un geste Torse Velu à l'autre bout du bar. Tu aimerais peut-être rester tranquille, histoire de voir si ce monsieur revient à la charge pour te demander ton numéro ?

Ils l'observèrent ensemble : Torse Velu, le nombril presque à l'air, s'apprêtait à s'attaquer à une pauvre femme innocente. J. D. secoua tristement la tête.

— Oh, zut ! Regarde ça... Quel dommage, vous auriez formé un si beau couple !

Payton leva les yeux au ciel.

— Écoute, J.D...

Elle était sur le point de lui envoyer une pique pleine de sarcasmes, une phrase qui inclurait une ou deux grossièretés, lorsque sa voisine de bar se pencha vers elle.

— Excusez-moi, vous pourriez vous resserrer un peu ? demanda-t-elle en indiquant l'espace libre qui séparait J. D. de Payton.

Payton regarda autour d'elle et s'aperçut soudain que les clients s'étaient amassés autour du bar en l'espace de quelques minutes. Elle dut se rapprocher de J. D.

— Tu allais dire quelque chose ? l'encouragea J. D.

Puis, se préparant visiblement à encaisser une insulte, il croisa les bras sur son torse.

Mais Payton se rappela alors sa promesse de laisser une chance à la « nouvelle Payton ». Au diable Laney et sa satanée tendance à vouloir être gentille avec les autres ! Quelle idée stupide !

Mais bon, qu'avait-elle à perdre ? Elle pouvait bien tenter le coup. Et lorsque J.D se comporterait en salaud, elle n'aurait qu'à hausser les épaules, se dire qu'elle avait essayé et passer son chemin, comme d'habitude. En le maudissant en silence.

Il s'agissait maintenant de trouver une remarque qui ne serait pas une insulte. Ne sachant que dire, Payton se sentit très bête. Du coup, elle laissa échapper la première chose qui lui vint à l'esprit.

— Alors... euh... ce que j'allais dire... Eh bien, comment c'était, cette partie de golf ? Tu as passé un après-midi sympa ?

Tiens, tiens.

J. D. s'attendait à tout sauf à ça. Une réplique si... inoffensive. Voire agréable.

L'absence de sarcasme dans la voix de Payton le bluffa. Il la dévisagea avec surprise.

— C'était... sympa, oui, répondit-il, hésitant. Merci. En fait, ajouta-t-il en l'examinant, piqué par la curiosité, ça m'étonne que tu n'aies jamais appris à jouer.

— Pourquoi ça ? Parce que tout le monde joue au golf de nos jours ? demanda-t-elle d'un ton caustique.

J. D. secoua la tête.

— Non, parce que ça te plairait. Tu as l'air d'aimer relever les défis.

Payton inclina la tête et le scruta. Manifestement, elle ne savait pas si c'était du lard ou du cochon. Lui-même n'en était pas sûr.

Un voile de perplexité assombrit son regard bleu.

— Tu pensais vraiment ce que tu as dit au dîner ? demanda-t-elle brutalement. Je veux dire, ce que tu as raconté à Jasper Conroy ?

— Et toi ? répliqua J. D. du tac au tac.

Payton secoua la tête, comme si elle s'attendait précisément qu'il lui retourne la question. À cet instant, un autre client s'approcha du bar, forçant Payton à se décaler un peu plus vers J. D. pour lui laisser de la place. Ils n'étaient plus qu'à quelques centimètres l'un de l'autre. Il songea alors qu'en huit ans, il n'avait sans doute jamais discuté aussi longtemps avec Payton sans que la conversation dégénère en débat socio-politico-professionnel. Et, physiquement parlant, ils n'avaient jamais été aussi proches.

Elle était belle, il en avait toujours eu conscience. Être une teigne constamment sur la défensive ne l'empêchait pas d'être magnifique. En règle générale, il n'aimait pas les blondes, mais Payton avait un petit côté Jennifer Aniston assez plaisant, avec ses longs cheveux blond foncé très lisses. Dans ses grands yeux d'un bleu intense au regard expressif, on percevait facilement toutes les émotions qui la traversaient (apparemment, colère et agacement étaient à l'ordre du jour), et J. D. remarqua pour la première fois sur son nez une constellation de taches de rousseur qu'il aurait trouvée très mignonne en temps normal… sur une autre fille.

Payton leva les yeux vers lui et ouvrit la bouche comme si elle s'apprêtait à dire quelque chose. Puis elle parut changer d'avis et déclara, presque sur un ton de défi :

— Oui, je le pensais. Tu es un brillant avocat, J. D. Ç'aurait été mentir que de dire le contraire à Jasper et aux autres.

Puis elle lui lança un regard appuyé.

— À ton tour de dire quelque chose.

J. D. tenta de masquer son amusement.

— Eh bien, je pourrais dire, par exemple, que ce restaurant fait les meilleures vodkas tonic de la ville…

— Ce n'est pas ce que je voulais dire.

J. D. parut soudain très sérieux.

— Tu es une excellente avocate, Payton, et tu le sais pertinemment. Tu n'as besoin de personne pour te le rappeler, surtout pas de moi.

Voilà. C'était fait. Il l'avait dit. Et maintenant, quoi ? Pour l'un comme pour l'autre, la situation était inhabituelle. Ils marchaient sur des œufs.

Il s'agita nerveusement. Puis il vit les yeux de Payton se plisser et une lueur rieuse apparaître dans son regard.

— Quoi ? s'écria-t-il, aussitôt sur ses gardes. Il y a quelque chose de drôle dans ce que j'ai dit ?

Payton fit non de la tête tout en l'observant.

— Non, je… je viens simplement de remarquer que tu as dû prendre un coup de soleil sur le nez en jouant au golf.

Et elle plongea son regard magnifique dans le sien.

Ce fut la façon qu'elle eut de le fixer.

La profondeur de ce regard.

Oui, son regard. Ou son sourire – car, d'habitude, elle ne lui souriait jamais. Enfin, jamais de manière sincère.

D'ordinaire, J. D. n'avait aucun mal à déchiffrer le langage corporel des femmes. Séduire était pour lui un jeu d'enfant. Il était beau gosse, il savait s'habiller, il avait un boulot de rêve, et il appartenait à une famille richissime – il ne s'en vantait pas, c'étaient de simples faits. Après, chacun était libre de leur donner l'importance qu'il voulait.

Enfin, sauf en ce qui concernait son allure. Il était particulièrement fier de son look. Certains pouvaient le trouver vieux jeu (ce que Payton semblait constamment lui reprocher), mais à ses yeux, sa génération manquait de savoir-vivre. Où donc était passée l'époque où les hommes portaient une queue-de-pie pour dîner ? Où les femmes sortaient de table pour aller aux toilettes « se repoudrer le nez » en emportant avec elles leur sac à main ? (Et, contrairement à aujourd'hui, elles n'allaient pas sniffer de la cocaïne sur la lunette des W.-C.)

Sur le plan vestimentaire au moins, Payton lui ressemblait : elle prenait toujours soin de son apparence. J. D. la soupçonnait de mettre un point d'honneur à bien s'habiller, comme pour prouver quelque chose. Mais qui cherchait-elle à convaincre ? Il l'ignorait. Parce que personne ne restait de marbre face à Payton Kendall.

Non qu'il ait vraiment prêté attention à ses jupes à la coupe ajustée, ou au galbe de ses jambes quand elle portait ses talons de huit centimètres pour aller et venir au tribunal. Non qu'il ait remarqué ce soir-là que son chemisier, déboutonné juste ce qu'il fallait, laissait entrevoir cet endroit où l'on aventurerait volontiers le regard.

Tout à coup, J. D. eut l'impression d'étouffer. Il faisait soudain trop chaud dans le restaurant. Il allait desserrer son nœud de cravate pour mieux respirer quand il s'aperçut qu'il n'en portait pas.

Peut-être était-il temps d'arrêter les vodkas tonic.

Rassemblant ses esprits, il baissa les yeux vers Payton en affichant tant bien que mal une expression calme et impassible. Il ignorait ce qu'elle mijotait, à jouer la fille sympa et amicale, mais il n'avait pas l'intention de se laisser berner.

Comme il ne soufflait mot, Payton demanda :

— Il y a quelque chose qui ne va pas ?

J. D. réfléchit à ce qu'il aurait répliqué en temps normal, une repartie qui lui aurait permis de reprendre la main.

— Tout va bien, affirma-t-il. Je me demandais juste ce que tes amies féministes penseraient de te voir utiliser tes charmes pour appâter le client.

— Je te demande pardon ? s'écria Payton.

Elle avait l'air furieuse. Très bien. Au moins, ça, il connaissait.

D'un geste, J. D. indiqua le décolleté de son chemisier.

— Il y a du monde au balcon ce soir, à ce que je vois. C'est ainsi que tu comptes t'y prendre pour impressionner les représentants de chez Gibson ?

Il regretta aussitôt ses paroles. Dans les yeux de Payton apparut une étincelle douloureuse, qu'elle eut tôt fait de masquer en détournant la tête. Quand elle reporta les yeux sur lui, son regard était de glace.

— Nous demandons à Gibson vingt millions de dollars d'honoraires, fit-elle d'une voix sèche. Si tu crois que mes seins peuvent nous permettre de décrocher le contrat, ça veut dire qu'ils sont encore plus impressionnants que je ne l'imaginais. Maintenant, si tu veux bien m'excuser... ajouta-t-elle en prenant congé de lui, tout en le bousculant au passage.

J. D. tenta de l'arrêter.

— Payton, attends, je ne voulais pas...

— Ah ! vous voilà ! On commençait à se demander où vous vous étiez cachés, tous les deux !

En entendant Jasper, J. D. et Payton firent volte-face.

Payton retrouva aussitôt son calme.

— Jasper, nous allions justement vous rejoindre, dit-elle d'une voix posée. Vous m'avez mis un cigare de côté, j'espère ?

La tête haute, elle emboîta le pas au P-DG de Gibson et sortit sur la terrasse avec lui.

Et durant tout le reste de la soirée, elle n'accorda plus un seul regard à J. D.

Lasse et perdue dans ses pensées, Payton ne se rendit compte que le taxi s'était arrêté devant chez elle et qu'elle était arrivée à destination que quand le chauffeur jeta un coup d'œil à l'arrière du véhicule pour lui demander si elle voulait qu'il la conduise ailleurs. Une fois la course réglée, elle monta quatre à quatre les marches du perron de la maison mitoyenne à deux niveaux qu'elle avait achetée et restaurée trois ans plus tôt. D'un charme suranné, l'endroit n'avait rien de très extravagant, mais il était à proximité de la station de métro, et les remboursements rentraient dans son budget. Surtout, il lui appartenait, à elle et à personne d'autre. Posséder une maison, c'était avant tout une manière d'investir son argent, c'était un gage de stabilité. Il ne s'agissait pas pour elle de s'installer dans un quartier branché où il lui aurait fallu payer deux fois plus.

Payton pénétra chez elle, jeta les clés sur la console près de la porte d'entrée et se dirigea vers sa chambre, à l'arrière du bâtiment. Ses talons résonnèrent sur le plancher en chêne rénové.

Pourquoi prenait-elle tant à cœur la remarque de J. D. ? D'accord, c'était insultant de sa part de suggérer qu'elle mettait en avant sa féminité pour charmer leurs clients potentiels. Ce commentaire était d'ailleurs parfaitement gratuit, car elle n'avait jamais rien fait ni dit qui sorte du champ strictement professionnel. Mais ce qui l'ennuyait avant tout, c'était qu'elle avait été prise au dépourvu. En temps normal, elle restait sur ses gardes quand J. D. était dans les parages. Pourtant, ce soir, elle avait cru que le courant passait bien entre eux – du moins, qu'ils arrivaient à se tolérer, qu'ils avaient enterré la hache de guerre le temps d'une soirée pour faire cause commune pour le bien du cabinet.

Seigneur, qu'elle avait été bête !

Dans un coin de la chambre reposait une psyché, une antiquité héritée de sa grand-mère. Avant de se déshabiller, elle s'arrêta devant le miroir et effleura du bout des doigts le décolleté de son chemisier. Ce n'était pas si échancré que ça, si ?

À cet instant, elle se figea et jeta un regard plein de défi à son reflet.

Qu'il aille au diable !

De son côté, J. D. n'était pas exactement d'humeur victorieuse en rentrant chez lui. Quelque chose le tourmentait.

Devait-il l'appeler pour s'excuser ?

Elle lui raccrocherait sûrement au nez.

D'ailleurs, pourquoi se donner cette peine ? Elle était fâchée contre lui… et après ? Comme c'était surprenant ! pensa-t-il avec ironie. Elle passait sa vie à être fâchée contre lui, c'était sa raison d'être ! Et si sa remarque avait en fait illuminé sa soirée ? Après tout, il lui avait donné l'occasion de laisser libre cours à sa colère.

Peut-être, mais…

Il avait dépassé les bornes. Des années durant, ils n'avaient cessé de se chamailler. Pourtant, il savait pertinemment qu'il était allé trop loin ce soir.

Alors, c'était décidé. Il allait l'appeler.

Il chercha son numéro dans l'annuaire du cabinet. C'était la nuit des premières pour eux : d'abord, les compliments échangés au cours du dîner devant Jasper, et maintenant, voilà qu'il s'apprêtait à l'appeler ! Dire qu'ils ne s'étaient jamais parlé au téléphone en dehors du travail...

Tout en poussant un profond soupir, J. D. saisit le téléphone. C'est là qu'il prit conscience qu'il allait l'appeler *chez elle*. Il tenta de l'imaginer dans son... appartement ? Son loft ? Sa maison ? Il était curieux de savoir à quoi ressemblait l'endroit où elle vivait.

Puis il se demanda pourquoi.

Simple curiosité, se persuada-t-il.

Il se figurait un endroit plutôt... populaire. Non, ce n'était peut-être pas un terme politiquement correct. Quel mot les libéraux préféraient-ils employer ? Hippie ? Beatnik ?

À vrai dire, ces qualificatifs ne correspondaient pas du tout à Payton. En fait, elle aurait presque pu passer pour quelqu'un de normal si elle n'avait pas eu le malheur d'ouvrir la bouche.

Soudain, une idée lui traversa l'esprit : et si elle vivait avec quelqu'un ?

Il était censé savoir ce genre de choses, non ? Il aurait au moins dû connaître sa vie dans les grandes lignes, à savoir ce qu'elle faisait lorsqu'elle n'était pas occupée à enquiquiner le monde.

Se rendant compte qu'il cherchait un prétexte pour retarder le moment fatidique des excuses, J. D. reprit le téléphone. Il allait composer le numéro de Payton quand il vit qu'il avait un nouveau message. Après avoir tapé le code secret de sa messagerie, il entendit une voix grave et familière à l'autre bout du fil.

— J. D., c'est ton père. Je venais aux nouvelles, au cas où tu aurais eu des nouvelles de ta promotion. J'imagine que la réponse est non, autrement tu nous aurais déjà prévenus, dit-il avant de pousser un soupir de déception anticipée. Si l'on ne te prend pas comme associé, je pourrai toujours contacter mon ancien cabinet. Mais peut-être que pour une fois dans ta vie, mon fils, tu parviendras à me surprendre... Quoi qu'il en soit, ne le prends pas mal, mais j'ai parié un vison avec ta mère que tu m'appellerais d'ici à la fin du mois pour que je te sorte d'embarras, hé hé. Et pourtant, cette femme n'a vraiment pas besoin d'un autre manteau de fourrure !

Quand le bip indiqua la fin du message vocal, J. D. raccrocha. Il demeura assis là, dans son fauteuil club en cuir, le regard perdu dans le spectacle nocturne de la ville qu'il ne voyait pas.

Au bout d'un long moment, il reposa l'appareil sur son socle.

Cette histoire avec Payton le détournait de son but, voilà tout. Or, c'était la dernière chose dont il avait besoin en ce moment. Alors, mieux valait la rayer complètement de son esprit. Pour rester vigilant jusqu'au bout, comme il l'avait fait pendant huit ans.

À la réflexion, c'était une bonne chose que Payton ne lui adresse plus la parole. Ah ! il n'avait pas eu grand-chose à faire pour qu'elle ferme son clapet ! Peut-être que, désormais, il aurait la paix au bureau. Fini les regards assassins lancés à la dérobée, fini les balancements de cheveux agacés, fini les querelles secrètes dans les recoins des couloirs à propos de programmes féministes et du parti conservateur.

Une chose était sûre : rien de tout cela ne manquerait à J. D.

7

— Je t'ai dégoté l'homme parfait.

Laney pénétra dans le bureau avec nonchalance et s'affala dans un siège en face de Payton, qui leva à peine le nez.

— Hum, super, répondit Payton d'un air distrait. On pourrait en reparler dans, disons…

Elle jeta un coup d'œil à sa montre.

— … trois semaines ?

Mis à part la nomination des futurs associés, elle préparait un procès qui devait débuter deux jours plus tard.

— Je suis hyper emballée, Payton. Ne gâche pas tout avec tes sarcasmes.

— Oh, eh bien, dans ce cas, répliqua Payton en repoussant sur le côté de son bureau une montagne de documents d'un grand geste théâtral. Je suis tout à toi.

Laney lui coula un regard sévère.

— Carrière ou pas, une jeune trentenaire célibataire ne peut pas négliger sa vie privée éternellement.

— Désolée, Laney, c'est toi qui as raison. J'avais oublié que nous avions fait un saut dans le passé et que nous étions de nouveau en 1950.

Son amie lui jeta un autre regard accusateur.

— Je peux continuer ?
— Ce M. Parfait aurait-il un prénom, par hasard ?
— Chase.
— Et qu'est-ce qui fait de Chase Parfait un être si merveilleux ?
Laney se pencha en avant, impatiente de partager les détails avec son amie.
— Quand il était étudiant, il était dans la même fraternité que Nate, expliqua-t-elle, faisant référence à son mari. Il a emménagé à Chicago il y a seulement quelques semaines. Il est avocat lui aussi – attends voir, tu vas adorer : il est volontaire à l'aide juridictionnelle de Chicago. Il a fait la fac de droit de Harvard, où il était à la fois président de la section juridique de la Ligue des Droits de l'homme de l'université et du Comité de défense des Droits de l'homme de Harvard…
Payton haussa un sourcil sceptique.
— Harvard ?
Elle connaissait déjà un diplômé de Harvard, et elle aurait préféré ne pas le connaître.
Laney leva la main pour l'empêcher d'en dire plus.
— Je me suis renseignée. Il était boursier, et il s'est arrangé pour financer le reste de ses études avec des prêts étudiants. En plus, il est canon. Nate et moi, nous avons dîné avec lui hier soir, et j'ai appris d'une manière plutôt subtile qu'il cherchait à rencontrer quelqu'un.
— Comment tu as appris ça ?
— Je lui ai demandé s'il cherchait à rencontrer une femme.
— Effectivement, c'est ce qu'on appelle de la subtilité, rétorqua Payton en secouant la tête. Vous, les gens mariés, vous passez votre temps à essayer de nous caser, nous autres célibataires.
Laney faillit bondir de son siège.

— C'est exactement ce qu'il a dit ! Tu vois, vous êtes faits pour vous entendre, conclut-elle avant de marquer une pause. Alors ? Je lui dis de t'appeler ?

Le moment n'était pas vraiment propice, mais Payton avait du mal à résister à l'enthousiasme de son amie. D'ailleurs, Chase Parfait paraissait prometteur. Un avocat passionné par son travail, avec des convictions politiques. C'était précisément le genre de qualités qui l'attirait chez un homme. Et si, en plus, il était beau...

Elle finit par céder.

— D'accord. Tu peux lui dire de m'appeler.

— Ça tombe bien, parce que je lui ai déjà donné ton numéro.

Payton réfléchit longuement.

— La fac de droit de Harvard, hein ?

Ce fut plus fort qu'elle. Elle jeta un œil de l'autre côté du couloir, vers le bureau de J. D. Ils ne s'étaient pas adressé la parole depuis le dîner avec Jasper Conroy.

Ces derniers jours, elle avait évité de passer devant son bureau autant que faire se pouvait, prenant l'escalier pour les déplacements limités à cinq étages (à cause de ses talons), afin de minimiser les risques de se retrouver coincée dans l'ascenseur en tête à tête avec lui. Parce qu'elle en avait bel et bien *terminé* avec J. D.

Quoiqu'il ne se soit jamais rien passé entre eux, de toute façon.

Son point de vue était le suivant : au restaurant japonais, elle s'était ouverte à lui. Elle avait tenté de se montrer sous un jour sympathique, mais ses efforts n'avaient pas payé – c'était le moins qu'on puisse dire. Elle lui avait momentanément dévoilé son côté vulnérable, mais on ne l'y reprendrait plus. À présent, elle voulait juste tourner la page.

Qu'elle avait été stupide de croire qu'ils pouvaient s'entendre ! Au moins, ils avaient fait leur topo à l'équipe de la société Gibson, ce qui signifiait qu'ils n'auraient plus à collaborer, du moins pour le moment. Et si jamais le cabinet décrochait ce contrat, elle et J. D. seraient vraisemblablement devenus associés quand l'heure serait venue de travailler sur le dossier, et elle s'arrangerait d'une manière ou d'une autre, en confiant certaines tâches à son équipe, pour le croiser le moins possible.

Bien sûr, il y avait encore cette infime, minuscule portion de son être déçue qu'il n'ait pas pris la peine de s'excuser. Tout au contraire, il semblait l'éviter de son côté aussi, ce qui la laissait perplexe. D'accord, elle n'était pas parfaite, mais au moins, elle savait reconnaître ses torts. Pas lui, à l'évidence. Ou alors il croyait qu'il n'avait rien à se reprocher, auquel cas c'était vraiment le dernier des minables.

De toute façon, elle avait d'autres chats à fouetter.

Payton se concentra de nouveau sur Laney, qui se demandait déjà où M. Chase Parfait et Payton devraient se retrouver pour leur premier rendez-vous.

— Il vaut mieux que vous alliez boire un verre plutôt qu'un café, disait Laney. Tu deviens caustique quand tu bois trop de caféine.

— Caustique ? répéta Payton en levant le nez, offensée par cette remarque.

Mais un coup frappé à la porte interrompit leur conversation. Irma passa la tête dans la pièce.

— J'ai votre mère en ligne. Est-ce que je vous transfère l'appel ?

— Pourquoi est-ce que ma mère appelle sur *votre* ligne ?

Irma s'éclaircit la voix, embarrassée.

— Elle... euh... elle voulait me toucher un mot avant que je ne vous la passe.

— Et que voulait-elle vous dire au juste ? demanda Payton.

— Savoir si j'avais déjà pensé à organiser un syndicat des secrétaires du cabinet.

Payton leva les yeux au ciel. Sa mère lui avait rabâché son discours à la Norma Rae [1] des millions de fois. Apparemment, elle avait désormais jeté son dévolu sur Irma, sa dernière victime en date.

Payton salua d'un geste Laney, qui quittait déjà le bureau, et dit à Irma de lui passer sa mère. Puis, prenant son courage à deux mains, elle décrocha le combiné.

— Bonjour, maman.

— Salut, ma sœur, fit sa mère avec familiarité.

Dans l'esprit de Lex Kendall (« Alexandra » faisait bien trop bourgeois à son goût), toutes les femmes étaient sœurs, sans distinction.

— Comment va mon bébé ? s'enquit Lex.

— Bien, maman. Irma vient de m'apprendre que tu essayais de soulever les troupes contre Le Grand Patron.

— Et voilà ! Je savais que tu allais te mettre en boule si je la contactais.

— Pourtant, ça ne t'a pas empêchée de le faire.

— Je me disais juste qu'Irma et les autres travailleuses de votre cabinet aimeraient peut-être savoir qu'elles ont des droits. Tout le monde là-bas ne touche pas un salaire à six chiffres, Payton.

Payton poussa un soupir. À sa connaissance, sa mère était la seule personne à ne pas se réjouir que son enfant gagne bien sa vie.

— Si quelqu'un avait surpris votre conversation, Irma aurait pu avoir des ennuis. Et je sais de quoi je

1. Héroïne du film *Norma Rae*, qui se bat pour l'amélioration des conditions de travail des ouvriers, encourageant la création d'un syndicat. (*N.d.T.*)

parle : c'est mon travail de défendre les employés et les travailleurs.

— Je ne risque pas de l'oublier, répondit sa mère, comme si elle évoquait un crime odieux perpétré par sa seule et unique enfant.

Et aux yeux de Lex Kendall, Payton avait effectivement commis une faute irréparable : elle était devenue une yuppie, le symbole vivant du capitalisme.

Lex avait toujours proclamé son attachement à la liberté de pensée. Or, Payton avait vite compris qu'elle était libre de penser, certes, mais de penser comme sa mère.

La poupée Barbie était un objet sexiste (« Regarde-moi ce visage dénué d'expression, Payton. Tout ce qui intéresse Barbie, c'est de faire du shopping »). Les contes de fées – d'ailleurs, la littérature pour enfant en grande partie – étaient également sexistes (« Tu vois, Payton, le message véhiculé par ce livre, c'est que seule la beauté compte chez une femme »). Jusqu'aux dessins animés de Disney, considérés avec méfiance (« Je sais bien que la mère de Lisa l'autorise à regarder *Cendrillon*, Payton. De toute évidence, ça ne pose aucun problème à la mère de Lisa d'apprendre à sa fille que les femmes doivent attendre passivement qu'un homme vienne donner un sens à leur pathétique petite vie »).

Oui, Lex Kendall voyait l'ennemi partout.

En réalité, Payton n'était pas opposée aux principes de sa mère. Mais elle préférait exprimer ses convictions d'une manière moins radicale. Par exemple, elle était totalement contre les manteaux de fourrure. Aussi refusait-elle *personnellement* d'en porter. En revanche, elle n'allait pas se planter devant *Gucci* sur Michigan Avenue pour asperger de peinture rouge les clients qui sortaient de la boutique (contrairement à sa mère, qui avait été récompensée de son zèle artistique de rebelle par deux séjours en prison, obligeant ainsi Payton à passer de nombreuses nuits chez ses grands-parents).

Aux yeux de sa mère, Payton avait vendu son âme au diable. Quand Lex avait découvert que le travail de sa fille consistait entre autres à défendre de grosses entreprises américaines, elle avait boudé pendant deux semaines entières.

Ah... Payton gardait de ces deux semaines un souvenir très vif. Ç'avaient été les trois cent trente-six heures les plus calmes de toute sa vie.

— Je peux te rappeler ce soir, quand je serai rentrée chez moi ? demanda Payton. J'ai beaucoup de choses à régler au bureau.

— À cause de cette histoire d'associés, commenta Lex d'une voix tout au mieux indifférente.

— Oui, c'est ça, à cause de cette histoire d'associés.

Payton se serait volontiers lâchée, mais elle se retint. Était-ce vraiment trop demander à son entourage de faire preuve d'un minimum d'empathie ? De tenter de comprendre ce qu'elle traversait en ce moment ? Personne n'avait donc conscience de l'énorme poids qu'elle avait sur les épaules ?

— Pas la peine de me rappeler, dit sa mère. J'entends à ta voix que tu es très tendue. Tu continues tes exercices de yoga ? Tu dois avoir grand besoin de libérer tes chakras.

Payton plaqua la tête contre son bureau. Oui, évidemment, la tension dans sa voix n'avait rien à voir avec le fait qu'elle n'avait pas pris de vacances depuis quatre ans, ironisa-t-elle en son for intérieur. Non, le problème, selon sa mère, provenait de ses chakras bouchés.

Dans le combiné qu'elle tenait à bout de bras, elle entendait sa mère déblatérer ses inepties.

— ... parlera quand je viendrai en ville dans le courant du mois...

Ces mots firent sursauter Payton.

— Tu viens à Chicago ?

— Steven a prévu de rendre visite à Sarah et à Jess pour la fête des Pères, expliqua sa mère, faisant allusion aux demi-sœurs de Payton. Je me suis dit que j'en profiterais pour venir à Chicago passer le week-end avec toi.

Payton jeta un coup d'œil au calendrier. Elle avait été tellement prise par son travail qu'elle en avait oublié la fête des Pères. Elle éprouva soudain un élan d'affection pour sa mère. Lex Kendall pouvait certes être une véritable plaie, mais elle n'avait jamais fait faux bond à Payton le jour de la fête des Pères, même après avoir épousé Steven et déménagé avec lui à San Francisco, plusieurs années auparavant. Bien qu'elles n'en aient jamais ouvertement parlé, Payton savait que sa mère tentait de compenser l'absence de son père, qu'elle n'avait pas vu depuis des lustres.

— Ça me ferait très plaisir, maman, fit Payton.

Puis elles ébauchèrent quelques projets pour ledit week-end. Payton croisait les doigts : avec un peu de chance, elle aurait une bonne nouvelle à annoncer à Lex quand elles se verraient.

Quelques instants plus tard, alors qu'elles étaient en pleine conversation, le signal de l'autre ligne clignota sur son récepteur. À travers la vitre, Payton vit Irma décrocher, hocher la tête, puis se lever pour attirer son attention. Elle prit congé de sa mère, pressentant un événement important.

— Que se passe-t-il ? demanda-t-elle à sa secrétaire quand celle-ci se présenta à la porte de son bureau.

— C'était Marie, la secrétaire de Ben. Il veut vous voir. Marie dit qu'elle a surpris une conversation téléphonique plus tôt dans la matinée, ajouta-t-elle en baissant la voix. Il parlait avec Tom Hillman, du comité des associés. Apparemment, Ben lui aurait dit qu'il voulait vous annoncer *la nouvelle*, à vous et à J. D., dès que possible.

Payton se sentit parcourue d'une vague d'excitation.

L'heure était enfin venue.

Un léger sourire aux lèvres, elle se leva tout en remerciant Irma.

Puis elle sortit de la pièce et se dirigea vers le bureau de Ben.

8

Lorsque Payton arriva dans le bureau de Ben, elle y trouva J. D., qui attendait seul, installé dans un fauteuil en face de la table. Il était assis dos à la porte et ne l'entendit pas entrer. Sa jambe s'agitait nerveusement.

Elle toussota pour signaler sa présence. J. D. cessa aussitôt de remuer et la regarda prendre un siège à côté de lui.

— Ben n'est pas encore là ? demanda-t-elle froidement.

J. D. secoua la tête.

— D'après Marie, il ne devrait pas tarder.

Un silence gêné s'installa entre eux.

Payton balaya la pièce du regard. Prenant soudain conscience qu'elle tapotait nerveusement les accoudoirs, elle s'immobilisa et croisa les mains sur ses genoux.

Le silence semblait vouloir s'éterniser, quand soudain...

— C'est à cause de ce travail, tu sais.

Payton, qui rêvassait, le regard perdu au-delà de la fenêtre, tourna la tête vers J. D.

— Dans notre métier, nous passons notre temps à nous quereller avec les gens – ça fait partie du job. On échafaude des stratégies pour les piéger, on s'efforce par tous les moyens de prendre le dessus sur eux. Parfois, j'ai du mal à m'en détacher.

Il regarda Payton droit dans les yeux.

Prise au dépourvu, elle ne sut pas quoi répondre. Franc et résolu, J. D. ne détournait pas le regard.

Payton se surprit à penser qu'il avait vraiment des yeux d'un bleu extraordinaire.

— OK, acquiesça-t-elle.

J. D. semblait s'être préparé à une réplique plus corsée.

— OK, répéta-t-il.

Elle crut l'entendre pousser un soupir de soulagement. Puis il sourit. D'un sourire sincère.

— Alors... tu sais pourquoi on est là ?

— J'ai ma petite idée, répliqua-t-elle.

J. D. se pencha en avant sur son siège, le regard enflammé.

— Quelle est la première chose que tu feras, une fois associée ?

Par superstition, Payton hésitait à faire des plans sur la comète. Mais ç'aurait été idiot de ne pas savourer l'instant. Ils savaient tous les deux pourquoi Ben les avait convoqués.

— Dormir, répondit-elle. Pendant toute une semaine.

J. D. éclata de rire.

— Sans répondeur, ajouta-t-elle.

— Ni e-mails.

— Ni BlackBerry.

— Ni ordinateur portable, ajouta J. D. avec un clin d'œil, sachant qu'elle ne pourrait pas surenchérir.

Payton réfléchit un instant.

— En fait, je crois que je prendrai quelques semaines de vacances. J'adore voyager.

— Où ça ?

— Bora Bora, dit-elle d'un ton décidé.

— Une raison particulière ?

Payton haussa les épaules.

— Je ne sais pas. C'est le genre d'endroit qui me plairait, j'en suis sûre.

J. D. lui adressa un large sourire. C'est alors que Payton réalisa qu'un type comme J. D. passait probablement toutes ses vacances dans ce genre de lieu paradisiaque. Non, mieux encore, c'étaient *ses domestiques* qui allaient s'y reposer. Elle était sûrement passée pour une cruche.

En tout cas, s'il le pensait, il n'en montra rien.

— Bora Bora, c'est une bonne idée, déclara-t-il en se carrant dans son fauteuil. Écoute, Payton, ajouta-t-il en lui jetant un coup d'œil, maintenant que tout ça est derrière nous, je me disais qu'on pourrait peut-être mettre de côté nos désac…

À cet instant, Ben entra dans le bureau.

— Navré de vous avoir fait attendre, dit-il en s'installant à sa table. Mon déjeuner a duré plus longtemps que prévu.

Il se redressa, droit comme un piquet, les mains résolument posées sur la table.

— Bien. J'ai une très bonne nouvelle : j'ai reçu un coup de fil de Jasper Conroy dans la matinée. Il a choisi notre cabinet pour représenter sa société. Vous l'avez beaucoup impressionné. Je savais que je pouvais compter sur vous pour décrocher le contrat, ajouta-t-il avant de marquer une pause. Ce qui m'amène à mon deuxième point.

Payton retint son souffle. Du coin de l'œil, elle vit que J. D. s'était légèrement avancé sur son siège.

— Vous savez évidemment que le cabinet désignera les nouveaux associés à la fin de ce mois, reprit-il. Or, le comité des associés a pour principe de ne jamais divulguer la moindre information avant l'annonce officielle. Mais, pour vous récompenser de l'incroyable talent que vous avez déployé dans le dossier Gibson, ainsi que du travail que vous avez abattu tous les deux pour ce cabinet au fil des ans, je vais faire une entorse à la règle et vous donner un petit indice. Car je sais que vous êtes impatients de connaître le verdict.

Payton sentit son cœur s'emballer. Cette fois, ça y était. L'heure de vérité avait sonné.

Ben se racla la gorge.

— Avant tout, vous devez savoir que ce que je suis sur le point de vous apprendre va probablement vous... surprendre.

Payton cligna des yeux. Les surprendre ? Pas vraiment ce qu'elle avait envie d'entendre.

— Je suppose que vous êtes au courant du procès intenté par la Commission pour l'égalité des chances contre Gray & Dallas pour discrimination liée à l'âge, dit Ben, faisant référence à un autre cabinet prestigieux de Chicago. On leur reproche entre autres de renvoyer les anciens associés en faveur d'avocats plus jeunes.

Ben se tourna vers Payton pour trouver du soutien.

— Payton, vous qui êtes experte en droit du travail, vous imaginez bien que tous les cabinets de la ville, y compris le nôtre, ont suivi cette affaire de très près.

Payton répondit, en prenant soin de peser ses mots :

— Je suis au courant de l'affaire, Ben. En revanche, je ne vois pas en quoi cela nous concerne, J. D. et moi.

— Le comité des associés a décidé que nous devions nous positionner de manière à ne pas risquer d'attirer l'attention de la Commission pour l'égalité des chances. Nous ne pouvons tout simplement pas nous permettre d'avoir un pourcentage trop élevé d'associés âgés de moins de quarante ans. En même temps, nous ne pouvons pas reprendre les actions des mains de ceux qui sont déjà nos associés... Du coup, à la place, nous allons réduire le nombre de nouveaux postes d'associés cette année.

J. D. serra la mâchoire.

— Vous n'avez toujours pas répondu à la question de Payton : en quoi cela nous concerne-t-il ?

Ben hésita avant de répondre. Il les regarda à tour de rôle.

— Nous ne nommerons qu'un associé au département contentieux cette année. Il n'y aura qu'un poste.

Dans la pièce, l'air devint soudain irrespirable.

Un seul poste.

Ce serait elle ou lui.

Payton finit par rompre le silence.

— C'est une plaisanterie ?

Ben secoua la tête.

— Non, hélas. D'ailleurs, estimez-vous heureux de l'apprendre de ma bouche aujourd'hui, dit-il en se désignant du doigt, comme s'il s'attendait qu'on le remercie. J'ai *personnellement* insisté pour que vous soyez mis au courant. Je tenais au moins à vous avertir qu'un de vous deux ne passerait pas associé.

— La décision n'a pas encore été prise ? demanda J. D. d'un ton sceptique.

Ben eut le culot de rire à cette remarque. Il leva la main d'un air désarmé.

— Que voulez-vous ? Vous êtes tous deux de si brillantes recrues. Vous ne vous rendez pas compte comme c'est dur pour nous.

Dur pour eux ? Payton faillit lui sauter au cou et l'étrangler. J. D. aussi parut perdre patience. Il jeta à Ben un regard noir.

— Vous vous fichez de nous ? La semaine dernière encore, vous nous laissiez entendre à tous les deux que c'était quasiment dans la poche.

Ben haussa les épaules, un geste nonchalant que Payton interpréta comme un signe d'indifférence. Après tout, quelle importance pour lui ? Il en allait seulement de son avenir et de celui de J. D. Rien de très grave, somme toute.

— D'accord, j'ai légèrement enjolivé les faits... concéda Ben. Mais nous sommes avocats, ça fait partie de notre travail.

— Et, comme par hasard, vous avez attendu que nous ayons décroché le contrat Gibson pour nous avertir, intervint Payton. Vous vous êtes servi de nous, Ben.

Ce dernier leva le doigt pour rectifier un point.

— D'un point de vue purement technique, je ne me suis servi que d'un seul d'entre vous. Parce que l'autre deviendra associé et se verra confier le dossier Gibson, comme promis. Quant à celui qui restera sur la touche, eh bien...

Il n'acheva pas sa phrase, mais ce n'était pas nécessaire. Son silence était éloquent.

Payton en avait assez entendu. Chacun d'entre eux connaissait les règles du jeu, la loi tacite qui régnait au cabinet : c'était « soit promu, soit à la rue ». Autrement dit, si un collaborateur ne passait pas associé, on commençait par lui retirer la gestion de ses dossiers, puis on lui accordait un délai lui permettant tout juste de quitter le cabinet « de son plein gré » et de dégoter un autre travail.

— Cette nouvelle vous prend de court, j'en ai conscience, reprit Ben. Malheureusement, et je le regrette, les circonstances nous obligent à recourir à ce genre de procédé. Je tiens quand même à vous rappeler que notre choix n'est pas encore arrêté. Rien n'est joué. Jusqu'à la dernière minute, la décision peut changer. Alors, si je peux vous donner un conseil, pour ce qu'il vaut, donnez tout ce que vous avez pendant les deux semaines qui restent.

Payton faillit rire jaune. Donner tout ce qu'elle avait ? Que pouvait-elle bien donner de plus ? Son premier-né ?

Elle consulta J. D. du regard et comprit qu'il partageait la même pensée.

Un seul d'entre eux sortirait vainqueur.

Après huit années de chamailleries, la véritable guerre était enfin déclarée.

J. D. s'efforça d'afficher un visage calme jusqu'à ce qu'il ait regagné son bureau.

Une fois dans la pièce, il referma la porte et se mit aussitôt à faire les cent pas. Il avait les idées floues. Il s'assit à son bureau, ignorant le signal clignotant du téléphone indiquant qu'il avait un nouveau message.

À peine un quart d'heure plus tôt, alors qu'il plaisantait tranquillement avec Payton dans le bureau de Ben, il aurait estimé ses chances de devenir associé à quatre-vingt-neuf virgule quatre-vingt-neuf pour cent.

Brusquement, elles s'étaient effondrées à cinquante pour cent. Tout au plus.

D'un côté, il avait eu envie d'enguirlander Ben, de lui dire ses quatre vérités, à savoir quel petit merdeux sournois il était. Et de l'autre, conscient que rien n'était perdu, il s'était senti obligé de continuer à jouer le jeu, celui du parfait petit collaborateur irréprochable.

Mais, en vérité, il tombait des nues.

Par la vitre, il vit Payton rentrer à la hâte dans son bureau et refermer aussitôt la porte, comme lui quelques instants plus tôt. Bien évidemment, la nouvelle l'avait ébranlée elle aussi.

Au bout de huit ans, c'était finalement arrivé.

La balle de match. Elle contre lui.

La sonnerie de l'Interphone le fit sursauter. C'était sa secrétaire.

— Oui, Kathy, répondit-il d'un ton sec et tranchant.

Qu'on lui fiche la paix quelques instants !

— Navrée de vous déranger, J. D., répondit Kathy. Chuck Werner veut que vous le rappeliez dès que possible pour mettre au point le planning des dépositions de la semaine prochaine.

J. D. se pinça le nez au niveau des yeux. Il sentait la migraine arriver et n'était pas du tout d'humeur à parlementer avec l'avocat de la partie adverse.

— Merci, Kathy. Je m'en occupe.

— Une dernière chose, ajouta rapidement la secrétaire, qui devait sentir qu'il était pressé de raccrocher. Votre père a appelé. Il m'a laissé un message pour vous. Il a entendu dire que le cabinet allait faire une annonce aujourd'hui, et il voulait savoir si votre mère avait gagné son nouveau vison, conclut-elle lentement, apparemment déconcertée par le message. Il a dit que vous comprendriez.

J. D. ferma les yeux. Son mal de tête avait soudain décuplé.

Les yeux clos, Payton s'appuya contre la porte. Lentement, elle inspira puis expira pour tenter de se calmer.

À peine cinq secondes plus tard, la sonnerie du téléphone retentit. Elle s'efforça de l'ignorer.

Elle rouvrit les yeux et alla s'installer à son bureau. Jetant un coup d'œil à l'écran de son ordinateur, elle vit qu'elle avait reçu vingt-cinq nouveaux e-mails.

On frappa à la porte. Sans attendre de réponse, Irma glissa la tête dans la pièce.

— Ah, je me disais bien que vous étiez revenue. J'ai Mr. McKane sur la ligne un, et Eric Riley qui patiente sur la deux. Il veut discuter du procès Middleton.

Payton étouffait. Elle avait l'impression que les murs se rapprochaient, que la pièce rétrécissait. Lorsque le téléphone retentit de nouveau, la sonnerie lui parut assourdissante.

Il fallait qu'elle sorte de là.

Sur-le-champ.

Elle se faufila par la porte, bousculant légèrement Irma au passage.

— Dites-leur que je les rappellerai plus tard. Je... j'ai quelque chose à régler. Une urgence.

Sur ce, elle se précipita vers l'ascenseur.

Au cinquante-cinquième étage de l'immeuble se trouvait la bibliothèque du cabinet. Grandiose avec son plafond cathédrale et ses vitraux illuminés par les rayons du soleil, la salle semblait appartenir à une époque lointaine, révolue, une époque où les juristes – Dieu du ciel ! – consultaient encore des *livres* pour y puiser des renseignements. Mais à l'ère d'Internet, rares étaient ceux qui venaient déambuler parmi les élégants rayonnages en acajou qui couvraient deux étages entiers. Le plus souvent, on n'y trouvait qu'Agnès, la bibliothécaire solitaire de Ripley & Davis, qui travaillait pour le cabinet depuis sa création.

Presque six ans auparavant, alors qu'elle cherchait l'étage de la comptabilité, Payton s'était perdue et était tombée par hasard sur la bibliothèque (qui ne faisait même plus partie de la visite guidée proposée aux nouvelles recrues). Elle avait aussitôt été séduite par le calme qui régnait dans cette oasis de sérénité et qui contrastait avec le chaos et l'agitation qu'on trouvait aux autres étages du cabinet.

À vrai dire, c'était pratiquement le seul endroit dans tout l'immeuble où se réfugier pour échapper aux associés flemmards qui traquaient, par tous les moyens possibles – appels, bips, e-mails, etc. –, les collaborateurs pour leur filer des injonctions provisoires à faire dans l'urgence à 16 heures le vendredi. Bien qu'il ne fût jamais venu à l'esprit de Payton, studieuse collaboratrice qu'elle était, d'utiliser la bibliothèque à cette fin pernicieuse.

Bref, pour qui voulait se cacher, la bibliothèque représentait la planque idéale.

Payton pénétra en trombe dans la salle et fut soulagée de constater que, comme toujours, l'endroit était désert. Elle passa d'un pas vif devant le bureau de la bibliothécaire et prit la direction de son coin « réflexion » favori : les étagères des archives, tout au fond de la salle.

— Bonjour, Agnès, dit-elle poliment au passage.

En entendant Payton, Agnès se retourna. À quatre-vingts ans bien sonnés, la bibliothécaire n'avait plus des yeux de jeune fille. Elle sourit et fit un signe de la main dans le vide en regardant dans la mauvaise direction.

— Bonjour, Ms. Kendall, s'écria-t-elle. Vous êtes venue préparer une nouvelle allocution d'ouverture ?

C'était le prétexte que Payton lui avait fourni des années auparavant, pour justifier le temps qu'elle passait à errer seule au milieu des rayonnages.

— Je n'en ai pas pour longtemps, aujourd'hui, répondit Payton par-dessus son épaule.

Il lui fallait juste une minute ou deux pour se ressaisir. L'annonce de Ben l'avait secouée. Elle bouillait de colère. Si elle ne prenait pas un moment pour se ressaisir, elle risquait d'exploser.

Une fois à l'abri des regards parmi les archives, elle s'immobilisa. S'appuyant contre les étagères, elle prit une profonde inspiration. Puis une autre.

Tiens le coup, s'ordonna-t-elle. Ce n'était pas la fin du monde. Elle pouvait encore devenir associée. Elle pouvait encore...

Oh, bon sang ! Des larmes de frustration lui emplissaient les yeux. Non, non, non, elle n'allait pas craquer. Pas là, pas maintenant.

À cet instant, elle entendit Agnès saluer quelqu'un. Jetant un regard entre les livres, elle aperçut – zut ! – J. D. à l'entrée de la bibliothèque. Elle l'observa tandis qu'il se dirigeait vers le bureau de la bibliothécaire et lui disait quelques mots qu'elle n'entendit pas.

Payton balaya l'endroit du regard, espérant trouver un chemin par où se faufiler pour sortir des rayons. J. D. était la dernière personne au monde qu'elle avait envie de voir. Malheureusement pour elle, il n'y avait pas d'autre issue que celle qu'elle avait prise pour venir. À travers les livres, elle vit Agnès indiquer à J. D. les rayons des archives où elle se cachait. Il hocha la tête et se dirigea droit vers elle.

Elle s'empressa de sécher ses larmes, en priant le Ciel pour que son mascara n'ait pas coulé. Il lui fallait trouver une couverture. Et vite. Apercevant un tabouret à proximité, elle grimpa dessus et attrapa sur l'étagère le premier livre qui lui tombait sous la main. À peine l'avait-elle ouvert que J. D. apparut au détour de l'allée.

— Payton.

Levant le nez du livre, elle prit soin d'afficher une royale indifférence.

— Tu fais des recherches, J. D. ?

— Bien sûr que non, rétorqua-t-il. Toi non plus, d'ailleurs. Je t'ai suivie ici. C'est curieux, ajouta-t-il en regardant tout autour de lui, j'ai toujours cru que c'était l'étage de la compta.

Tout en s'efforçant de garder un air désinvolte, Payton descendit du tabouret.

— Tu m'as suivie ici ? Et pourquoi cela ?

La question parut le gêner.

— Je t'ai vue sortir précipitamment de ton bureau. Après notre réunion avec Ben, je me suis dit que, peut-être, tu... balbutia-t-il gauchement sans finir sa phrase.

Super, pensa Payton. Tout à fait ce qu'il lui fallait à cet instant précis : la pitié de J. D. Soudain, ses yeux se remirent à la piquer.

— Je vais bien, répondit-elle en lui tournant le dos. Honnêtement.

J. D. posa une main sur son épaule.

— Ce n'est pas la peine de faire semblant, Payton, dit-il d'une voix douce.

Ce fut la goutte d'eau qui fit déborder le vase. La compassion de J. D. Il fallait qu'elle arrête ça tout de suite. Arborant une expression insouciante, elle se retourna.

— Qu'est-ce que tu me veux, J. D. ? Je me disais que pour une fois, tu pourrais peut-être t'écraser.

À ces mots, les traits de J. D. se durcirent. Elle n'avait pas voulu adopter un ton si âpre. Malheureusement, elle avait parlé très sèchement.

Il s'écarta et croisa les bras.

— Eh bien, madame semble légèrement à cran. Tu ne te ferais pas du souci à propos de la fameuse décision ?

— Non, rétorqua Payton en feignant l'indifférence.

— Ah non ?

— Non, répéta-t-elle d'une voix ferme, en levant un menton résolu.

Un voile d'inquiétude passa fugitivement sur le visage de J. D.

— Tu connais déjà la réponse, fit-il sur un ton grave. Tu sais qu'ils vont te prendre.

— Tout ce que je sais, c'est que si le cabinet nous juge sur notre mérite, ce sera moi l'heureuse élue.

D'une enjambée, J. D. la rejoignit.

— Tu penses vraiment que tu vaux beaucoup mieux que moi ?

Payton ne se laissa pas intimider.

— En effet.

Il plissa les yeux.

— Je t'en prie ! Si c'est effectivement toi qui obtiens le poste, nous saurons tous les deux pourquoi.

Payton eut un petit sourire en coin.

— Ah bon ? Et pourquoi ? Parce que je suis une femme ?

— C'est toi qui l'as dit, répliqua J. D. en haussant les épaules.

— Tu te fiches de moi ? Mais c'est l'hôpital qui se moque de la charité ! s'exclama Payton. Toi, Ben et la plupart des hommes du cabinet, vous sortez tous du même moule. Vous êtes tous allés dans l'une des plus prestigieuses, des plus élitistes facs des États-Unis, vous avez tous votre carte d'adhérent au même country club. Et dis-moi, J. D., combien d'amis P-DG de ton papa as-tu promis d'amener au cabinet pour enrichir le portefeuille clients ? Je parie que les membres du comité des associés salivent d'avance à l'idée de tout l'argent que tu vas leur rapporter en faisant jouer tes relations. Ou celles de ton père, devrais-je dire.

C'était blessant, très blessant, et elle le savait. Mais la machine était lancée, les digues avaient cédé, et toutes les émotions qu'elle avait contenues jusque-là faisaient surface d'un seul coup. Elle ne pouvait plus s'arrêter.

Elle comprit à son regard qu'il était fou de rage.

— Ah oui ? Que dire dans ce cas de ce que *toi*, tu peux leur apporter, Payton ?

— Éclaire donc ma lanterne.

— De la diversité. S'ils te prennent, toi, les membres du comité se féliciteront d'avoir opté pour la bonne catégorie démographique.

Dans un geste de colère, elle reposa violemment le livre sur l'étagère la plus proche, soulevant un nuage de poussière qui n'épargna pas la veste de J. D.

— De la diversité ? répéta-t-elle d'un air incrédule. Mais ouvre donc les yeux, J. D. Tout le monde dans ce cabinet est exactement comme toi : blanc avec un pénis.

Sans prendre la peine de relever la remarque, J. D. désigna du doigt la manche de sa veste.

— Fais attention à mon costume, ma belle. Il a été fait sur mesure à Londres.

— Oh, je suis navrée. Il ne te reste plus qu'à t'en faire faire un autre la prochaine fois que tu iras prendre le thé avec Sa Majesté la Reine. C'est également une amie de la famille, non ?

Furieuse, Payton bouscula J. D. pour se précipiter vers la sortie à travers les rayons.

J. D. la suivit.

— Qu'est-ce que tu insinues au juste ? Que je ne mérite pas tout ça ? demanda-t-il. En huit ans, j'ai facturé plus de deux mille neuf cents heures pour le compte de la société !

Payton fit volte-face.

— Moi aussi ! La seule différence entre nous, c'est que, d'après les statistiques, tu as plus de chances de tenir ce rythme. Le cabinet ne va pas se demander si, un jour, tu ne voudras pas quitter le travail à 17 heures pour aller t'occuper de tes mômes.

J. D. fit un pas vers elle, puis un autre, de sorte qu'elle se retrouva littéralement prise au piège contre les étagères.

— Épargne-moi ton bla-bla de féministe, Payton. Ça commence à bien faire. J'ai dû bosser comme un dingue pour en arriver là. Alors que toi, tu as eu la vie facile dès ton premier jour au cabinet.

Hors d'elle, Payton se sentit rougir jusqu'à la racine des cheveux.

— Vraiment ? Eh bien, tu sais ce que je pense, J. D. ? fit-elle en lui plantant un doigt dans le torse. Que tu n'es qu'un crétin sexiste et collet monté, un propriétaire de poney qui prône l'ultralibéralisme économique, le genre de mec qui boit du whisky glace et part du principe que sa femme doit porter son nom.

J. D. repoussa sa main.

— Au moins, je ne suis pas une enquiquineuse bornée qui conduit une Toyota Prius, une fille amère pleine de ressentiment et de complexes, une nazie de féministe pour qui l'expression « mère au foyer » est carrément un gros mot !

Il l'avait coincée contre les étagères. Son corps était collé au sien, si bien qu'elle ne pouvait même pas remuer les bras. Il lui décocha un regard meurtrier, auquel elle répondit de la même manière, les yeux levés vers son visage.

Il était fou de rage. Elle aussi.

Ils se figèrent comme des statues. Une pensée des plus étranges traversa alors l'esprit de Payton.

Elle avait comme l'impression que J. D. allait l'embrasser.

Et, plus curieux encore, elle avait comme l'impression qu'elle ne le repousserait pas.

J. D. dut lire en elle, car ses yeux jetèrent des éclairs – pas de colère, cette fois – et, plaquant brusquement les mains sur la nuque de Payton, il l'attira vers lui tout en se penchant vers son visage. Et, bien qu'elle le maudisse intérieurement de penser qu'elle puisse un jour accepter de le laisser la toucher, elle ferma les yeux, entrouvrit les lèvres et…

— Pardonnez-moi.

Cette voix fit à Payton l'effet d'un seau d'eau glacée jeté en pleine figure.

Ses yeux papillonnèrent, comme si elle retombait brutalement sur terre. Ils tournèrent la tête vers Agnès, qui se tenait au bout de l'allée, d'où elle leur faisait un signe de la main. Payton n'imaginait que trop de quoi ils devaient avoir l'air, collés ainsi l'un contre l'autre, les yeux écarquillés.

Mais l'aimable bibliothécaire était soit extrêmement discrète, soit (et c'était plus vraisemblable, à en juger par les culs de bouteilles dont son nez était chaussé) myope comme une taupe. Elle leur sourit aimablement, tandis qu'ils la regardaient sans oser bouger d'un pouce.

— Je voulais simplement vous rappeler que nous fermons dans dix minutes, dit-elle d'un ton affable.

— Merci, Agnès, répondit Payton, la respiration saccadée.

Peut-être que s'ils demeuraient figés, l'octogénaire ne les verrait pas, tel le T-Rex qui ne distinguait pas ses proies dès lors qu'elles restaient immobiles.

— Nous n'en avons plus pour longtemps, ajouta J. D.

Il avait dit cela d'une voix rauque. Sexy.

Payton fut surprise qu'une telle pensée lui vienne à l'esprit.

Agnès hocha la tête et tourna les talons. Dès qu'elle fut hors de vue, Payton repoussa violemment J. D.

— Garde tes distances, Jameson, s'écria-t-elle d'une voix où perçait encore un tremblement.

Elle se racla la gorge en priant pour ne pas piquer un fard.

J. D. se redressa et remit de l'ordre dans son costume d'un air nonchalant.

— Comme tu voudras. Ce sera d'ailleurs avec plaisir.

Concluant ses mots d'un hochement de tête, il s'effaça pour la laisser passer. Payton s'éloigna sans même lui accorder un regard, les yeux rivés droit devant elle. Mais une fois parvenue au bout de l'allée, elle ne put s'empêcher de se retourner pour lui jeter un coup d'œil.

— Oh, j'allais oublier, fit-elle en rejetant sa chevelure en arrière dans un geste plein d'assurance. Le poste d'associé *m'appartient*.

J. D. la dévisagea.

— Si j'étais toi, je ne parierais pas ma Prius là-dessus.

Il lui adressa un clin d'œil hautain, la rejoignit et la dépassa en la frôlant, avant de quitter la bibliothèque en arborant une royale indifférence.

Elle avait dû être victime d'un accès de folie passagère.

Le stress d'apprendre qu'elle ne serait peut-être pas associée lui avait temporairement fait perdre la tête.

Sans oublier le mal des montagnes. Son corps n'était tout bonnement pas habitué au faible taux d'oxygène présent dans l'air au cinquante-cinquième étage.

Mais elle avait recouvré ses esprits. Dieu merci ! Elle avait de nouveau la tête sur les épaules et se concentrait sur son travail.

Tout ce chemin parcouru... Elle n'allait pas jeter l'éponge si près du but. Elle n'avait pas trimé pendant huit ans pour du beurre. En d'autres termes...

C'était la guerre.

Dans le taxi qui la ramenait du bureau, elle appela Laney pour tout lui raconter. Enfin, presque tout. La réunion avec Ben, la décision du comité de ne nommer qu'un associé au contentieux. Néanmoins, elle ne vit pas l'intérêt de mentionner le petit accrochage avec J. D. à la bibliothèque. De toute façon, la page était tournée. Il fallait qu'elle se concentre sur sa carrière, qui ne tenait plus qu'à un fil.

Après avoir raccroché, elle vérifia sa messagerie vocale et eut le plaisir de trouver un message de Chase, alias M. Parfait, qui lui proposait de boire un verre dans la semaine. Payton décida d'accepter son invitation. Elle avait besoin de se changer les idées. Le temps d'arriver chez elle, elle était même parvenue à se convaincre que c'était uniquement de son boulot qu'elle avait besoin de se distraire.

Ce soir-là, J. D. fut le dernier à quitter le cabinet.

Vingt minutes plus tôt, en levant les yeux, il avait vu Payton ranger ses affaires. En partant, elle n'avait pas daigné jeter un seul coup d'œil dans sa direction.

Tant mieux, pensa J. D. Mieux valait qu'ils s'évitent. Les choses étaient bien plus simples ainsi.

En fait, il n'arrivait toujours pas à s'expliquer pourquoi il avait suivi Payton à la bibliothèque. Grossière erreur de sa part, à l'évidence.

Garde tes distances, Jameson.

Comme s'il avait encore l'intention de l'approcher ! D'accord, dans la bibliothèque, ils avaient légèrement dérapé. Sans parler du moment où il l'avait presque embrassée... Mais il ne s'était *rien* passé. Et, vu la réaction de Payton, il ne se risquerait plus jamais à tenter le coup. Quel intérêt, de toute façon ? Il était J. D. Jameson. Il n'avait qu'à claquer des doigts pour dégoter un rendez-vous galant qui lui ferait oublier cette mégère.

J'allais oublier... Le poste d'associé m'appartient.

Oh, vraiment ? Il était l'un des meilleurs avocats de la ville. Payton elle-même l'avait admis. Alors quoi ? Il allait baisser les bras, mettre huit années de travail acharné à la poubelle, laisser tomber le poste d'associé à cause d'une bonne femme en jupe courte et talons aiguilles ?

Et puis quoi encore ?

9

Payton arriva au restaurant avec dix minutes de retard.

Depuis l'instant où elle avait rappelé Chase Parfait pour fixer un rendez-vous, deux jours auparavant, Laney avait planifié son rencard dans les moindres détails. Heureusement, elle avait approuvé le choix du lieu, le *SushiSamba Rio*, un restaurant huppé (« Laisse-le payer, Payton, et épargne-lui ta rengaine féministe ») sans être trop tape-à-l'œil pour autant (« Mais ne commande pas de plat de plus de vingt-cinq dollars, tu ne voudrais pas passer pour une croqueuse de diamants »). L'établissement comprenait une salle de restaurant et un coin salon séparé. De cette manière, songeait Payton, ils pourraient commencer par boire un verre, et si tout se passait bien, ils resteraient pour dîner.

Les habituées des *blind dates* [1] vous parleront du fameux instant fatidique où vous pénétrez dans le restaurant, le café ou le bar, où vous balayez la salle du regard et où, soudain, votre cœur cesse de battre et où vous vous dites : *Oh ! pitié ! Faites que ce soit lui !*

---

1. *Blind date* : rendez-vous arrangé avec un inconnu. (*N.d.T.*)

Mais vous vous ravisez immédiatement : ce ne peut pas être lui. Un mec aussi charmant n'a sûrement pas besoin d'un *blind date* pour trouver une copine. Vous faites pourtant durer le rêve, vous vous permettez d'espérer encore un petit peu, jusqu'à ce que, fatalement, une jeune femme superbe sorte des toilettes et vienne s'installer à la table du mec en question, tandis que vous prenez vous-même conscience que votre rencard à vous (petite veinarde !), c'est l'andouille au bar à la chemise boutonnée jusqu'au cou d'un bleu vraiment pas sexy et au pantalon beige remonté jusqu'au nombril, qui vient manifestement de quitter son boulot au vidéoclub du coin.

Voilà pourquoi, ce soir-là, lorsque Payton pénétra dans le restaurant et que son regard se posa aussitôt sur le beau gosse en chemise noire et jean installé au bar, elle le raya immédiatement de son champ de vision, se disant qu'il était trop bien pour être là pour un rendez-vous arrangé avec une parfaite inconnue.

Ne repérant personne d'autre qui fût susceptible d'être son rencard, elle se dit que Chase Parfait n'était peut-être pas aussi parfait que ça, puisque, manifestement, il était encore plus en retard qu'elle. Elle décida de l'attendre au bar, mais avant même qu'elle ait eu le temps de commander une boisson, elle sentit quelqu'un lui tapoter l'épaule. Elle se retourna et poussa un petit cri étouffé.

Doux Jésus !

C'était le beau mec à la chemise noire et au jean.

— Tu es Payton, n'est-ce pas ? demanda-t-il avec un sourire radieux. Nate m'a appelé, sur ordre de Laney, pour me décrire ta tenue. Cette femme-là pense à tout, hein ?

Bigre !

Cette petite rusée de républicaine de Laney lui en bouchait vraiment un coin, cette fois-ci.

Payton lui décocha un grand sourire.

— Tu dois être Chase, dit-elle en lui tendant la main.

Elle en profita pour le regarder de plus près. Avec ses cheveux noirs ondulés et ses yeux noisette, il avait quelque chose de Patrick Dempsey, alias le docteur Mamour de la série *Grey's Anatomy*. Il était de stature convenable, pas extrêmement grand non plus, un mètre soixante-dix-huit à tout casser, mais puisque Payton ne dépassait pas le mètre soixante, ça ferait très bien l'affaire.

Chase lui prit la main et la serra fermement.

— Enchanté, Payton, dit-il avec un sourire toujours aussi sincère et affable.

Zut... Le radar à duperie de Payton sonna l'alerte rouge. Il était *trop* sympa. C'était louche. Elle l'observa avec prudence tandis qu'il s'asseyait à côté d'elle au bar.

Mais après avoir commandé à boire et papoté un peu avec lui, elle se dit que la comédie du gentil garçon que Chase lui jouait n'en était peut-être pas une du tout. Il avait l'air réellement sympathique et – encore plus surprenant pour un rendez-vous arrangé – on ne peut plus normal.

— Alors, Laney m'a dit que toi aussi, tu étais avocate, fit Chase alors que le barman posait les cocktails devant eux – un French Martini pour elle, un Tom Collins pour lui.

Payton nota mentalement de lui demander ce qu'il y avait dans son cocktail à la prochaine tournée.

Elle hocha la tête.

— Je suis experte en droit social.

Après avoir décrit un peu son secteur, elle lui posa à son tour des questions.

— Je viens d'emménager à Chicago. Je suis le nouveau directeur de l'aide juridictionnelle de la ville, expliqua Chase. Peut-être que tu en as entendu parler ? C'est un cabinet privé qui fournit des conseils et des services juridiques gratuits à ceux qui vivent en dessous du seuil de pauvreté.

Payton était impressionnée. Quel altruisme ! Sa mère aurait adoré cet homme.

— Directeur ? Laney ne me l'avait pas précisé.

Chase lui adressa un large sourire.

— C'est un poste beaucoup moins important que ça n'en a l'air.

Dans son métier, Payton croisait rarement des gens humbles. De fil en aiguille, elle constata d'ailleurs que Chase était modeste sur tous les plans. Quand ils en vinrent à parler de la fac de droit (sujet incontournable entre deux avocats), elle apprécia le fait qu'il dise avoir « étudié à Boston » au lieu de nommer explicitement Harvard. Ensuite, lorsqu'elle lui demanda ce qu'il avait fait avant de venir travailler à Chicago, elle dut pratiquement lui tirer les vers du nez pour qu'il admette finalement avoir assisté le chef de cabinet d'un certain sénateur qui s'était présenté aux dernières élections présidentielles. Il n'aimait pas donner de noms, avoua-t-il avec un léger embarras.

Au bout d'un petit moment, ils troquèrent leur siège au bar contre une table au fond du coin salon, où ils commandèrent la deuxième tournée. (Un Tom Collins, découvrit Payton, consistait en un mélange de gin, de jus de citron, de limonade, de sucre et de marasquin, le tout accompagné d'une… hum… cerise.)

Après que Chase eut fini une anecdote sur l'équipe mixte de softball dans laquelle il jouait avec le mari de Laney, Payton pencha la tête avec curiosité.

— Ne le prends pas mal, mais tu ne corresponds pas vraiment à l'image qu'on se fait d'un étudiant en droit de Harvard.

Chase rit gentiment.

— C'est ce que je me suis répété sans relâche jusqu'au jour où je me suis enfin décidé à poster mon formulaire d'inscription dûment rempli. Laney m'a mis en garde sur ce sujet, Payton, ajouta-t-il en se penchant en avant, une lueur rieuse dansant dans ses yeux. Pour information, sache que nous autres, diplômés des grandes universités, ne sommes pas tous des enfoirés finis. En fait, certains étudiants fréquentent même ces établissements pour la qualité de la formation dispensée, et pas seulement par esprit de vantardise.

Payton ne put s'empêcher de sourire. Il marquait un point.

— Que veux-tu ? Je ne supporte pas qu'un type de Harvard ait le dernier mot.

— Dans ce cas, je te promets de te laisser avoir le dernier mot la prochaine fois – *si* nous nous revoyons, ajouta-t-il en lui faisant un clin d'œil.

Ce clin d'œil lui rappela la scène avec J. D. à la bibliothèque, et le dédain avec lequel il lui avait dit de ne pas espérer devenir associée. Il était véritablement sorti de ses gonds lors de leur dispute, quand il l'avait poussée contre les étagères, juste avant qu'elle... euh... disons, juste avant qu'elle ne soit prise du mal des montagnes.

Payton chassa ces souvenirs de son esprit. Elle était au beau milieu d'un rendez-vous galant. Elle avait déjà le malheur de se coltiner J. D. au travail, elle n'allait pas en plus le laisser empiéter sur sa vie privée.

Reposant le menton dans ses mains, elle reporta son attention sur l'homme séduisant assis en face d'elle et lui décocha un sourire aguicheur.

— *Si* nous nous revoyons ? répéta-t-elle avec coquetterie.

Chase lui rendit son sourire par-dessus la flamme vacillante de la bougie placée au centre de leur table.

— *Quand* nous nous reverrons, corrigea-t-il.

— En gros, si je te suis bien, tu t'es comportée en vraie traînée ? déclara Laney alors qu'elle et Payton papotaient dans le bureau de cette dernière.

— Laney !

— Comment veux-tu qu'un homme achète la vache, si tu lui donnes du lait gratuitement ?

— On ne s'est même pas embrassés, protesta Payton en éclatant de rire.

Ah ! Son amie sortait parfois de ces commentaires !

La veille, Payton et Chase Parfait avaient pris un troisième verre, aussi était-elle rentrée trop tard pour appeler Laney. Absorbés qu'ils étaient par leur conversation, ils n'avaient pas vu qu'on fermait la cuisine du restaurant. Du coup, Payton n'avait rien mangé pour éponger les trois cocktails qu'elle avait bus. D'où le mal de crâne et la sensation de nausée qu'elle combattait depuis son réveil. Voilà pourquoi elle n'aimait pas sortir en semaine, surtout quand il fallait être au boulot à 7 h 30 le lendemain.

— Quoi ? Tu ne l'as pas embrassé ? s'écria Laney, dont le ton avait brusquement changé. Qu'est-ce qui cloche ? demanda-t-elle d'un air méfiant. Il ne te plaît pas ?

— Tiens donc, regardez qui fait la commère... ironisa Payton, tout en fouillant dans une pile de dossiers sur son bureau.

— Réponds-moi, Payton, exigea Laney. Nate m'a dit que c'était vraiment un type génial. Je nous vois déjà tous les sept réunis autour d'un barbecue le dimanche.

— Tous les sept ?

— En comptant les enfants, évidemment.

Payton hocha la tête.

— Je vois... et nous sommes sept ?

— Dans ma vision, Nate et moi, nous avons des jumeaux : un garçon et une fille.

— Ça va de soi.

Dans son siège, Laney ne tenait plus en place.

— Allons, réponds-moi : il t'a plu, oui ou non ?

— Bien sûr qu'il m'a plu. Enfin, il a tout pour plaire : il est beau, gentil, brillant dans son boulot...

— Mais ?

— Eh bien, il a commandé une boisson avec une cerise !

Laney poussa un soupir.

— Bon, j'ai compris. Au moins, j'aurai tenté le coup.

— Qu'est-ce que tu insinues ? demanda Payton, soudain sur la défensive.

— Visiblement, tu cherches la petite bête, un truc qui cloche chez lui. Le cocktail qu'il a choisi ? Sérieusement ? C'est ridicule.

Payton n'était pas d'accord.

— Minute papillon ! Pourquoi est-ce que je tiendrais à trouver quelque chose qui cloche chez Chase ?

— C'est une bonne question. À toi de me le dire.

— Il n'y a rien à dire. Comme je te l'ai déjà expliqué, nous avons prévu de nous revoir.

— Tu devrais vraiment lui laisser sa chance, je n'ai rien d'autre à ajouter, marmonna Laney.

— Et comme je viens de te l'expliquer, il me plaît.

— Bien.

— On a plein de points communs. On a parlé pendant des heures et des heures.

— Ravie de l'entendre.

Laney ne dit pas un mot de plus, se contentant de fixer Payton tout en esquissant un très léger sourire.

— Tu n'as pas l'intention de me lâcher la grappe, c'est ça ? fit Payton sur un ton presque agacé.

— Je m'ennuie tellement au travail, ces jours-ci...

— Si tu veux que je te refile certains de mes dossiers pour t'occuper, ce sera avec plaisir, grommela Payton.

— Aucun avocat ne saurait gérer ces dossiers aussi adroitement que toi, répliqua Laney, déclinant la proposition avec tact.

Payton fit une moue dédaigneuse, en partie amadouée.

— Prions pour que le comité partage ton avis, fit-elle remarquer.

— Tu as des nouvelles sur ce front ? demanda Laney.

Payton secoua la tête.

— Non. Ben nous a juste conseillé de mettre les bouchées doubles pendant ces deux dernières semaines. Pour commencer, j'ai intérêt à remporter ce procès, dit-elle en indiquant la pile de dossiers. Je ne peux pas me permettre de perdre, Laney, ajouta-t-elle dans un soupir, en appuyant le menton dans ses mains.

— Et tu ne perdras pas, rétorqua son amie avec assurance. Tu n'as jamais perdu un seul procès.

Payton jeta un coup d'œil vers le bureau de J. D., de l'autre côté du couloir. Il travaillait avec zèle, comme toujours.

— Je sais. Mais lui non plus.

Pendant les deux jours qui suivirent, Payton n'eut pas le temps de se soucier de J. D. tant elle fut occupée par la préparation du procès. Avec Brandon, un collaborateur junior qui l'assistait sur le dossier, ils s'enterrèrent dans son bureau de l'aube au crépuscule pour travailler le dossier depuis la sélection du jury jusqu'à la plaidoirie. En théorie, le procès s'étalait sur un peu moins de deux semaines, ce qui voulait dire que c'était la dernière tâche qu'elle remplirait avant que le comité ne rende sa décision. Une victoire serait un très bon point pour elle, un échec une véritable catastrophe.

De son côté, J. D. aussi avait beaucoup à faire. Lors du déjeuner mensuel du département contentieux, elle l'avait entendu dire à Max, un associé senior, qui, comme par hasard, faisait partie du comité, qu'il jonglait en ce moment avec deux oppositions à des recours collectifs, qu'il pensait boucler avec succès avant la fin du mois.

Payton, qui se tenait à proximité, aurait juré que cette remarque lui était indirectement adressée. En retour, elle s'était tournée vers Helen, également membre du comité, pour lui demander s'il était vrai que sa fille avait postulé en droit à l'université de l'Illinois, l'alma mater de Payton.

— C'est une merveilleuse faculté, et les frais de scolarité sont bon marché pour un étudiant résidant dans l'Illinois.

Helen avait acquiescé.

— Mais je croise les doigts pour qu'elle soit prise. Elle a bâclé les tests d'admission.

— Je serais ravie de lui rédiger une lettre de recommandation, avait proposé Payton.

Laney était alors venue en renfort, comme tombée du ciel.

— Faites-lui confiance, Helen. Ils adulent Payton dans cette université. Elle est bien trop modeste pour s'en vanter, mais saviez-vous qu'elle est sortie major de sa promo et qu'elle a eu les meilleures notes jamais obtenues par un étudiant aux examens de dernière année ?

Payton aurait volontiers sauté au cou de Laney pour l'embrasser.

— Eh bien, s'était exclamée Helen. C'est très impressionnant, avait-elle dit en se tournant vers Payton. Peut-être que nous pourrions déjeuner ensemble dans la semaine ? Nous parlerions plus en détail de cette lettre de recommandation pour ma fille. Et, qui sait, peut-être que je serai bientôt en mesure de vous renvoyer l'ascenseur... avait-elle ajouté avec un clin d'œil.

Peu après, Helen s'étant éloignée, J. D. s'était approché d'elles d'un pas nonchalant. Il avait applaudi.

— Bien joué, les filles, avait-il dit d'un ton caustique. À ta place, Kendall, j'attendrais toutefois avant de réserver mon billet d'avion pour Bora Bora, avait-il ajouté en jetant un regard à Payton. Il te faudra bien plus que la voix d'une femme pour remporter la bataille. De toute façon, je t'avais déjà concédé celle-ci, avait-il fait avec un sourire.

Sur ces mots, il s'était tourné et avait quitté la salle de conférences d'un pas assuré. Payton et Laney l'avaient regardé sortir.

Laney avait secoué la tête.

— Incroyable.

— Tu vois, je te l'avais bien dit, avait répondu Payton en gesticulant.

— Cet homme a des fesses de rêve !

— Laney !

— Eh bien quoi ? J'ai beau être conservatrice, je ne suis pas aveugle pour autant.

Aux environs de 17 heures, la veille de l'ouverture du procès, Payton atteignit le niveau de saturation. Elle avait préparé interrogatoires et contre-interrogatoires, répété son allocution d'ouverture, vu et revu les transcriptions des dépositions des témoins en prenant des notes et avait parfaitement préparé les témoins de son client pour leur témoignage. À présent, il ne lui restait plus rien à faire, excepté se convaincre qu'elle avait fait tout son possible. Difficile, vu que son avenir professionnel reposait sur l'issue de ce procès.

Elle devait absolument trouver une distraction. Car, livrée à elle-même, soit elle deviendrait chèvre à force de se triturer les méninges, soit ce serait Brandon qui finirait par péter les plombs tant elle l'aurait bombardé de questions au téléphone.

Inutile de compter sur Laney, qui, ce soir-là, avait prévu pour son mari, qui l'ignorait, une présentation PowerPoint consistant en une série de diapos comprenant graphiques estimatifs de revenus, analyses du coût de la vie, courbes de prévision de fertilité, bref, un laïus censé le convaincre que l'heure était venue pour eux de concevoir un bébé. Quant à ses autres amies, Payton ne voulait pas les déranger, car il n'y avait rien de pire pour une personne non-juriste que de devoir se coltiner un avocat la veille d'un procès, chacune de ses phrases tendant à débuter par : « Donc, si tu étais juré dans ce dossier, que penserais-tu de… »

À la réflexion, il restait quand même une personne toute désignée pour lui tenir compagnie. Elle décrocha le combiné.

— Salut, fit-elle quand il répondit. J'appelle à la dernière minute, mais je me demandais si ça te dirait de dîner avec moi ce soir.

Une heure plus tard, Payton attendait au restaurant *DeLaCosta*. Elle avait réussi à obtenir une table près de la fenêtre qui surplombait le canal.

Chase Parfait entra à son tour dans la salle, vêtu d'un léger sweat-shirt d'été et d'un pantalon marron. Il était superbe. Elle lui adressa un sourire, qu'il lui rendit tout en s'asseyant en face d'elle.

— Désolé, le taxi était coincé dans les embouteillages.

Une serveuse s'approcha pour prendre sa commande.

— Un Tom Collins, demanda Chase. Mais je vous en prie, ne mettez pas de cerise. Je compte sur vous.

Payton crut qu'elle allait mourir de honte. Bon sang ! Laney allait entendre parler du pays.

Quand il vit son expression déconfite, Chase éclata de rire.

— C'est bon, Payton. Je ne suis pas susceptible. Ça m'a fait plaisir que tu m'appelles, ajouta-t-il en lui prenant la main et en lui caressant les doigts avec son pouce.

Payton se détendit. Il était quasiment impossible de ne pas apprécier Chase. Il était si gentil que sa simple présence apportait une sensation de… bien-être.

— Ravie que tu aies pu venir, répondit-elle.

Après tout, le bien-être, c'était déjà pas mal, non ?

La serveuse apporta à Chase son cocktail sans cerise et leur demanda s'ils souhaitaient commander un hors-d'œuvre.

Payton demanda quelques instants de réflexion. Elle passa en revue le menu à la recherche de plats sans viande. Elle redoutait toujours le moment où elle dînait pour la première fois avec un homme, car elle détestait passer pour une enquiquineuse.

Chase lui jeta un coup d'œil furtif, visiblement embarrassé.

— Vu le fiasco autour de la cerise, ça me gêne de devoir en remettre une couche, mais il faut que je t'avoue quelque chose : je suis végétarien.

Incrédule, Payton reposa le menu sur la table.

— Moi aussi ! s'exclama-t-elle dans un éclat de rire. Quelle drôle de coïncidence !

— Depuis combien de temps ?

— Depuis toujours. L'œuvre de ma mère.

— Et le poisson ?

— Non, « rien qui ait un visage », comme ma mère m'a toujours dit.

— Rien qui ait un visage, répéta Chase. Ça me plaît.

Une fois qu'ils eurent arrêté leur choix sur des hors-d'œuvre végétariens, Chase fit signe à la serveuse et passa la commande. Tout en l'observant, Payton songea qu'elle n'aurait pu trouver homme plus parfait pour elle que Chase Bellamy, l'eût-elle inventé comme dans le film *Une créature de rêve*.

Dans ce cas, pourquoi avait-elle la sensation étrange que quelque chose clochait ?

Elle était juste de mauvais poil, se rassura-t-elle. Avec la décision du comité qui se profilait à l'horizon de sa carrière telle une menace, elle était soumise à une énorme pression. Point barre.

Chase la ramena à la réalité en lui posant une question sur le procès du lendemain. Après quoi il lui dit qu'il aimerait beaucoup passer au tribunal un jour pour la regarder plaider.

Payton balaya résolument ses craintes de ses pensées.

Après tout, elle aurait été idiote de repousser un homme seulement parce qu'il l'aimait bien.

10

Tout débuta dans une relative innocence.

C'était le deuxième jour du procès de Payton, et l'affaire se présentait plutôt favorablement pour son client. Celui-ci, un opérateur de réseaux sans fil classé parmi les cinq cents premières entreprises américaines par le magazine *Fortune*, était poursuivi pour un cas de harcèlement sexuel découlant d'un incident qui s'était produit au sein d'une de ses équipes. La plaignante, une représentante commerciale, accusait son manager de lui avoir fait une proposition d'ordre sexuel après l'avoir raccompagnée chez elle en voiture et s'être arrêté dans son allée, au terme de la croisière annuelle offerte par l'entreprise au personnel.

Autrement dit, il avait baissé la braguette de son pantalon et lui avait demandé si elle voulait « prendre le manche de l'amour ».

La question n'était pas de savoir si l'incident s'était vraiment produit, puisque la plaignante avait eu la présence d'esprit de photographier ledit « manche de l'amour » avec son portable photo qui constituait à présent la première pièce à conviction du procès.

— Fichez ce type à la porte, avait clairement conseillé Payton au client quand le scandale avait éclaté, plus d'un an auparavant. Et dites-lui de trouver une meilleure phrase d'accroche la prochaine fois. Celle-là est juste ridicule.

Malheureusement, le renvoi du manager n'avait pas suffi à calmer la colère de la plaignante, qui avait collé un procès à l'entreprise en lui réclamant deux millions de dollars. Personne ne remettant en question la réalité de l'incident, la stratégie de défense de Payton consistait à prouver que la société avait réagi à l'incident avec efficacité, en prenant toutes les mesures nécessaires, et qu'elle n'avait donc aucune responsabilité dans cette affaire.

Étant donné la fameuse première pièce à conviction (que l'avocat de la plaignante avait fait agrandir dans des proportions colossales), Payton avait pris soin de récuser les jurés susceptibles de constituer un public sensible : ceux qui auraient pu avoir un point de vue moralisateur et conservateur ; ceux qui, révoltés par le comportement de l'ex-employé de l'entreprise, auraient été tentés d'apaiser ce sentiment de révolte en optant pour une compensation financière. En d'autres termes, pas de Laney. Bref, personne qui, après avoir observé la photo en couleurs de deux mètres de haut d'un pénis à demi érigé jaillissant de la braguette d'un jean (coucou !), aurait pu avoir envie d'accorder une compensation à six chiffres à la plaignante.

À partir de là, la deuxième étape de la stratégie de défense de Payton consistait à trouver le bon ton dans son allocution d'ouverture : compatissant mais ferme. Elle se montra compréhensive, et tout à fait d'accord sur le fait que les manches d'amour des managers devaient être systématiquement rangés dans les braguettes, mais aussi logique et rationnelle : le jury devait comprendre que son client, l'entreprise, ne pouvait pas être tenu pour responsable d'une erreur commise par une fripouille d'*ex*-employé.

Payton espérait avoir été à la hauteur ce matin-là. J. D. avait dit à Jasper, avec raison, qu'elle avait emmagasiné beaucoup d'expérience au tribunal au fil des ans. Effectivement, elle se plaisait à penser qu'elle était plutôt douée pour interpréter le langage corporel des jurés. En guise d'entrée en matière, elle avait fait un geste en direction de la première pièce à conviction, la photo de deux mètres du pénis à demi érigé que l'avocat de l'accusation avait placée au premier plan pendant sa propre allocution d'ouverture.

— Juste Ciel ! s'était-elle exclamée. Si le café du palais n'a pas suffi à vous réveiller, le spectacle d'une telle photo à 9 heures du matin n'y manquera pas.

Le jury avait ri.

Commencer la journée par un exposé face à une pancarte gigantesque représentant un sexe masculin à moitié déployé n'avait décidément rien d'ordinaire. Pourtant, et bien qu'elle l'ignorât, ce n'était pour Payton que la partie visible de l'iceberg, le début de quarante-huit heures infernales.

Pendant la pause déjeuner, elle retourna au cabinet – Brandon et elle avaient prévu de revoir le contre-interrogatoire des témoins de l'accusation, qui devait commencer l'après-midi même. En arrivant, elle tomba sur Irma, dans tous ses états, qui farfouillait parmi des dossiers empilés sur son bureau.

— Dieu merci, vous voilà ! s'écria Irma dès qu'elle la vit passer la porte. Marie a appelé. Elle n'arrive pas à mettre la main sur le reçu de votre dîner au restaurant japonais avec l'équipe de la société Gibson. Elle doit le soumettre à la comptabilité avant la fin de la période de facturation. Le responsable de la comptabilité ne traitera aucune de vos dépenses avant d'avoir tous les reçus en main.

Payton fronça les sourcils.

— C'est J. D. qui a réglé le dîner, pas moi. Normalement, c'est lui qui devrait avoir le reçu.

Irma lui lança un regard désespéré.

— Je sais bien, et c'est précisément ce que j'ai dit à sa secrétaire, mais elle n'a rien trouvé dans son bureau.

— Dans ce cas, dites-lui tout simplement de demander à J. D. où il l'a mis.

— Il est en salle de conférences à l'étage. Il se prépare pour une audition qui a lieu cet après-midi. Il a dit à Kathy qu'il chercherait le reçu plus tard, fit Irma en soupirant d'un air navré. Je suis désolée, Payton, vous avez vous aussi d'autres chats à fouetter, et ça m'embête de vous déranger avec cette histoire. Mais Ben ne lâche pas Marie avec ça, ce qui veut dire que j'ai Marie sur le dos.

Payton jeta un coup d'œil à sa montre. Elle devait retourner au palais à 13 h 30 et voulait qu'Irma lui tape des notes avant. Plus vite elle réglerait cette histoire de reçu, mieux ce serait pour tout le monde.

Elle tendit les notes à Irma.

— Tenez, commencez à taper ça. Je vais aller voir si je peux trouver le reçu dans le bureau de J. D.

Irma acquiesça d'un signe de tête et partit sans demander son reste. Payton, quant à elle, traversa le couloir et pénétra dans le territoire de J. D.

Ce n'était pas du tout le genre de ce dernier d'oublier une chose aussi élémentaire que de soumettre un reçu. Preuve qu'il était à cran depuis l'annonce faite par Ben ; une vraie bombe à retardement.

Tant mieux. Comme ça, elle se sentait moins seule : il était aussi stressé qu'elle.

Payton commença par examiner la console située contre un pan de mur, à la recherche du reçu ou d'un quelconque dossier en rapport avec l'affaire Gibson. Rien de ce côté-là. Elle passa ensuite au bureau.

Tout d'abord, elle ne vit rien. Puis elle se rendit compte qu'elle avait négligé l'extrémité d'un petit bout de papier dépassant très légèrement d'un calendrier qui trônait sur la table. Curieuse de découvrir de quoi il s'agissait, elle s'empressa de tendre le bras pour soulever le calendrier et...

Dans sa hâte, elle fit tomber un gobelet Starbucks juché sur le rebord du bureau de J. D. Du café s'écoula du couvercle. Payton eut le réflexe de rattraper le gobelet, mais il était trop tard : le liquide s'était déjà répandu sur le meuble, sur la chaise... et en plein sur la veste de costume de J. D., que celui-ci avait consciencieusement pliée sur un accoudoir afin qu'elle ne se froisse pas.

Payton jura, tout en s'agitant, cherchant autour d'elle une serviette, un Kleenex, n'importe quoi, pourvu que ça puisse éponger le café qui pénétrait très rapidement dans le tissu du costume de J. D. Ne trouvant rien, elle attrapa la veste – peut-être pourrait-elle la passer sous le robinet d'eau froide ou autre chose – et, ce faisant, aperçut l'étiquette du vêtement. Fait à Londres, sur mesure. Elle eut un sourire en coin. Évidemment ! Comment aurait-il pu en être autrement ? Elle repensa à leur accrochage à la bibliothèque et à la manière dont J. D. avait dit...

— Qu'est-ce que tu fiches ?

Au son de cette voix, Payton se figea.

Son attitude prêtait à confusion : le gobelet dans une main, la veste tachée dans l'autre. Sans oublier le petit sourire narquois sur son visage.

À la porte, J. D. paraissait furieux. Il avait sa serviette à la main, comme s'il s'apprêtait à partir pour le tribunal. Chemise sur mesure et pantalon bien coupé : comme d'habitude, il était tiré à quatre épingles.

Elle se tourna vers lui pour lui exposer la situation.

— Je cherchais le reçu du dîner au japonais.

J. D. ignora son explication. Il pointa sur elle un index accusateur.

— C'est *du café* qu'il y a sur ma veste ?

— Euh… oui…

Il bomba le torse et croisa les bras.

— Ah, je vois. Tu pensais peut-être que j'avais caché le reçu dans un gobelet de café ?

Payton tenta de tourner la chose en plaisanterie.

— Ce n'est pas comme ça que je classe mes papiers, mais bon… balbutia-t-elle, incapable d'achever sa phrase.

Il ne trouvait pas cela amusant.

— C'est une réaction terriblement passive-agressive de ta part, non ? fit-il en inclinant la tête de manière sarcastique.

Payton le fixa du regard. Naturellement. Il croyait qu'elle l'avait fait exprès.

À son tour, elle croisa les bras.

— Tu n'es pas sérieux ? s'exclama-t-elle.

Elle avait eu l'intention de lui présenter des excuses, mais vu la tournure que prenaient les événements… Qu'il aille se faire voir. Elle avait changé d'avis.

— Alors, qu'est-ce que c'est ? Une piètre tentative de sabotage ? demanda J. D. avec mépris. Attends, laisse-moi deviner : tu as entendu dire que j'allais au tribunal cet après-midi pour une audience, alors tu t'es arrangée pour que j'aie l'air d'un abruti complet ?

— Tu te débrouilles déjà très bien tout seul sur ce plan-là.

J. D. plissa les yeux, l'air furibond.

— Du reste, je n'ai pas besoin de recourir au sabotage pour obtenir le poste, ajouta-t-elle.

— Vraiment ? Tu sais ce que je crois, moi ? Que tu flippes comme une malade et que c'est pour ça que tu t'abaisses à ce niveau. Mais, heureusement pour moi, fit-il en levant un index triomphant, je garde toujours un costume de rechange au bureau.

Il referma la porte, derrière laquelle une housse de vêtement pendait à une patère. Il fit glisser la fermeture Éclair et en sortit fièrement un second costume qui semblait tout aussi coûteux, puis le posa sur l'accoudoir d'un siège devant son bureau tout en jetant un regard suffisant à Payton. *Voilà !*

Elle roula les yeux.

— J'allais tout t'expliquer, mais ça n'en vaut même plus la peine.

Décidée à quitter la pièce, elle passa près de lui en le frôlant, oubliant un instant qu'elle portait encore le gobelet dans une main et la veste dans l'autre.

— C'est un peu facile de se défiler comme ça.

À ces mots, Payton s'arrêta.

Se défiler ?

Se défiler ?

Payton Kendall ne *se défilait* pas.

Elle pivota sur ses talons.

Un sourire narquois aux lèvres, J. D. se laissa tomber dans l'autre siège placé en face de son bureau et croisa les mains derrière la tête.

— Tu aimerais ajouter quelque chose avant de sortir, Payton ?

Il la narguait. Elle avait le choix : elle pouvait partir, quitter la pièce sans souffler mot. Plus que deux semaines, et, quelle que soit la décision du comité, il disparaîtrait de son univers pour de bon…

J. D. prit son silence pour une marque d'hésitation.

— Dans ce cas, tu seras gentille de porter ça au nettoyage à sec, fit-il en montrant la veste de costume qu'elle avait à la main. Arrange-toi pour me la rendre avant que le cabinet ne te jette à la rue.

Puis il la congédia d'un geste et se replongea dans son travail.

Payton poussa un soupir. Bon, on ne pourrait pas lui reprocher de ne pas avoir essayé.

— Pas de problème, J. D., répliqua-t-elle sur un ton bon enfant. Et pendant qu'on y est, qu'est-ce que je fais du deuxième costume de rechange ? Il faut aussi l'apporter au pressing ?

J. D. leva le nez de son écran, visiblement confus.

— Je n'ai pas de deuxième costume de rechange.

— Ah bon ? Dommage pour toi !

Sur ces mots, elle ôta le couvercle du gobelet et s'empressa de verser le reste de son contenu sur le costume soigneusement posé sur le fauteuil.

Bouche bée, J. D. leva lentement le regard vers elle.

— Oh... non. Tu n'as pas osé.

Payton baissa les yeux sur la veste. Nom d'un chien ! Si, elle l'avait fait. Pour de vrai.

Elle porta les mains à son visage et se couvrit la bouche pour masquer sa propre stupéfaction. Oups. Mais il était trop tard pour faire machine arrière.

— Tu n'auras qu'à me facturer le pressing, J. D. Et... euh... le café aussi, conclut-elle en posant délicatement le gobelet à présent vide sur le bureau.

Puis elle se tourna et quitta la pièce sans demander son reste.

Elle passa en coup de vent devant la secrétaire de J.D, puis devant la sienne, sans se retourner. Alors qu'elle atteignait la porte de son bureau, elle entendit J. D. rugir à travers le couloir.

— Payton !

S'immobilisant alors, elle se retourna.

Il se tenait dans l'embrasure de sa porte et la fusillait du regard, le visage empreint d'une expression enragée, la plus terrifiante qu'elle ait jamais vue sur un être humain jusqu'alors.

Ils se regardèrent en chiens de faïence, de part et d'autre du couloir, tels deux cow-boys de western s'affrontant en duel, prêts à dégainer leur pistolet. Il ne manquait plus que les boules d'herbe sèche volant à travers le paysage desséché de la ville déserte pour parachever le tableau.

Elle jeta un regard à la dérobée du côté d'Irma et de Kathy, qui les observaient avec curiosité depuis leur bureau. Puis elle reporta son attention sur J. D. et haussa les sourcils.

— Oui, J. D. ? dit-elle avec candeur.

Pendant toutes ces années, ils avaient réussi à garder leur hostilité secrète. Ils n'allaient pas risquer de tout compromettre à présent !

J. D. parcourut l'endroit du regard, conscient de la curiosité que son cri avait éveillée à travers les locaux. Il marqua une pause, avant de saluer sèchement Payton d'un signe de tête.

— Je voulais simplement te souhaiter bon courage pour le tribunal cet après-midi.

À l'abri de son côté du couloir, Payton lui adressa un sourire.

— Merci, J. D. C'est gentil de ta part. Bonne chance à toi aussi.

Elle le salua à son tour, d'un hochement exagéré de la tête, et rentra dans son bureau.

Elle referma la porte et demeura appuyée contre le battant, sans se défaire de son sourire. En un sens, elle regrettait vraiment que J. D. dût partir.

Leurs petites querelles allaient presque lui manquer.

La colère de J. D. contre Payton grandissait à mesure qu'il approchait du palais de justice, situé à trois pâtés de maisons du cabinet.

D'autant plus qu'il était presque en retard, car, en voulant revoir une dernière fois sa plaidoirie dans la salle de conférences, par souci de perfection, il avait perdu du temps.

Et, à présent, il pouvait faire une croix sur la perfection.

Il aurait pu l'étrangler.

Peut-être la tache s'était-elle un peu résorbée depuis la dernière fois qu'il avait jeté un coup d'œil à sa veste, songea-t-il. Peut-être le café s'était-il un peu évaporé sur le chemin du tribunal. Il baissa les yeux, en adressant une petite prière muette au Ciel.

Bon sang ! C'était encore pire que dans ses souvenirs.

Il l'aurait volontiers troqué contre son costume de rechange si Payton n'avait pas renversé la moitié de son double espresso dessus. Vu qu'il n'avait ni le temps de passer chez lui pour se changer, ni le temps de faire un crochet par un magasin pour en racheter un, il avait dû se contenter de celui qu'elle avait « accidentellement » éclaboussé de café en premier lieu, un costume gris classique, qui, malheureusement, n'était pas assez foncé pour que la tache de café se fonde dans le tissu.

Il avait l'air d'un idiot.

Il ne lui restait plus qu'à prier pour que la salle soit faiblement éclairée et pour que le juge, assis à cinq mètres de l'estrade où il plaiderait, ne remarque pas la tache grosse comme un pamplemousse qui maculait tout le côté gauche de sa veste au niveau de la poitrine.

Parvenu au Dirksen Federal Building, il se précipita dans le bâtiment. Au contrôle de sécurité, on lui fit ôter sa veste, et il hésita un bref instant à la remettre pour sa plaidoirie, mais se dit finalement qu'en se montrant au tribunal en simple chemise, il paraîtrait manquer de respect à la Cour et risquerait de s'attirer l'aversion du juge.

L'ascenseur le menant au vingt-troisième étage était bondé. Il attendit de pénétrer dans la salle d'audience pour revêtir sa veste. Puis il se dirigea vers les premiers rangs, où il prit place pour attendre son tour.

Il se sentait affreusement mal à l'aise, lui qui ne s'était jamais vraiment soucié de son apparence au tribunal. C'était un sentiment désagréable. Après tout, il avait une certaine image à préserver. On le payait des centaines de milliers de dollars pour défendre des entreprises qui pesaient des millions. Ses clients étaient en droit d'attendre une prestation parfaite. Ils ne payaient pas une telle somme pour que ce soit une espèce d'abruti, débarquant de sa banlieue au volant de sa Ford Taurus, son costume taché par le frappuccino qu'il avait renversé en roulant, qui défende leurs intérêts.

À la seule évocation de cette image, il était parcouru d'un frisson.

Son dossier était en troisième position dans le répertoire général. Quand le greffier l'annonça, J. D. se leva, rajusta son nœud de cravate et oublia tout le reste pour se concentrer sur son argumentation.

Il monta sur l'estrade et fit un signe de tête à l'avocat de la partie adverse ; celui-ci s'approcha. S'il remarqua la tache sur sa veste, il n'en montra rien. J. D. bénit intérieurement le faible éclairage de la salle.

L'avocat de l'accusation s'exprima en premier. J. D. écouta en silence, relevant mentalement les points sur lesquels le juge intervenait en se rappelant de les aborder quand son tour viendrait. Une fois les dix minutes allouées à l'avocat de la partie adverse révolues, J. D. se leva et alla se placer sur le devant de l'estrade.

Il entama son discours.

— Votre Honneur, la comédie que Mr. DeVore nous inflige depuis six longues années n'a que trop duré. L'heure est venue de mettre un terme à cette mascarade. En formant une demande reconventionnelle pour rupture de contrat, Mr. DeVore a transformé une simple procédure de saisie immobilière en recours collectif. Quel que soit le verdict de ce tribunal concernant le contrat d'emprunt que Mr. DeVore attaque, une chose est sûre : aucun recours collectif n'est possible dans le cas présent, du fait que Mr. DeVore, coupable de parjure lors de sa déposition, n'est nullement en mesure de représenter une action collective...

J. D. s'aperçut alors que le juge se penchait en avant. Les yeux plissés, il lorgnait dans sa direction comme s'il cherchait à mieux discerner un détail.

Brusquement, il leva la main pour l'interrompre.

— Maître, demanda-t-il à J. D. tout en lui lançant un regard interrogateur, vous seriez-vous fait tirer dessus en venant au tribunal ?

Le juge se pencha davantage pour mieux observer la tache sur la veste de J. D.

— Qu'est-ce que c'est que *ça* ?

À leur tour, le substitut du procureur, le greffier, l'avocat du plaignant, la salle entière se mirent à fixer la fichue marque circulaire sur son costume. Pendant ce temps-là, J. D., qui ne savait comment réagir, resta planté sur le devant de l'estrade.

Et lui qui avait pensé que la tache passerait inaperçue !

Les choses allèrent de mal en pis.

Évidemment, il fallut que John Grevy, un des associés du contentieux censé plaider devant le même juge cet après-midi-là, se trouve lui aussi au tribunal.

— C'est justement pour éviter ce genre de scène que nous conseillons aux collaborateurs de garder un costume de rechange au bureau, souffla-t-il sur un ton réprobateur à J. D. qui sortait de la salle.

Vraiment, John ? aurait-il voulu lui répondre. *Sans blague ?*

Mais s'il pensait avoir touché le fond, le pire était encore à venir.

Au sortir de la salle d'audience, J. D. venait de poser sa serviette par terre afin d'ôter la veste tachée lorsqu'il entendit une voix familière derrière lui.

— Tu cherches à me faire honte ou tu veux juste te ridiculiser ?

J. D. ferma les yeux. Génial. Il ne manquait plus que lui.

Il se tourna vers un homme au visage grave.

— Bonjour, père. Je ne m'attendais pas à vous rencontrer ici.

En fait, cette rencontre n'avait rien de très surprenant. Le cabinet de son père, juge à la cour d'appel fédérale, se trouvait dans ce même bâtiment.

Le très estimé juge Preston D. Jameson regarda J. D. d'un air éminemment déçu. Un air auquel J. D. s'était habitué depuis longtemps.

— Ce matin, Margie a relevé ton nom dans le répertoire général, expliqua son père en faisant référence à sa secrétaire. Elle guette tes dossiers. Et puisque ta mère et moi ne t'avons pas vu depuis des lustres, j'ai pensé faire un saut pour assister à ta plaidoirie.

Preston fit un pas de plus vers son fils, les yeux rivés sur sa veste de costume. J. D. se prépara mentalement à essuyer la colère de son père.

— Tu as l'air d'un clown, fit Preston. Tu devrais toujours garder un costume de rechange à ton bureau.

— Merci du conseil, Votre Honneur, répliqua J. D. d'un ton caustique.

Puis il ramassa sa serviette et s'avança vers l'ascenseur.

— Passe le bonjour à mère, ajouta-t-il, laconique, à l'instant où les portes se refermaient.

À l'intérieur de l'ascenseur qui descendait, J. D. regarda fixement devant lui. Une seule chose occupait son esprit.

La vengeance.

Elle ne saurait tarder.

11

L'occasion se présenta quelques heures plus tard.

Installé dans son bureau, J. D. attendait le moment opportun. Celui-ci s'offrit à lui lorsque Laney passa prendre Payton pour leur cours de yoga.

Assis devant son ordinateur, il épiait sa collègue tout en faisant mine de travailler. Un bref instant, voyant que Laney avait toutes les peines du monde à convaincre Payton de la suivre, il craignit que son plan ne tombe à l'eau.

— Voyons, tu es prête, entendit-il Laney lui dire. Allez, viens, ça t'aidera à te détendre.

J. D. connaissait leur routine sur le bout des doigts : elles se rendaient à ce cours de yoga une fois par semaine. Et ce soir-là ne ferait pas exception. Payton enfila son ridicule accoutrement de yoga et laissa derrière elle sa tenue de travail.

Quand elles quittèrent les lieux, il eut la nette impression que Payton jetait un coup d'œil dans sa direction, mais ce fut probablement pure paranoïa de sa part.

Après leur départ, il préféra attendre encore un peu, par mesure de précaution. Il avait environ une heure devant lui pour accomplir sa mission. Mais quelques minutes lui suffiraient amplement.

Il traversa le couloir à pas de loup, un classeur accordéon sous le bras. Car il avait tout prévu : si jamais on le surprenait dans le bureau de Payton et qu'il lui fallait inventer une excuse pour se couvrir, il pourrait toujours raconter qu'il était venu déposer un dossier. Mais ce ne serait probablement pas nécessaire : la soirée étant déjà bien avancée, la plupart des employés avaient déserté les lieux. En d'autres termes, il était libre de vaquer à son affaire sans craindre qu'on ne le surprenne.

Il fut pris d'une irrépressible envie de rire, d'un rire diabolique, mais il se retint, et après s'être assuré que la voie était libre, il ouvrit la porte et s'introduisit dans le bureau de Payton. Parcourant rapidement la pièce, il repéra ce qu'il était venu chercher, par terre, dans un coin.

Ses chaussures.

Son raisonnement était simple : elle l'avait frappé dans le dos ? Soit. Elle voulait la guerre, elle allait l'avoir. À cause d'elle, il s'était ridiculisé au tribunal. Il allait lui montrer de quel bois il se chauffait. Et, pour se venger, il ne fallait pas avoir peur de se salir les mains.

J. D. s'empara d'une chaussure, un escarpin noir à talon aiguille de huit centimètres, un modèle de chez Jimmy Choo – et dire qu'elle avait le culot de critiquer sa garde-robe, de le traiter de snobinard ! La finesse de ces talons allait jouer contre elle, même si, à dire vrai, cette hauteur donnait à sa jambe un galbe magnifique.

Qu'est-ce qui lui prenait de penser à ses jambes ?

L'heure n'était pas à la rêverie. Il fourra la chaussure dans son classeur accordéon et s'empressa de sortir de la pièce pour gagner la salle des fournitures.

Le cutter s'avéra admirablement efficace.

La lame trancha le talon en deux jusqu'à mi-hauteur sans laisser la moindre trace. Une pointe de colle invisible – une très légère couche – afin de recoller temporairement le talon… et voilà ! Le tour était joué.

Payton était rongée par le remords. L'ivresse de la victoire n'avait été que de courte durée et avait vite laissé la place à un terrible sentiment de culpabilité.

Certes, J. D. était incroyablement arrogant, et il avait délibérément cherché à la pousser à bout. Elle n'aurait sans doute aucun mal à en convaincre un jury constitué de leurs collègues, dût-elle porter l'affaire au tribunal. Mais, malgré tout, elle se sentait très coupable.

Repassant dans sa tête l'enchaînement des événements de la journée, elle finit par se demander si elle avait bien fait d'aller fouiller dans son bureau. Ils étaient ennemis jurés, elle n'aurait pas dû prendre cette liberté.

Puis il y avait eu le… euh… le léger incident du café.

L'apparence était cruciale au tribunal, elle était bien placée pour le savoir. En outre, la rumeur courait (ou plutôt Irma colportait la rumeur) selon laquelle un associé du cabinet présent au palais de justice avait remonté les bretelles à J. D. au sujet de la tache. Et pour ça, elle culpabilisait à mort.

À présent, le plus dur restait à faire.

S'excuser.

En partant pour son cours de yoga, elle avait jeté un coup d'œil vers le bureau de J. D., hésitant un instant à aller lui présenter des excuses. Mais elle avait reculé.

Dans son lit cette nuit-là, elle décida de s'excuser à la première heure le lendemain en arrivant au bureau, juste avant de filer au tribunal. Mais, frustrée, elle finit par rouler sur le côté et saisit le téléphone posé sur sa table de chevet.

Après l'avoir regardé un bon moment, pesant le pour et le contre, elle composa le numéro.

Le message vocal fut la dernière chose que J. D. entendit avant d'aller se coucher.

Il avait l'habitude de consulter une dernière fois sa messagerie professionnelle avant de s'endormir. Il fut plutôt surpris de constater que quelqu'un avait tenté de l'appeler juste avant minuit.

La voix enregistrée du répondeur lui indiqua que l'appel ne venait pas du bureau. L'interlocutrice ne prit pas la peine de se présenter. Néanmoins, J. D. n'eut aucun mal à identifier la voix.

— Écoute, je suis sûre que tu vas encore penser que j'essaie de me défiler, disait Payton, mais il est tard, et peut-être que tu dors déjà... Je pourrais attendre d'être au bureau demain matin pour t'en parler, mais je suis allongée dans mon lit et je n'arrive pas à fermer l'œil, alors je me suis dit que ce serait fait...

Une longue pause suivit. J. D. crut que le message s'arrêtait là. Cependant, Payton finit par reprendre :

— Je suis désolée pour cet après-midi, J. D. La première tache, c'était tout simplement un accident ; quant à la seconde... D'accord, j'ai totalement abusé. C'était injustifié. Naturellement, je... euh... le pressing est à ma charge. Et puis... Voilà, c'est tout. En même temps, tu devrais y réfléchir à deux fois avant de laisser ta veste sur ton fauteuil – simple conseil d'amie. C'est pour ça qu'on a inventé les cintres. Bon. Salut.

Un bip signala la fin du message. J. D. raccrocha. Il repassa lentement dans sa tête les paroles de Payton – non pas la partie où elle s'excusait (de manière plutôt piteuse), mais celle où elle disait être allongée dans son lit.

Et elle pensait à lui. Intéressant.

Au beau milieu de la nuit, J. D. dormait profondément quand, brusquement, il se redressa comme un ressort. Il venait de penser à la chaussure.

Bon sang !

12

Le lendemain matin, soucieux d'arriver le premier, J. D. se rua au cabinet. Un rapide examen des lieux lui permit de constater qu'il était seul à l'étage. Il se précipita dans le bureau de Payton et constata que ce qu'il craignait était arrivé.

Les escarpins avaient disparu.

Étant donné qu'il n'avait reçu aucune menace de mort depuis la veille au soir, soit le talon trafiqué avait tenu le coup lorsque Payton avait fait le trajet du cabinet jusque chez elle, soit elle avait gardé ses chaussures de yoga après le cours.

Bien. Inutile de paniquer. Il attendrait qu'elle arrive. Même s'il n'avait pas la moindre idée de ce qu'il allait bien pouvoir lui dire en la voyant. « Salut, Payton, merci pour tes excuses, c'était sympa. Tu as vu, il y a des muffins dans la salle de repos. Oh, au fait, j'ai coupé un de tes talons en deux, puis je l'ai sommairement recollé dans l'espoir qu'il lâche en plein tribunal pour que tu aies l'air d'une prostituée ivre unijambiste. Passe une bonne journée ! »

Il avait comme l'impression que cet aveu ne passerait pas comme une lettre à la poste.

Incapable de mettre au point une quelconque excuse, J. D. se dit qu'il aviserait le moment venu. Il improviserait. C'était son truc.

Aussi patienta-t-il dans son bureau, levant le nez chaque fois qu'il entendait quelqu'un approcher, s'attendant à voir surgir Payton à tout moment.

8 heures sonnèrent. Puis 8 h 30. Il commença à s'inquiéter. Sur les coups de 9 heures, il était complètement paniqué. Et si elle avait mis ses escarpins pour venir au travail, que le talon avait subitement cédé, qu'elle était tombée et s'était fracturé la cheville ? Devait-il retracer l'itinéraire qu'elle empruntait pour se rendre au cabinet ? Une seconde... Elle venait en métro. Et si elle avait trébuché en montant dans une voiture, s'était tordu ou disloqué un membre et se retrouvait à présent prise au piège dans le métro à appeler à l'aide, tandis que celui-ci continuait à décrire des cercles à n'en plus finir autour du Loop ?

Il allait dire un mot à la secrétaire de Payton. Peut-être saurait-elle quelque chose.

Il s'approcha d'Irma, qui semblait très concentrée sur ce qu'elle tapait à l'ordinateur. Il s'appuya nonchalamment contre son bureau, prenant soin d'afficher l'air le plus détendu possible.

— Bonjour, Irma. Eh bien, en voilà une jolie broche ! Qu'est-ce que ça représente ? Une mouette ? Il fait un temps splendide, aujourd'hui, vous ne trouvez pas ? Oh, vous n'auriez pas eu des nouvelles de Payton ce matin, par hasard ?

Irma interrompit son travail un bref instant pour jeter un regard à J. D. Puis elle se remit à taper.

— C'est un kangourou, pas une mouette ; en fait, c'était plutôt nuageux dehors quand je suis arrivée ; et oui, elle m'a laissé un message : elle s'est rendue directement au tribunal ce matin.

Directement au tribunal ? Nom de...

S'efforçant de ne pas trahir son agitation, J. D. tripota les feuilles de la plante qui ornait le bureau d'Irma.

— Payton ne vous aurait pas dit, par hasard, ce qu'elle portait ce matin ? reprit-il en chassant des peluches imaginaires de son costume. Ce qu'elle portait aux pieds, pour être plus précis ?

Irma cessa de taper sur le clavier pour lever lentement les yeux vers lui. J. D. comprit qu'il devait trouver une excuse, et vite, pour justifier sa question.

— Je tiens juste à m'assurer qu'elle porte les accessoires adéquats.

Irma croisa poliment les doigts.

— Mr. Jameson, j'ignore ce que vous avez derrière la tête, mais je n'ai pas le temps de jouer à ce jeu. Si vous vous posez des questions au sujet de la tenue de Payton, je vous suggère de faire un petit tour du côté du tribunal pour vérifier par vous-même. Elle est dans la salle d'audience du juge Gendelman.

J. D. acquiesça d'un hochement de tête. *Oui, oui, merci*, songea-t-il. *Au fait, super, la mentalité. Telle patronne, telle secrétaire.*

Mais, en bon gentleman qu'il était, il se contenta de lui sourire affablement et la remercia pour son aide précieuse. Puis il fit un crochet par le bureau de sa propre secrétaire pour lui signaler qu'il avait une course à faire.

Après quoi, il quitta le cabinet à la hâte pour se rendre illico au tribunal.

Quand il pénétra dans la salle d'audience du juge Gendelman, la Cour siégeait déjà.

Il referma doucement la porte derrière lui et se glissa dans la rangée située au fond de la galerie – il ne tenait pas à se faire remarquer avant d'avoir trouvé ce qu'il allait dire à Payton.

Il prit place sur le banc. Tandis qu'il essayait de s'accommoder du siège en bois dur, son attention se porta sur le procès en cours à l'avant de la salle. Payton se tenait devant la barre des témoins, ce qui voulait dire qu'elle était en plein interrogatoire ou contre-interrogatoire. Il se cala dans le banc, décidé à profiter du spectacle. L'occasion pour lui d'observer l'ennemie en pleine action...

Nom de Dieu ! Quelqu'un pouvait-il lui expliquer ce que la gigantesque photo d'un pénis fichait au premier plan ?

Il parcourut la salle d'un regard suspicieux. Quel genre de droit Payton pratiquait-elle ? Cependant, personne dans l'assistance ne semblait choqué par l'image.

Curieux, il reporta son attention sur la jeune femme. Et, se rappelant soudain les raisons de sa présence, il se redressa pour mieux embrasser la scène. Il regarda Payton marcher jusqu'à l'autre extrémité de l'estrade, et... une seconde...

Bon sang ! Elle portait les chaussures.

Il plissa les yeux pour se concentrer sur le pied gauche – le talon auquel il avait, disons, apporté de légères modifications. Pour l'instant, il semblait tenir bon... Impossible de deviner à quel moment il lâcherait. À chaque nouveau pas de Payton, J. D. retenait son souffle, s'attendant à la voir trébucher. Il allait devoir la prendre à part à la prochaine pause pour la mettre en garde. Pourvu que la colle tienne jusque-là !

En attendant, vu qu'il était condamné à rester assis dans la galerie à se tourner les pouces, J. D. décida de se divertir en s'intéressant à l'interrogatoire mené par Payton. En quelques secondes, à la manière dont elle s'adressait au témoin, il sut que celui-ci appartenait à la partie adverse.

— Je ne suis pas certaine de cerner votre position, Ms. Kemple, disait Payton. Peut-être pourriez-vous m'aider à comprendre ce que vous reprochez exactement à l'entreprise.

Payton se plaça entre le banc du jury et la barre des témoins, une combine bien connue des avocats, songea J. D., pour capter l'attention des jurés pendant le contre-interrogatoire.

— Précédemment, nous avons établi que vous avez rapporté l'incident impliquant votre ancien manager le 14 juin de l'année dernière, est-ce exact ? demanda Payton.

— C'est exact, répondit Ms. Kemple.

— Or, la directrice des ressources humaines a réagi le jour même à la plainte déposée, n'est-ce pas ?

— Oui.

— En réaction à votre plainte, donc, l'entreprise a immédiatement pris des dispositions en renvoyant sur-le-champ votre ancien manager, est-ce exact ?

— En effet, répliqua le témoin en hochant la tête.

— En fait, vous n'avez revu votre ancien manager qu'hier, pour la première fois depuis l'incident de la voiture, n'est-ce pas ?

Le témoin hocha une nouvelle fois la tête.

— Oui.

— Donc, il est juste de dire, Ms. Kemple, que depuis ledit incident, vous n'avez plus jamais été confrontée à votre ancien manager ? demanda Payton.

La jeune femme parut répondre à cette question à contrecœur.

— Je suppose que oui, finit-elle par concéder.

Manifestement satisfaite de la réponse, Payton se dirigea vers la table de la défense. Jusqu'alors concentré sur le contre-interrogatoire, J. D. remarqua pour la première fois depuis son arrivée la présence à la table d'un collaborateur junior de leur cabinet – mince, comment s'appelait-il, déjà ? Brandon ou Brendan, un truc comme ça. Peut-être qu'il pourrait lui glisser en douce un mot à l'attention de Payton, songea J. D.

Il reporta son regard sur Payton, qui s'appuyait maintenant contre la table de la défense, face à la barre des témoins.

— Ms. Kemple, est-il vrai que, à la suite du renvoi de votre manager, la directrice des ressources humaines est venue dans votre agence pour consacrer une journée entière à un séminaire sur le harcèlement sexuel auquel tous les employés sans exception furent tenus d'assister ?

Le témoin tenta de se dérober à la question.

— Je ne suis pas sûre qu'il ait duré une journée entière...

— Combien de temps a duré le séminaire ? rétorqua Payton.

Ms. Kemple réfléchit pendant quelques instants.

— Sept ou huit heures, je crois.

— Et une journée de travail ne dure-t-elle pas sept ou huit heures ?

— Peut-être bien.

À cette approbation, Payton leva les mains.

— Alors, que faisons-nous ici, Ms. Kemple ?

Le témoin écarquilla les yeux, l'air confus.

— Je vous demande pardon ?

— Vous réclamez deux millions de dollars à mon client, mais que lui reprochez-vous exactement ? N'a-t-il pas traité votre plainte au mieux ?

J. D. l'observait tandis qu'elle poursuivait son contre-interrogatoire. Il avait maintes fois entendu vanter son habileté au tribunal. Mais c'était la première fois qu'il avait l'occasion de la voir à l'œuvre.

Elle était bonne. Détendue, à l'aise, tout en restant toujours professionnelle. De toute évidence, elle plaisait aux jurés, et surtout, elle avait leur confiance – cela se voyait à la manière dont ils étaient pendus à ses lèvres, à la façon dont certains hochaient la tête pour approuver ses questions.

— Eh bien, je crois que l'entreprise aurait pu agir différemment sur certains points… rétorquait le témoin, sur la défensive.

— C'est-à-dire ? Donnez-nous des exemples, demanda Payton. Vous ne remettez pas en question le fait que l'entreprise ait réagi promptement au problème, n'est-ce pas ?

Tout en posant cette question, Payton croisa les bras et s'appuya contre la table de la défense en faisant porter le poids de son corps sur un seul pied, le *gauche*.

J. D. déglutit péniblement. Oh zut.

— En effet, je crois qu'ils ont été relativement rapides, concéda le témoin.

— On peut donc dire qu'ils ont géré l'incident avec efficacité, étant donné que vous n'avez jamais revu votre ancien manager et, plus encore, qu'il ne vous a plus jamais posé de problèmes.

Toujours appuyée contre la table, Payton croisa les jambes, le poids de son corps reposant toujours sur le talon gauche.

J. D. se crispa. Nom de nom, ça n'allait pas être beau à voir. Il ne pouvait pas assister à ça. En même temps, il n'avait pas le choix. Fallait-il qu'il réagisse ? Peut-être pourrait-il…

Cependant, alors que le témoin formulait sa réponse, Payton se hissa sur la table, transférant le poids de son corps sur le meuble.

— Oui, on peut dire que l'entreprise a traité le cas de harcèlement dont j'étais victime de manière relativement efficace, je suppose.

J. D. poussa un soupir de soulagement. Ils avaient frôlé la catastrophe. Mais il ferait mieux de glisser un mot à Brandon/Brendan sans plus tarder, tant qu'il en était encore temps. Il jeta un coup d'œil sur le banc près de lui. D'autres retardataires s'étaient installés au bout de sa rangée. Il allait devoir passer devant eux pour sortir.

Pendant ce temps, assise sur la table, Payton poursuivait le contre-interrogatoire, les jambes gracieusement croisées.

— Et lorsque la directrice des ressources humaines s'est entretenue avec vous une semaine après l'incident, ne lui avez-vous pas dit que vous étiez *satisfaite* de la manière dont la société avait su gérer votre plainte ?

— Non, je ne me rappelle pas avoir dit ça, s'empressa de nier Ms. Kemple.

Payton parut surprise de cette réponse, mais elle demeura imperturbable.

— Ah bon ? Pourtant, lors de votre déposition, Ms. Kemple, vous avez dit...

Payton passa en revue la liasse de dossiers qui jonchaient sa table et mit rapidement la main sur la transcription de la déposition qu'elle cherchait. Elle la saisit.

— Voilà, Ms. Kemple, permettez-moi de vous lire un extrait de votre...

Payton avait sauté de la table pour s'approcher de la barre des témoins, et avant même que J. D. ne comprenne ce qui se déroulait sous ses yeux, un bruit sec retentit à travers la salle. Brusquement, Payton perdit l'équilibre, trébucha et, les bras s'agitant dans les airs...

... elle plongea la tête la première sur les genoux des jurés.

L'assemblée tout entière retint son souffle, tandis que J. D. se dressait sur son siège, horrifié.

Bon Dieu !

Le public se leva, stupéfait, pendant que Payton se débattait pour se relever, s'agrippant au banc des membres du jury qui étaient restés assis, bouche bée. Elle finit par retrouver l'équilibre et se remit debout, un peu agitée mais s'efforçant de ne rien laisser paraître, tout en lissant sa jupe.

— Navrée de ce léger contretemps, fit-elle en souriant calmement aux jurés. Où en étais-je ? ajouta-t-elle en reprenant son sang-froid.

Cherchant du regard la transcription qui lui avait échappé des mains, elle se retourna et...

L'assemblée poussa un cri unanime.

Car, lorsqu'elle était tombée, sa jupe – une de ces fichues jupes moulantes dont elle raffolait tant – s'était déchirée au niveau de la couture. Doux Jésus ! Son string, accompagné d'une paire de petites fesses blanches, apparaissait entre les deux pans de tissu.

J. D. ouvrit la bouche à s'en déboîter la mâchoire.

Ô Seigneur, c'était épouvantable, épouvantable – bon, en fait, de son point de vue, ce n'était pas si terrible, car elle avait réellement des fesses magnifiques –, mais pour Payton, c'était désastreux, une véritable catastrophe...

En entendant le tohu-bohu qui s'élevait de l'assistance derrière elle, Payton se retourna vers le public...

... offrant du même coup au juge ainsi qu'au jury le spectacle de ses fesses. Les jurés ouvrirent des yeux comme des soucoupes, certains prononçant même quelques paroles inarticulées, tandis que Payton titubait dans la salle avec son talon cassé, ignorant complètement la cause du raffut.

À la table de la défense, Brandon/Brendan tenta de souffler timidement quelques mots à l'oreille de Payton. De là où il était, J. D. n'entendait rien. Payton non plus, apparemment, puisqu'elle se pencha vers Brandon/Brendan pour mieux saisir ses mots, exhibant aux yeux de tous, par la même occasion, une belle paire de fesses, si bien que le vacarme dans la salle atteignit des sommets. J. D. commença à se faufiler devant les personnes assises à côté de lui, résolu à mettre un terme à cette situation, d'une manière ou d'une autre.

Mais Payton finit par saisir les paroles de son collaborateur.

Elle se redressa, porta la main à sa jupe et sentit la déchirure le long de la couture. Sans perdre une seconde, elle ôta sa veste et la noua autour de sa taille. Adieu la paire de fesses. J. D. entendit quelques grognements de déception tandis que le juge abattait son marteau pour tenter de ramener le calme dans la salle.

L'ordre fut rétabli aussi promptement que le chaos s'était installé. Les gens se rassirent docilement. J. D. s'assit à son tour en se faisant tout petit, songeant que le moment était très mal choisi pour se faire repérer par Payton.

Le silence régnait à présent parmi les spectateurs, dont le regard était braqué sur Payton. Tout le monde brûlait de voir sa réaction.

Elle marqua un temps d'arrêt. Puis elle se tourna pour faire face au jury.

— Que les membres du jury qui ne s'attendaient pas à voir autant de nudité en une seule semaine lèvent la main.

Douze mains se levèrent aussitôt.

Si incroyable que cela parût, Payton partit d'un éclat de rire que les jurés imitèrent. À son tour, le juge leva la main. Enfin, l'assemblée entière se joignit à la gaieté de la Cour et du jury, riant et applaudissant.

Payton leva la main en signe de reconnaissance.

— Merci, merci. Je serai dans cette salle toute la semaine.

Comme il observait la manière dont elle souriait, embarrassée mais invaincue, acclamée et applaudie par la salle, J. D. eut un déclic.

Il ne connaissait personne d'autre qui aurait su gérer une situation aussi grotesque avec autant d'aplomb.

Soudain, il voyait Payton sous un nouveau jour. Elle lui semblait… drôle, en un sens. Mais n'en avait-il pas déjà conscience avant ? Il n'aurait su le dire. Ce qu'il savait, en revanche, c'était qu'il avait fait un caca nerveux pour une malheureuse tache de café sur un costume, alors que Payton, qui était tombée tête la première dans le box des jurés, à qui elle avait ensuite offert un strip-tease gratuit, était demeurée d'un calme à toute épreuve.

Il la regardait d'un œil neuf. Un œil admiratif.

Se laissant gagner par la gaieté ambiante, il se joignit en souriant à ceux qui la soutenaient, oubliant un instant le rôle qu'il avait joué dans cette débâcle. Du moins, jusqu'à ce qu'il la voie lorgner sa chaussure.

Ça sentait le roussi.

Elle ramassa l'escarpin, puis elle sembla remarquer la netteté de l'entaille, ainsi que les restants de colle soigneusement appliquée. Elle passa le doigt sur le talon cassé tout en l'examinant et, à cet instant, J. D. comprit qu'elle savait.

Une drôle d'idée lui vint alors à l'esprit : ne disait-on pas des criminels qu'ils revenaient toujours sur la scène du crime ? Lorsque Payton leva la tête, balaya la salle du regard et finit par le repérer dans l'assistance, une lueur assassine étincela dans ses yeux.

Son regard lui fit froid dans le dos. Jamais il ne l'avait vue si furieuse. Il fut alors fixé sur son sort.

Il était un homme mort.

Payton sortit de la salle d'audience comme une furie, la veste toujours nouée autour de la taille, J. D. sur ses talons.

— Allons, Payton, ce n'est pas comme si j'avais prévu ce désastre ! s'écria-t-il en lui courant après. Franchement, qui aurait pu imaginer ça ?

Une partie d'elle aurait voulu ne jamais plus remettre les pieds au tribunal. Pire encore, elle aurait voulu que la terre s'ouvre sous elle et l'engouffre. Elle était humiliée.

Le juge avait accordé une heure de suspension, de manière à permettre, comme il l'avait si délicatement dit, à « celui ou celle qui souhaiterait se rajuster de le faire ». Payton n'avait que très peu de temps pour rentrer au bureau, enfiler son tailleur de rechange et foncer au grand magasin le plus proche pour y dégoter une paire de chaussures neuves. En outre, ce bâtard – désormais, l'homme qu'elle avait connu sous le nom de J. D. ne serait plus à ses yeux que le bâtard, le salaud ou le merdeux – avait détruit ses escarpins favoris. Encore que ce fût le cadet de ses soucis.

Elle avait montré ses fesses en pleine audience publique.

Elle avait montré ses fesses en pleine *audience publique* !

Tout en marchant d'un pas lourd, le talon cassé la forçant à claudiquer, croisant des gens qui passaient probablement une belle journée, une journée on ne peut plus normale, des gens qui n'avaient pas eu les fesses à l'air en plein tribunal, Payton se lamentait à mi-voix sur le pire détail de l'histoire.

— Et il a fallu que je porte un string, par-dessus le marché ! marmonna-t-elle avec colère.

Quel choix stupide ! Elle aurait pu se gifler pour ça.

Le merdeux se retrouva brusquement à sa hauteur. Il affichait un large sourire.

— Eh bien, personnellement, je crois que les femmes feraient tout aussi bien de porter des strings tous les jours, déclara-t-il avant qu'elle ne lui lance un regard noir. Mais, à ce que je vois, tu n'es pas vraiment d'humeur à aborder le sujet.

Ce fut la goutte d'eau qui fit déborder le vase. Payton fit un pas vers J. D.

— Parce que tu trouves que c'est *drôle* ?

— Payton...

— Ne prononce pas mon prénom, ne gâche pas ta salive en excuses ou en prétextes bidon – *je m'en fous*.

Elle le fixa.

— Si c'est à ce petit jeu que tu veux jouer, Jameson, soit ! Fini de prendre des gants. Je suis sur le point de me transformer en cette salope que tu m'as toujours soupçonnée d'être.

Visiblement, ces mots suffirent à effacer le petit sourire qu'il avait affiché jusqu'alors. Un sourire de satisfaction, soupçonnait-elle. Une lueur traversa le regard de J. D. Sentiment de colère ou autre ? Elle n'en avait que faire, en cet instant où elle se tenait sur un bout de trottoir face à lui, la jupe déchirée, le talon cassé et les fesses à peine couvertes par sa veste de tailleur. Seul lui importait de recouvrer un semblant de dignité, et donc d'avoir le dernier mot.

Voyant qu'elle avait temporairement réussi à lui clouer le bec, elle en profita pour tourner les talons et reprendre sa route.

13

— Je suis sûr que tu exagères.

En boule sur son canapé, Payton lança un regard à Chase par-dessus la boîte en carton de nouilles sautées thaïes, avant de gesticuler avec ses baguettes pour appuyer ses paroles.

— Oh, tu peux me croire, je n'exagère pas.

Chase l'avait appelée un peu plus tôt, alors qu'elle était encore au bureau. Le reste de la journée avait beau s'être déroulé sans accroc – après la pause, elle était même parvenue à reprendre le contre-interrogatoire de la plaignante là où elle l'avait laissé –, Payton ne s'était toujours pas remise de son humiliation. Mais au téléphone, elle s'était contentée de dire à Chase (voilà qui devait être l'euphémisme de l'année) que ça s'était « moyennement passé au tribunal ».

Une heure plus tard, Chase lui faisait la surprise de débarquer chez elle avec des plats achetés chez le traiteur asiatique. Pour la requinquer, avait-il dit. Comme il ignorait ses goûts, il avait pris un assortiment de nouilles sautées et de riz cantonais. Touchée par son geste, Payton s'était dit qu'il méritait bien qu'elle lui résume l'incident de la matinée, dans une version édulcorée tout du moins.

Lorsqu'il avait poliment camouflé un éclat de rire sous une toux prétendument provoquée par les plats relevés, elle avait apprécié sa discrétion.

— Mais tu as su te reprendre, c'est ce que le jury gardera à l'esprit, assura-t-il.

Confortablement installé sur le canapé face à Payton, Chase posa son carton de nouilles sur la table basse.

— En un sens, je regrette d'avoir manqué ça. Le spectacle ne m'aurait pas déplu, fit-il avec un sourire espiègle.

Puis il se pencha vers elle et l'embrassa.

Comme Payton l'avait expliqué à Laney quelques jours plus tôt, elle trouvait la compagnie de Chase… apaisante. Il avait un effet calmant sur elle – contrairement à un certain individu au travail qui avait le don de lui taper sur le système. Avec Chase, il n'y avait pas de problèmes. Payton traversait une époque de sa vie où tout semblait incertain, où elle avait l'impression de ne plus rien contrôler. Or, passer du temps avec Chase paraissait si facile. Il était lui-même si facile.

Pas dans le sens où on aurait pu l'entendre, attention…

Enfin, elle n'en savait rien.

Du moins pas encore.

Leur baiser dura quelques instants. Puis Chase s'écarta et lui adressa un regard grave.

— Il y a une chose dont je veux de te parler depuis un petit moment. Je pense qu'il est temps qu'on passe à la vitesse supérieure, toi et moi.

Payton haussa les sourcils.

— La vitesse supérieure étant…

— Un week-end en amoureux.

— Ah, un week-end en amoureux, répéta Payton en secouant la tête pour le taquiner. Je ne sais pas, c'est un grand pas en avant. Tu as une idée de la date ?

— En fait, je pensais au week-end qui arrive.

— Hou là, je ne sais pas. Ce week-end-ci, attends voir... minauda-t-elle, feignant de considérer l'idée. J'avais prévu de faire ma lessive, mais si j'arrive à bidouiller mon emploi du temps...

Elle lui décocha un clin d'œil et un sourire dans la foulée.

— C'est d'accord.

Chase fit mine de soupirer de soulagement.

— Et dire que j'ai failli me faire recaler à cause d'une lessive. Mon ego ne s'en serait jamais remis.

— Hé, ce n'est pas d'une lessive ordinaire que je te parle. Je comptais laver mes draps. Peut-être même y ajouter une serviette ou deux. Si ce n'est pas à ça que tu passes ton vendredi soir, je ne vois pas ce que tu peux bien trouver à faire.

Chase rit de bon cœur.

— Ravi de savoir que je passe avant tes draps.

Payton sourit, puis elle le dévisagea et reprit son sérieux. Il fallait qu'elle tire une chose au clair.

— J'espère que tu es conscient que toute cette tension vient de mon boulot, n'est-ce pas ? Avec le procès, je n'ai pas une minute à moi. Sans oublier que les nouveaux associés seront nommés à la fin du mois.

Elle lui avait déjà dit que la compétition était rude avec les autres collaborateurs, mais sans entrer dans les détails.

Chase acquiesça d'un signe de tête et lui prit la main.

— Je te taquine. Je sais parfaitement que tu as beaucoup à faire en ce moment.

Payton scruta ses yeux noisette. Oui, elle avait beaucoup de travail, se répéta-t-elle comme pour se convaincre. Point barre.

Avant que d'autres pensées ne l'assaillent, elle attrapa Chase et l'attira vers elle pour l'embrasser.

Une heure plus tard, ils se dirent bonne nuit. Après une discussion sommaire sur leurs projets pour le week-end, Payton referma la porte, contre laquelle elle demeura pensivement appuyée pendant quelques instants.

Ce Chase, quel chic type ! Elle était impatiente de le revoir.

Payton poussa un soupir d'aise.

Puis, brusquement, elle s'écarta de la porte.

Il était temps de se remettre au boulot. L'heure était grave : elle avait un plan à concocter. Huit heures s'étaient écoulées depuis l'incident du tribunal, et elle n'avait toujours pas réussi à élaborer de scénario susceptible de la venger du diabolique J. D. Il lui fallait trouver une idée. Et vite.

Il avait voulu la ridiculiser. Et, franchement, il avait réussi. Mais à présent, c'était à elle de frapper.

Que pouvait-elle lui infliger qui serait pire qu'une chute et un strip-tease involontaire au beau milieu d'une salle d'audience ?

Tout en s'affairant à ranger les restes du dîner, elle activa ses neurones. Il fallait qu'elle mette au point un stratagème fatidique. Le coup de grâce. La manœuvre qui lui assurerait le poste d'associé une fois pour toutes. Ensuite, elle en aurait terminé avec J. D. Jameson pour toujours. Plus besoin de faire sans cesse ses preuves ; fini le trac qu'elle ressentait chaque fois qu'elle l'apercevait au bureau – ce chatouillement dans l'estomac, c'était très agaçant –, fini le stress, fini les disputes dans la bibliothèque, et surtout, fini les regards bleu azur intenses comme celui qu'il lui avait décoché avant de vouloir l'embrasser.

Mais qu'est-ce qui lui prenait de penser à ça ?

Le manque de sommeil, indubitablement. De même que le mal des montagnes, ça vous tombait dessus d'un seul coup, sans crier gare, au moment le plus inopportun.

Payton se dépêcha de faire sa toilette et fila sous la couette. Une fois les lumières éteintes, elle chassa J. D. de son esprit.

Sauf pour ce qui était de son projet de vengeance, évidemment.

14

Si, comme Lex Kendall aimait à le dire, toutes les femmes étaient sœurs sans distinction, Dame Justice n'échappait pas à cette règle.

À peine deux jours plus tard, Payton se vit offrir l'occasion de se venger.

Cerise sur le gâteau : elle n'eut même pas à lever le petit doigt. La chance lui souriait. Elle n'avait plus qu'à tendre les bras et à la saisir. Pour elle, c'était un signe du Ciel, ou plutôt une preuve que les Parques, les déesses du Destin – des femmes, elles aussi –, étaient de son côté.

Cet après-midi-là, elle revint au cabinet de bonne heure. Le témoignage de la partie adverse était reporté au lendemain, le témoin s'étant absenté pour une urgence familiale. Pris de court, l'accusation n'ayant pas d'autre témoin sous la main, le juge avait dû se résoudre à suspendre l'audience jusqu'au lendemain matin.

Payton s'assit à son bureau et commença à passer en revue ses e-mails, dont une vingtaine au moins étaient marqués urgents (certains usaient de ces petits points d'exclamation rouges de manière bien trop systématique), mais son regard ne tarda pas à se poser sur Irma, plantée devant le bureau de la secrétaire de J. D., avec qui elle se livrait à une séance de messes basses.

Sans y prêter attention, Payton poursuivit la lecture de ses messages. Évidemment, il n'y avait aucune réelle urgence, simplement des clients en pleine crise de panique. Bref, la routine ; rien de plus que des détails banals, incolores, inodores et sans saveur. Quelques minutes plus tard, voyant que les deux secrétaires continuaient à chuchoter, elle fut gagnée par la curiosité. Curiosité qui s'accrut quand Kathy, la secrétaire de J. D., quitta son poste de travail en trombe, à croire qu'elle avait le diable aux trousses.

Quand Irma vint à passer devant son bureau, Payton la héla.

— Psitt ! psitt ! Irma !

La secrétaire tourna la tête ; Payton lui fit signe d'entrer.

— Que se passe-t-il ? s'enquit-elle dès qu'Irma eut fermé la porte. Je vous ai vue avec Kathy. Elle a l'air complètement affolée.

Irma jeta un coup d'œil par la vitre de la pièce, puis se tourna vers Payton.

— Je ne suis pas censée en parler, mais J. D. a des ennuis.

Oh ! Voilà qui était prometteur. Payton fut prise d'une folle envie de se frotter les mains de joie, mais elle se retint.

— Quel genre d'ennuis ? Dites-moi tout, fit-elle, impatiente de connaître les détails.

— Eh bien, apparemment, il a été appelé au tribunal pour une motion qui ne pouvait pas attendre – comment Kathy a-t-elle appelé ça, déjà ? Une motion réfutée ? Une motion contestée ? Je ne me rappelle plus…

Payton fit un geste d'impatience, indiquant à Irma de poursuivre.

— Peu importe. Une requête urgente. Et ?

— *Et* (Irma insista sur le mot pour lui signaler qu'elle en venait au fait) le juge refuse de le laisser partir. Il veut que l'affaire soit plaidée sur-le-champ. Le problème, c'est que J. D. avait une déposition prévue cet après-midi, qui devait débuter il y a, genre, un quart d'heure déjà. L'autre avocat et son client attendent à l'étage et menacent de partir si la déposition ne commence pas immédiatement. Kathy est allée tenter de les retenir.

À cet instant-là, elles virent Kathy regagner son poste de travail. Elle avait la mine défaite.

— Je ferais mieux d'aller voir si je peux me rendre utile, dit Irma.

Payton la suivit du regard. Irma s'approcha du bureau de Kathy, qui leva les mains au ciel, gesticulant nerveusement, avant de repartir dans le couloir.

— Psitt ! Irma ! *Psitt* ! siffla Payton.

La secrétaire revint près d'elle.

— Quelle mouche vous pique aujourd'hui ? Vous ne me lâchez pas la grappe.

Payton ignora la remarque.

— Qu'est-ce que Kathy a dit ? Ça n'avait pas l'air bon. Une mauvaise nouvelle ? Très mauvaise ?

— Vous auriez plus vite fait de demander directement à Kathy.

— J'essaie d'être discrète. Ne me demandez pas pourquoi. Dites-moi simplement ce qui se passe avec J. D.

— D'après Kathy, il est paniqué. Je crois qu'il a appelé l'autre avocat depuis le tribunal pour tenter de lui expliquer la situation, mais apparemment, l'autre refuse d'entendre raison. Quand Kathy est montée pour calmer l'affaire, il lui a dit qu'il était venu exprès de New York pour cette déposition et que s'ils ne s'y mettaient pas sur-le-champ, il veillerait à ce que le cabinet lui rembourse son billet d'avion, ses frais d'hôtel et ses honoraires, même s'il lui fallait pour cela déposer une requête auprès du tribunal.

Payton roula les yeux. Certains avocats étaient de vraies teignes. Heureusement pour elle, cette teigne-là était sur le dos de quelqu'un d'autre.

— Hum... c'est une situation vraiment délicate, dit-elle d'un air faussement compatissant. Mais je suis sûre que J. D. trouvera une solution, d'une manière ou d'une autre. Qui est l'associé sur l'affaire ? Il va devoir intervenir et s'occuper de la déposition.

— En fait, c'est Ben Gould, mais il est actuellement en déplacement à l'extérieur de la ville, répondit Irma.

— Quel dommage. Qui est le client ?

— KPLM Consulting.

— Aïe.

En collaboratrice appliquée, Payton avait assisté à toutes les réunions du cabinet et savait donc que KPLM était le troisième plus gros client de la boîte. Ben n'apprécierait pas qu'on fiche en l'air un de ses dossiers.

— J. D. doit être très mal, fit Irma. Il a chargé Kathy de voir si l'un des collaborateurs séniors pouvait prendre la déposition à sa place.

Payton acquiesça d'un signe de tête. Puis elle se détourna et se remit à une tâche autrement importante : celle de trier ses e-mails.

— Eh bien, j'espère qu'il finira par trouver une solution.

Elle sentit les yeux d'Irma braqués sur elle.

— Mince ! J'aimerais pouvoir l'aider, mais entre le procès et tout le reste... s'exclama Payton en montrant d'un geste théâtral la pile de dossiers en attente sur son bureau, aucun n'ayant un quelconque rapport avec ledit procès. Je ne vois vraiment pas comment j'arriverais à placer une déposition en plus.

Et elle claqua des doigts. Quel dommage !

Irma hocha la tête. Si elle doutait de ses paroles, elle n'en laissa rien paraître.

— D'accord, je le ferai savoir à Kathy. Je n'étais pas censée vous en parler, de toute façon. J. D. lui a expressément précisé de demander à tout le monde, sauf à vous. Il devait se douter que vous seriez trop occupée.

Non, c'est parce qu'il ne veut pas que je sache qu'il est dans la mouise, songea Payton avec satisfaction. Mais elle tourna sept fois sa langue dans sa bouche et attendit qu'Irma ait quitté la pièce.

Une fois seule, Payton prit le temps de savourer la tournure des événements et leur survenue des plus opportunes.

Elle venait de remporter la victoire.

Manquer à l'appel lors d'une déposition, risquer de causer des sanctions à l'un des plus gros clients du cabinet… Les associés ne verraient pas ça d'un bon œil, et ils n'étaient pas du genre à donner une seconde chance. J. D. n'y était peut-être pour rien, mais telle était la règle du jeu. Un collaborateur qui souhaitait devenir associé était censé prévenir n'importe quel incident, comme par magie, et si, malgré tous ses efforts, les choses tournaient mal…

Payton n'ignorait pas ce qui pendait au nez de J. D. Si jamais cet épisode avait des retombées négatives, Ben le mettrait sur la touche séance tenante, et J. D. pourrait dire adieu au poste d'associé.

Or, si le match entre eux était aussi serré qu'on le disait, ce faux pas suffirait à la propulser en tête, songea Payton. Tache de café sur le costume, strip-tease en plein tribunal… tout ça n'était rien en comparaison du risque de contrarier le troisième plus gros client de la boîte.

Et dire qu'elle n'avait même pas eu à lever le petit doigt !

Devant son bureau, elle entendit Kathy, complètement paniquée, demander de l'aide à Irma.

— J'ai demandé à tous les collaborateurs en septième année, et personne ne peut prendre la déposition, disait Kathy. Tu peux contacter les sixièmes et les cinquièmes années pendant que je file à l'étage retenir l'avocat encore cinq minutes ? Si tu trouves quelqu'un, donne-lui les consignes de déposition qui sont sur mon bureau.

Payton poussa un soupir.

Compassion.

Puis elle reporta son attention sur les tâches imaginaires qu'elle s'appliquait à remplir avec tant de zèle.

Pauvre J. D. Elle se le figurait au tribunal, plaidant à toute allure, stressé, inquiet, maudissant ce coup du sort qui lui tombait dessus au plus mauvais moment.

Parfait. Il ne l'avait pas volé.

Franchement, il ne pouvait s'en prendre qu'à lui-même. De toute évidence, il avait voulu jongler avec trop de dossiers au cours des dernières semaines, et pourquoi ? Pour en jeter plein la vue avant la nomination des associés. Il s'était mis dans le pétrin tout seul. Ce n'était pas le problème de Payton. De toute façon, il ne voulait même pas de son aide. *Demandez à tout le monde sauf à elle*, avait-il dit.

Bien. Super. Au moins, c'était officiel, il l'avait délivrée du devoir de s'impliquer dans l'histoire.

Payton poussa un autre soupir.

Compassion.

Mais à mesure qu'elle savourait son triomphe, celui-ci prit soudain un goût amer. Elle se mit à tambouriner des doigts sur son bureau.

Pam-padam-padam.

Et zut ! Sans bien savoir pourquoi, elle se leva et se dirigea vers le couloir à grandes enjambées.

Payton frappa à la porte de Tyler.

En la voyant devant son bureau, ce dernier parut pour le moins étonné. Cela n'avait rien de surprenant, songea Payton, car le nombre de fois où ils s'étaient adressé la parole se comptait sur les doigts de la main. D'ordinaire, Tyler, en tant que meilleur ami de J. D., était d'emblée rayé de la liste de ses fréquentations.

Déconcerté, Tyler sourit tout de même avec bonhomie.

— Payton. Salut. Qu'est-ce qui t'amène ici ?

Tout compte fait, il n'avait pas l'air désagréable, songea Payton. Dommage qu'il ait si mauvais goût en matière d'amis.

Elle s'appuya contre le chambranle, l'air complètement blasé.

— J. D. a des ennuis, et j'ai pensé que tu aimerais le savoir. Il est coincé au tribunal, et il était censé prendre une déposition en ce moment même.

Elle examina ses ongles avec nonchalance.

— Ce ne sont pas mes affaires, mais il se trouve qu'il s'agit d'un dossier important pour le compte de KPLM Consulting.

Elle poussa un soupir insouciant tout en s'arrachant une cuticule.

— S'il ne trouve personne pour prendre la déposition à sa place dans les prochaines minutes, il se fera sûrement renvoyer. En même temps, je m'en moque. Mais je suis tombée par hasard sur les formulaires sur le bureau de Kathy ; c'est une déposition 30(b)(6). Enfin, peu importe.

Comme Payton l'avait prévu, cette nouvelle ébranla le meilleur ami de J. D.

— Euh... d'accord. Mince, laisse-moi réfléchir, fit Tyler.

Il se leva, fit le tour de son bureau, puis se rassit.

— Il va falloir que j'appelle Kathy. Non, plutôt J. D., dit-il en lançant un regard hésitant à Payton. Il vaut mieux que j'appelle J. D., n'est-ce pas ? Pour lui demander ce qu'il attend de moi ?

— Je pense que tu n'en as plus le temps, répondit Payton. D'après Kathy, l'avocat est sur les nerfs et va quitter le cabinet d'une minute à l'autre.

— Dans ce cas, je vais le retenir, déclara Tyler.

Payton poussa un soupir de frustration. Est-ce qu'elle devait vraiment lui faire un dessin ?

— Tyler, tu vas devoir prendre cette déposition toi-même. Maintenant.

Il la fixa d'un air perplexe pendant quelques secondes, avant de finir par hocher la tête.

— Évidemment. Oui. Bien sûr. Tu as dit qu'il s'agissait d'une déposition de type 30(b)(6) ?

— Oui.

Une fois encore, Tyler hocha la tête, avant de se précipiter vers son étagère pour en retirer un exemplaire du Code civil.

— Voyons voir... 30(b)(6)... fit-il en feuilletant l'ouvrage. Voilà, nous y sommes.

Payton le dévisagea, éberluée.

— Seigneur, mon garçon, tu n'as donc jamais pris de déposition 30(b)(6) ?

Tyler leva le nez du bouquin.

— Ça alors ! On croirait entendre J. D.

Payton se renfrogna. Mais bien sûr !

Voyant son expression, Tyler poursuivit sans attendre :

— Je crois me rappeler avoir assisté à ce type de déposition quand j'étais stagiaire. C'est celle où l'on désigne quelqu'un pour parler au nom de la société ? ajouta-t-il en l'interrogeant du regard.

Payton leva les yeux au ciel. On n'apprenait donc plus rien à ces gamins, de nos jours ?

— Tyler, sans vouloir t'affoler, ce n'est pas à prendre à la légère, déclara-t-elle. Ce type de déposition peut s'avérer très complexe. D'ordinaire, les témoins sont très bien briefés en amont, vu que tout ce qu'ils disent pendant la déposition peut être retenu contre la société.

Tyler l'examina.

— Si je comprends bien, tu l'as déjà fait ?

Payton s'esclaffa. Et le Pape était-il allemand ?

— Euh... oui.

— Donc, tu saurais t'en charger ?

— Les doigts dans le nez. *Mais*...

Elle lui jeta un regard qui en disait plus long qu'un discours, auquel il répondit en la regardant de ses petits yeux innocents et confus de sixième année au sein du cabinet.

Payton reprit, en choisissant prudemment ses mots :

— Tu es au courant de mes rapports avec J. D., n'est-ce pas ?

— En effet, je suis au courant.

En d'autres termes, il n'ignorait pas l'opinion que J. D. avait d'elle, pensa Payton. Elle garda les yeux rivés aux siens.

Il soutint son regard, sans ciller une seule fois.

Au bout d'un petit moment, Payton finit par rompre le silence.

— Il ne le ferait pas pour moi.

Tyler inclina la tête, l'air intéressé.

— C'est ça qui compte pour vous ?

Comme pour chasser la question, Payton rejeta sa chevelure en arrière.

— Très bien, marmonna-t-elle entre ses dents. Je m'en charge.

Elle brandit un doigt.

— Néanmoins, tu vas m'assister. File à l'étage présenter nos excuses à l'avocat et à son client, et fais-leur savoir que nous avons corrigé le tir et que la déposition commencera dans cinq minutes. Présente-toi à l'avocat pour qu'il te donne à son tour son nom. Ensuite, regagne ton bureau pour faire une recherche éclair sur Martindale-Hubbell et sur LexisNexis [1] : relève tous les dossiers dignes d'intérêt qu'il a traités dans le passé, le nom de ses principaux clients, etc. Tu me rejoindras à la pause pour m'informer de tes trouvailles dans les grandes lignes. C'est compris ?

— C'est comme si c'était fait, répondit Tyler en hochant la tête.

Sur ces mots, Payton quitta son bureau pour aller toucher un mot à la secrétaire de J. D.

— Kathy, il me faut tous les dossiers rassemblés par J. D. pour la déposition, ordonna-t-elle à la secrétaire, depuis l'autre bout du couloir. Vous savez s'il établit un plan, d'habitude ? Si vous n'en trouvez pas d'exemplaire parmi ses dossiers, cherchez sur son ordinateur.

Kathy bondit de son fauteuil, profondément soulagée.

— Vous vous chargez de la déposition ? Oh, merci, Payton ! Je vous cherche ça tout de suite. J. D. établit toujours des plans pour ses dépositions, et je sais exactement où trouver ça...

Et Kathy partit comme une flèche. Pendant ce temps, Payton retourna à son bureau. Lorsqu'elle dépassa le poste d'Irma, celle-ci lui jeta un coup d'œil brillant de curiosité.

— On a changé d'avis ? demanda-t-elle. Qu'est-il arrivé à Tyler ?

— Ne comptez jamais sur un homme pour faire le travail d'une femme, Irma.

Payton adressa un clin d'œil à sa secrétaire avant de disparaître dans son bureau pour se préparer à la bataille.

1. Logiciels professionnels d'information juridique. (*N.d.T.*)

Finalement, la déposition se passa comme sur des roulettes. Un succès qui, selon Payton, reposait en majeure partie sur ses talents d'avocate.

Et peut-être très légèrement sur le fait que J. D. avait préparé un plan méticuleux contenant presque toutes les questions qu'elle avait à poser.

Bien qu'elle ait pris le dossier en charge à la dernière minute, Payton n'eut aucun mal à se l'approprier, car J. D. avait non seulement établi un plan, mais aussi préparé les pièces à conviction, qu'il avait classées. Bien sûr, ici et là, il lui fallut apporter quelques modifications au plan original afin d'éclaircir certains points abordés par le témoin. Mis à part cela, elle se reconnut dans la stratégie de J. D., une stratégie qu'elle aurait elle-même adoptée si elle avait eu à traiter le dossier. Elle parvint même, bien qu'ils aient commencé avec du retard, à boucler la déposition à 16 h 30, permettant ainsi à l'avocat et à son client d'attraper le vol de 18 heures pour New York, chose que J. D. leur avait apparemment promise.

— Merci de vous être montrée si conciliante, Ms. Kendall, dit l'avocat au terme de la déposition.

Une fois la déposition commencée et les petits biscuits mis à sa disposition, il était devenu doux comme un agneau.

— Je vous en prie, Mr. Werner, répliqua Payton en lui serrant la main. J. D. vous recontactera pour établir le planning des dépositions restantes. Une fois encore, sachez combien il est navré du malentendu de cet après-midi. Malheureusement, ce n'est pas comme si le juge Pearson lui avait laissé le choix.

Payton et Werner rirent de concert. Ça marchait à tous les coups : quand il s'agissait de casser du sucre sur le dos des juges, les avocats finissaient toujours par s'entendre.

Après le départ de l'avocat et de son client, Payton se mit à ranger les dossiers de J. D., tout en prenant garde à remettre les documents dans l'ordre exact où elle les avait trouvés. Puis elle demanda au sténographe judiciaire de lui envoyer par e-mail la transcription de la déposition, pensant la transmettre directement à J. D.

Lorsqu'elle eut fini, elle s'assit et posa les pieds sur la chaise d'en face. L'un dans l'autre, elle avait fait du bon boulot.

Son regard tomba sur le plateau de biscuits. Pourquoi pas ? Elle avait bien mérité une petite friandise en guise de récompense. Elle opta pour un cookie au chocolat et s'apprêtait à l'enfourner quand elle fut interrompue.

— Qu'est-ce que tu as fait ?

Payton se figea, la bouche grande ouverte, le biscuit à mi-chemin entre l'assiette et sa bouche.

Elle pivota vers J. D., qui se tenait dans l'embrasure de la porte.

— À quoi dois-je m'attendre ? demanda-t-il d'un ton très grave.

Payton mordit dans le cookie. Elle mâcha en prenant son temps, avant d'incliner la tête.

— Eh bien, contre toute attente, ce n'est pas mauvais du tout.

J. D. s'avança dans la pièce. Payton remarqua qu'il avait l'air au bout du rouleau. C'était d'autant plus choquant que J. D. Jameson ne laissait jamais paraître le moindre signe d'abattement. Il avait les cheveux plus ébouriffés que d'ordinaire, et il semblait essoufflé, comme s'il avait quitté le tribunal à toutes jambes à la fin de l'audience.

Il avait dû passer une dure journée ; elle en avait connu quelques-unes dans le même genre. Un bref instant, elle faillit s'attendrir sur son sort.

Malheureusement, ce sentiment mourut aussi vite qu'il était né.

— Ah ! Revoilà les sarcasmes qui forment la quintessence de notre bonne vieille Kendall. Allez, vas-y, achève-moi. Qu'est-ce que tu as fait ? Lâché des obscénités pendant la séance ? Fait semblant de bégayer ? Posé la même question au témoin une bonne centaine de fois ?

— Non, répondit-elle.

Néanmoins, elle nota ces idées dans un coin de sa tête, car elles n'étaient pas mauvaises du tout.

— Non, bien sûr que non. Tu ne ferais jamais rien qui puisse nuire à ta réputation, poursuivit J. D. en se renfrognant. Quelle qu'ait été ta stratégie pour me pourrir, tu as dû faire dans la subtilité.

Il parcourut la pièce des yeux. Et tandis qu'il la mitraillait de questions, elle décela dans sa voix une légère tension.

— Où sont Werner et le témoin ? Ils sont partis ? Tu as été rapide, dis-moi. Bon, écoute, laisse tomber, je vais les rappeler sur-le-champ pour rouvrir la déposition et nettoyer ton massacre.

Payton se leva et lissa sa veste.

— Navrée, J. D., tu devras te contenter de « mon massacre », je le crains. D'après la procédure 30(c) du Code civil, l'interrogatoire d'un témoin doit se dérouler exactement comme lors d'un procès. Ce qui signifie qu'un seul avocat est autorisé à interroger le témoin. On ne t'a pas enseigné cela à Har-vard ? demanda-t-elle en scandant le nom d'un ton sarcastique.

— Bien sûr qu'on m'a enseigné cela à Har-vard, rétorqua sèchement J. D., tout en croisant les bras. J'exige de voir la transcription, fit-il en la toisant. Immédiatement.

Payton lui lança un regard noir. C'était donc ainsi qu'il la remerciait de l'avoir tiré du pétrin ? Mais elle aurait dû s'y attendre.

— Pas de problème, répliqua-t-elle.

Elle saisit sa sacoche, d'où elle tira son ordinateur portable. Sous le regard scrutateur de J. D., bras croisés et regard incendiaire, Payton ouvrit sa boîte e-mail, où elle trouva la transcription que le sténographe du tribunal venait de lui envoyer. En un clic, elle la transféra à J. D.

— Voilà ! dit-elle.

Elle rabattit l'écran de son ordinateur d'un mouvement sec et le glissa dans sa sacoche. Puis elle se redressa et fit face à J. D.

— C'était assez immédiat pour toi ?

Il cligna des yeux et sembla hésiter un instant.

— Oui, fit-il, laconique.

— Bien, conclut Payton, passant la sangle de sa sacoche sur l'épaule et commençant à se diriger vers la porte. Tu trouveras tous tes dossiers ici ; ils sont rangés exactement comme tu les avais ordonnés. Et Werner souhaite que tu l'appelles demain pour établir le planning du reste des dépositions. Bonne lecture, J. D.

Sur ces mots, elle quitta la salle de conférences, furieuse.

Furieuse contre elle-même avant tout, pour s'être laissée aller à croire un seul instant qu'ils pourraient se parler de manière civilisée.

15

Pour la deuxième fois consécutive, J. D. appuya sur la sonnette.

Toujours pas de réponse. Il vérifia de nouveau l'adresse affichée sur son BlackBerry. D'après l'annuaire du cabinet, il était au bon endroit.

La lumière à l'étage indiquait a priori que la maison n'était pas vide. Une idée lui traversa brusquement l'esprit, la même qu'il avait eue après le dîner au restaurant japonais : peut-être vivait-elle avec quelqu'un. Mais ni la sonnette ni la boîte aux lettres ne le renseignèrent sur la question.

Après le départ en trombe de Payton, il s'était précipité dans son bureau pour lire la transcription qu'elle lui avait envoyée. Il s'était plongé dans le texte, nerveux, s'attendant au pire. Durant toute sa lecture, il avait cherché la vacherie, guetté le piège qu'elle lui avait tendu. Un truc. N'importe lequel.

Mais il n'avait absolument *rien* trouvé. Pas de mauvais tour. À moins qu'on ne voie comme une vacherie le fait qu'elle ait orchestré une déposition 30(b)(6) comme un chef avec seulement quelques minutes de préparation en amont. Il y avait certes deux ou trois points que J. D. aurait abordés différemment… ou peut-être pas…

Néanmoins, son impression d'ensemble se résumait à un… chapeau !

Comme s'il n'avait pas déjà le sentiment d'être un véritable enfoiré, Tyler en avait remis une couche lorsqu'il l'avait appelé pour lui raconter tout dans les moindres détails.

Voilà pourquoi J. D. se trouvait à présent sur le perron de Payton.

Puisqu'il faisait le pied de grue au pied du bâtiment, il en profita pour parcourir le voisinage du regard. La rue bordée d'arbres et de maisons mitoyennes avait un charme pittoresque. Ça lui plaisait. Pas autant que son appartement du centre-ville avec vue sur le lac, mais l'endroit était suffisamment correct pour qu'il puisse garer sa Bentley dans la rue. Et pour lui, c'était énorme !

Il appuya encore sur la sonnette – la troisième fois était généralement la bonne.

— Oui ?

Dans l'appareil, la voix de Payton mêlée à une sorte de grésillement résonna vivement, le faisant sursauter. Elle semblait irritée. Et pourtant, il n'avait pas encore ouvert la bouche.

J. D. se racla la gorge avant d'appuyer sur le bouton de l'Interphone.

— Hé, Payton ! Salut. C'est J. D.

Silence glacial.

Puis un nouveau grésillement.

— Navrée, ça ne m'intéresse pas.

Charmant. Cependant, J. D. ne se laissa pas démonter. Il appuya de nouveau sur le bouton.

— Je dois te parler.

Grésillement.

— Le téléphone, tu connais, connard ?

D'accord, peut-être qu'il l'avait mérité.

Bouton.

— Écoute, ça fait un quart d'heure que je poireaute devant chez toi. Pourquoi as-tu mis autant de temps à répondre ?

Nouveau grésillement, suivi d'un soupir d'agacement.

— J'étais sur le point de sauter dans la douche.

J. D. haussa les sourcils. La douche ? Hum... l'image n'était pas désagréable. Une seconde... Non, au contraire, ça ne le tentait pas du tout, se sermonna-t-il.

Bouton.

— J'ai lu la transcription de la déposition.

Grésillement.

— Ça me fait une belle jambe.

Elle ne lui facilitait vraiment pas la tâche. Mais il s'y était préparé.

Sonnette.

— Payton ? fit-il d'un ton grave. J'aimerais te parler face à face. Je t'en prie.

Silence. Il pouvait presque entendre le débat qui faisait rage dans la tête de la jeune femme.

Puis un bip retentit, débloquant la porte. J. D. se hâta de pénétrer dans le bâtiment avant qu'elle ne change d'avis.

Payton passa rapidement en revue le séjour ainsi que la cuisine pour s'assurer que sa maison était présentable. En même temps, peu importait, vu que, d'une part, il s'agissait du merdeux, et que, d'autre part, il n'allait pas s'éterniser. Sa maison, c'était son sanctuaire. En d'autres termes : les types comme J. D. n'y mettaient pas les pieds.

Elle ouvrit la porte d'entrée, pensant le trouver dans l'escalier. Mais il était déjà sur le pas de la porte. Ils furent tous deux surpris de se retrouver soudain nez à nez.

Une main sur l'encadrement, l'autre sur la hanche, Payton attaqua bille en tête.

— Dis ce que tu as à dire, et vite. J'ai eu une longue journée.

Remis de sa surprise, J. D. la dévisagea.

— C'est un peu sec. Tu permets que j'entre ?

— Non.

— Génial. Merci.

Sans plus de manières, il pénétra dans la maison, la bousculant au passage.

Payton se vexa. Apparemment, on ne lui demandait pas son avis. Elle referma la porte derrière lui et l'observa, tandis qu'il parcourait les lieux d'un regard empreint de curiosité.

— C'est donc ici que tu vis, dit-il, comme fasciné, tel un soldat qui se serait introduit en cachette dans le camp ennemi. C'est sympa. Ça a l'air très lumineux. Tu habites seule ? demanda-t-il en lui jetant un coup d'œil.

Payton acquiesça d'un hochement de tête.

— Oui. Écoute, j'ignore ce qui t'amè…

— Tu m'offres un verre ? coupa-t-il. De l'eau, ce sera parfait. J'arrive directement du cabinet.

Payton ne répondit pas immédiatement. Elle se contenta de le dévisager. Que diable venait-il faire chez elle ?

— Et je suis légèrement déshydraté, ajouta-t-il.

Elle crut déceler l'esquisse d'un sourire sur ses lèvres. Essayait-il de l'attendrir ? Ou peut-être ne savait-il pas par où commencer…

— Bien, fit-elle dans un soupir.

À contrecœur, elle pivota vers la cuisine.

— Un Perrier, si possible.

Payton tourna la tête pour lui décocher un regard assassin.

J. D. sourit.

— Je plaisante.

En effet, il essayait de l'amadouer.

Sans y prêter attention, Payton alla lui chercher un verre d'eau. C'était étrange de l'avoir sous son toit, chez elle. C'était… intime. Elle était nerveuse. Agitée.

Après avoir rempli un verre d'eau tiède du robinet sans grand enthousiasme, elle retourna dans le séjour, que divisait un mur constitué d'étagères de livres – une des rares particularités de l'aménagement intérieur qu'elle avait gardées telles quelles après l'achat de la maison. J. D. passait en revue sa bibliothèque.

Quand il se baissa pour inspecter l'étagère du bas, elle remarqua qu'il ne portait pas de veste. Il avait retroussé les manches de sa chemise et desserré son nœud de cravate ; ses cheveux étaient en bataille.

C'est à ça qu'il ressemble quand il rentre du travail, songea Payton. Elle se surprit à se demander si quelqu'un l'attendait chez lui le soir.

Chassant cette pensée de son esprit, elle s'avança vers lui et lui tendit le verre sans cérémonie.

— Tiens.

— Merci, fit-il en lui frôlant la main au passage.

Quelque chose dans sa manière de la regarder la fit tiquer. Des années durant, son expression avait oscillé entre cet air hautain et orgueilleux qui semblait vouloir dire : « Tu ne sais pas de quoi tu parles, idiote de féministe » et cette mine qui disait : « Je t'étriperais volontiers, mais je n'aurais pas le temps ensuite de prendre en charge tes dossiers. » Pourtant, ces derniers temps, sa façon de la regarder avait changé. Et elle ne parvenait pas à décrypter ce nouveau regard.

— Qu'est-ce que tu fiches ici ? demanda-t-elle de but en blanc.

Après avoir lorgné d'un œil sceptique le verre d'Eau Trouble du lac Michigan qu'elle venait de lui servir, J. D. en but une gorgée avant de répondre.

— J'ai des choses à te demander, finit-il par lâcher.

— À me demander ? répéta Payton avec surprise.

Elle s'attendait à tout sauf à cela.

— À propos de la déposition, expliqua-t-il.

— Oh, eh bien, tu as lu la transcription. Il y a des choses que tu n'as pas comprises ?

— Oui, répliqua-t-il en posant le verre sur une table basse à proximité.

Il se redressa et baissa le regard vers elle, lui rappelant par la même occasion à quel point il était grand.

— Pourquoi as-tu fait ça ?

Payton pencha la tête de côté.

— Tu ne croyais tout de même pas que j'allais ficher en l'air une déposition ? Mis à part l'envie de protéger ma « réputation », dit-elle, faisant allusion à l'insulte que J. D. lui avait lancée en pleine figure un peu plus tôt, je ne ferais jamais ça à un client.

J. D. balaya ces paroles d'un geste de la main.

— Non, j'avais compris. Je ne parle pas de ça. Mais j'ai parlé à Tyler. D'après lui, c'est *toi* qui es allée le trouver pour la déposition. J'étais dos au mur. Si tu n'avais pas réagi, j'étais foutu. Tu sais comment Ben fonctionne : tolérance zéro quand il s'agit de ses clients. Pas de place à l'erreur. Alors, conclut-il après une pause, pourquoi m'avoir aidé ?

Elle leva la main en signe de protestation.

— Du calme, mon vieux. Si j'ai fait ça, ce n'est pas pour t'aider.

— D'accord, très bien. Pourquoi, dans ce cas ?

Justement, en rentrant du boulot, elle s'était posé la même question. Elle donna à J. D. la seule réponse logique à laquelle elle avait pu parvenir après mûre réflexion.

— Je ne voulais pas gagner par forfait. Si le comité des associés me choisit – *quand* il me choisira, devrais-je dire –, je veux que ce soit parce que je l'ai mérité, et non pas parce que tu t'es fait évincer à la dernière minute sur un stupide malentendu.

J. D. attendit quelques instants avant de répondre. Puis il hocha la tête.

— OK. Eh bien, dit-il d'un ton hésitant, en dépit de tes motifs, si je suis venu ce soir, c'est pour...

Il prit une profonde inspiration, comme pour se donner du courage.

— ... pour te remercier. Et te présenter des excuses. Lorsque je t'ai trouvée dans la salle de conférences après la déposition et que j'ai vu l'expression de satisfaction sur ton visage, je... j'ai tout de suite imaginé le pire.

Il marqua un temps d'arrêt.

— C'est tout ? demanda Payton, que cette explication n'avait pas complètement amadouée.

— Oh – j'attendais que tu me sortes un de tes sarcasmes sur les préjugés.

— Comme si j'étais aussi prévisible que ça, fit-elle en le regardant droit dans les yeux.

Il lui lançait de nouveau cet étrange regard.

— Quoi ? demanda-t-elle.

J. D. eut un large sourire.

— Et maintenant, je pensais que tu allais rejeter tes cheveux en arrière. Tu sais, avec ce petit mouvement de tête que tu as.

Payton fulmina intérieurement. *Note personnelle : investir dans des barrettes.*

— On a déjà vu mieux comme excuses, fit-elle remarquer. Autre chose ?

— Pas vraiment, répliqua-t-il en haussant les épaules. Sauf que je me disais que... moi non plus, je ne veux pas gagner par forfait. Du coup, nous pourrions peut-être conclure une trêve.

— Une trêve ? répéta Payton. C'est très magnanime de ta part, si l'on considère que c'est à mon tour de frapper, ironisa-t-elle. Qu'est-ce que j'en tire ?

J. D. fit un pas en avant.

— Hum… que penses-tu de la simple satisfaction de savoir que tu es la plus charitable de nous deux ?

Payton hésita avant de répondre, intriguée par ses paroles.

— Tu serais prêt à l'admettre ?

Une lueur d'amusement brilla dans les yeux de J. D. Il fit un autre pas vers elle.

— Dans le contexte présent, oui, Ms. Kendall.

Payton réfléchit aux termes de cette proposition. Pour elle, l'enjeu était de taille.

— D'accord, acquiesça-t-elle. Va pour une trêve.

Elle dut pencher la tête en arrière pour croiser le regard de J. D., leurs deux corps étant soudain très proches. *Mince*, pensa-t-elle. *C'est comme ça que tout a commencé la dernière fois*. Elle fut envahie par une vague de sensations familières et fut tentée de faire quelques pas en arrière. Mais il était hors de question qu'elle concède un seul centimètre à J. D. Jameson.

— J'imagine que je te suis redevable, à présent, dit J. D. d'une voix plus douce.

— Non, pas du tout, fit Payton en secouant la tête.

— J'ai lu la transcription.

— Tu radotes.

— Tu as été formidable, Payton, murmura-t-il d'une voix rauque.

Juste Ciel ! C'était la chose la plus sexy qu'elle avait jamais entendue de toute sa vie.

J. D. baissa alors les yeux vers elle, un sourire réservé sur les lèvres, comme s'il cherchait à lire sur son visage. Ce regard fit soudain comprendre à Payton que, quelque part dans leur jeu, la donne avait changé.

Tout avait commencé avec cette stupide bagarre dans la bibliothèque du cabinet. Ou bien cela s'était-il produit avant ? Les yeux plongés dans son regard d'un bleu fantastique, elle n'était plus sûre de rien.

Il avait vraiment de très longs cils pour un homme, remarqua-t-elle. Ils étaient presque blonds, de la même teinte que les mèches dorées qui se mêlaient au châtain clair de ses cheveux. D'ailleurs, elle aimait beaucoup l'aspect ébouriffé qu'ils avaient ce soir. Ça lui donnait envie de l'attraper par sa cravate de créateur et de lui ébouriffer les cheveux davantage encore, en lui faisant pendant des heures des choses bien plus exaltantes que la déposition de l'après-midi.

Hou là ! Elle avait grand besoin d'une bonne partie de jambes en l'air.

Pas avec J. D., en tout cas. Impatient, hyperactif et soupe au lait, il avait le comportement d'une personnalité de type A. Très peu pour elle. Elle était prête à parier qu'il était dominateur au lit, du genre à vouloir tout contrôler. En même temps, ça n'avait pas que des inconvénients...

Et voilà qu'elle se mettait à rougir.

Constatant qu'elle ne s'écartait pas de lui, J. D. haussa les sourcils, et Payton vit la commissure de ses lèvres remonter pour former un sourire. Elle n'était pas tombée de la dernière pluie : il la mettait au défi de faire le premier pas, elle l'aurait parié. Pire, il *voulait* qu'elle fasse le premier pas. Et elle n'aurait qu'à incliner le visage de quelques petits centimètres pour qu'ils s'embrassent...

— Il faut que tu t'en ailles, lâcha-t-elle à brûle-pourpoint.

J. D. pencha la tête sur le côté, mais ne bougea pas d'un iota. Pour le presser, Payton plaqua la main sur son torse, le forçant à reculer jusqu'à l'entrée. Pour un dandy, il avait des pectoraux en acier...

— Tout de suite. Il faut que tu t'en ailles tout de suite, dit-elle en ouvrant la porte et en le poussant littéralement dans le couloir.

J. D. protesta :

— Hé, attends une minute, il y a encore une chose...

Payton tenta de refermer la porte, mais J. D. la bloqua avec son bras.

— Bon sang, femme ! Laisse-moi m'exprimer.

— Non. Tu as dit ce que tu avais à dire. Excuses acceptées, plus de coups bas, et patati, et patata. D'ailleurs, je rêve ou tu viens de m'appeler « femme » ? C'est presque aussi minable que « ma biche ».

— Je parie que beaucoup de femmes se sentiraient flattées qu'on les appelle « ma biche » à ta place.

— Eh bien, si ce que tu dis est vrai, tu ne les trouveras certainement pas dans cet appartement.

J. D. semblait à deux doigts de s'arracher les cheveux.

— Tu sais quoi ? Laisse tomber. J'ai changé d'avis. Je n'ai rien d'autre à te dire. Et franchement, *femme*, je pense que tu débloques. Ou peut-être que tu me fais débloquer, moi.

Concluant ainsi son discours, il tourna les talons et dévala les marches à toute allure.

Payton, quant à elle, claqua la porte derrière lui – *et bon vent !* Elle aurait refusé d'entendre un mot de plus de sa bouche, de toute façon, et maintenant, au moins, il était sorti de chez elle. D'ailleurs, la prochaine fois, il faudrait qu'il trouve des reparties plus cinglantes...

Des coups impatients furent frappés à sa porte. Puis d'autres, plus forts.

Quoi, il avait trouvé une meilleure pique ? Payton ouvrit la porte à la volée et...

J. D. leva aussitôt la main pour l'empêcher de parler.

— Ne dis rien.

Payton remua les lèvres.

J. D. secoua la tête, tout en lui jetant un regard ferme.

— Non.

Payton leva les yeux au ciel, mais ne souffla mot.

— Ce que je voulais te dire, c'est que tu avais tort.

Eh bien, pour une surprise ! Payton fulmina de plus belle.

J. D. poursuivit, d'une voix plus calme, plus posée :

— À propos de ce que tu as dit à Tyler.

Leurs regards se rencontrèrent. J. D. ne détourna pas le sien.

— Je l'aurais fait pour toi sans l'ombre d'une hésitation.

Elle sentit aussitôt la glace qui encerclait son cœur craqueler et fondre. Pour la première fois en huit ans, J. D. Jameson lui avait cloué le bec : elle ne trouvait rien à lui répondre.

Il lui adressa un léger signe de tête.

— Je tenais simplement à ce que ce soit clair.

Sur ces mots, J. D. se retourna et partit – pour de bon, cette fois. Payton referma lentement la porte derrière lui. Elle eut envie d'aller jeter un œil par la fenêtre de la rue pour le regarder partir, mais à la place, elle s'occupa les mains, ramassant le verre vide qu'il avait laissé derrière lui, le lavant et le rangeant, pressée de se débarrasser des dernières traces de sa visite.

Elle avait conscience que quelque chose avait changé ce soir, et, franchement, elle aurait aimé que tout redevienne comme avant. Une trêve était une chose, mais pourvu que J. D. ne se mette pas à être gentil avec elle ! Cela compliquerait grandement la situation s'il se montrait soudain doux comme un agneau avec elle. Et la dernière chose dont elle avait besoin en ce moment au travail, c'était de complications.

Je l'aurais fait pour toi sans l'ombre d'une hésitation.

L'esprit de Payton s'attarda sur ces quelques mots. Malgré elle, elle esquissa un sourire.

Mais, dans le fond, c'était sans importance.

Honnêtement.

16

— À quatre-vingts dollars le brunch par tête de pipe, ils ont intérêt à avoir truffé cette omelette de diamants.

C'était le cinquième commentaire de la matinée au sujet de cette fichue omelette. Payton savait qu'elle aurait mieux fait d'opter pour les gaufres liégeoises. Résolue toutefois à faire de ce repas un moment agréable, elle ignora la remarque de sa mère pour s'enquérir de ce qu'elle avait dans son assiette.

— Comment trouves-tu le muesli et les fruits frais ?

De tout le buffet du restaurant *NoMI*, qui offrait une sélection d'une centaine de mets, c'étaient les deux seuls plats que sa mère avait accepté de manger.

Mais ce matin-là, Lex Kendall était au top de sa forme. Elle n'allait pas se laisser duper si facilement.

— Tu essaies de changer de sujet, dit-elle.

— En effet, répondit Payton en buvant une gorgée de son cocktail mimosa.

À ce rythme, il n'allait pas tarder à lui en falloir un autre, aussi leva-t-elle un doigt à l'attention du serveur. *Garçon, un autre, s'il vous plaît. Vite.*

De l'autre côté de la table recouverte d'une nappe d'un blanc immaculé, Lex Kendall secoua la tête d'un air frustré. Sa longue chevelure brune cascadait sur les manches de sa tunique bucolique à fleurs en formant des boucles naturelles. Avec son jean délavé et ses sabots, elle n'était pas franchement habillée pour un brunch au restaurant haut de gamme de l'hôtel *Park Hyatt* – non que Payton eût osé lui en faire la remarque.

— Allons, ma sœur, l'encouragea Lex, tu sais bien que l'industrie de la volaille se soucie davantage de faire des économies budgétaires que de traiter ces pauvres bêtes avec un minimum d'humanité.

Payton ne mordit pas à l'hameçon, encore qu'elle en mourût d'envie. En amenant sa mère dans cet endroit, elle savait qu'elle la provoquait. Mais il y avait un nombre limité de restaurants végétariens en ville, et elles les avaient déjà tous testés lors des visites précédentes de Lex. Cette fois-ci, Payton avait eu envie d'essayer autre chose, un endroit un peu plus chic. Laney avait raison : si jamais elle devenait associée, elle devrait s'habituer à évoluer dans un univers de nantis, car elle aurait un salaire important. L'année précédente, le plus jeune associé de la boîte avait empoché pas moins d'un million cent mille dollars. Et bien que Payton n'ait jamais été du genre à jeter l'argent par les fenêtres – d'ailleurs, avant de travailler chez Ripley & Davis, elle n'avait jamais eu suffisamment d'argent pour le faire –, son salaire lui permettait quand même d'offrir à sa mère un brunch digne de ce nom.

Cette pensée à l'esprit, Payton préféra afficher un sourire affable plutôt que de se chamailler avec Lex.

— Vu que nous avons très peu de temps à passer ensemble, peut-être pourrions-nous remettre le débat sur les vertus du régime végétalien à plus tard ? Profitons plutôt du repas, maman. Au cabinet, on m'a dit que c'était ici qu'on trouvait le meilleur brunch de la fête des Pères, ajouta-t-elle en désignant d'un geste le décor qui les entourait.

Que Payton célèbre la fête des Pères en compagnie de sa mère aurait pu en surprendre plus d'un, mais pour elle, c'était une tradition. Au fil des ans, c'était devenu un rituel entre la mère et la fille, rituel qui avait perduré après le déménagement de Lex à San Francisco avec son nouvel époux, l'année où Payton avait commencé la fac.

Payton ne gardait pratiquement aucun souvenir de son père. Ses parents s'étaient séparés peu après sa naissance, puis il lui avait rendu visite de manière très sporadique pendant deux ans. Si, plus jeune, elle avait souffert de l'absence de son père, à trente-deux ans, elle avait quasiment tourné la page. Et sa mère n'évoquant que très rarement Shane (c'était par son prénom qu'elles l'appelaient toutes les deux), Payton avait l'impression d'être complètement détachée de lui. Elle ne portait même pas son nom de famille, ses parents ne s'étant jamais mariés.

Mais, apparemment, elle avait ses yeux. Du moins était-ce ce que sa mère lui rabâchait avec une légère mélancolie quand elle était petite.

Lex parcourut la salle d'un œil critique. Payton avait expressément demandé une table près de la fenêtre donnant sur Michigan Avenue, une requête à laquelle on avait volontiers accédé étant donné qu'il n'y avait que très peu de tables de deux ce matin-là.

— Oui, oui. C'est un endroit sympa. Si on est du genre à prendre un brunch. Toi, tu te fonds parfaitement dans le décor, ajouta-t-elle en posant son regard scrutateur sur Payton.

Cette dernière poussa un soupir.

— Maman…

Mais Lex leva la main pour l'interrompre.

— Ce n'est pas un reproche, ma sœur. Je me demande simplement ce qu'est devenue la petite fille qui se déguisait en bohémienne avec mes vieilles fringues pour Halloween, fit-elle avec un sourire affectueux. Tu t'en souviens ? Tu l'as fait cinq années d'affilée.

Payton n'avait pas le cœur d'avouer à sa mère que la seule raison pour laquelle elle se déguisait en bohémienne, c'était parce que, déjà petite, elle avait conscience qu'elles n'avaient pas les moyens d'acheter un costume tout fait dans une boutique de déguisements.

— À présent, on dirait que tu sors tout droit d'un défilé de haute couture parisien, ou quelque chose de ce genre, poursuivit Lex en désignant du doigt les vêtements de Payton.

Cette dernière éclata de rire. C'était exagéré.

— C'est ma tenue de bureau, rien de plus, répliqua-t-elle.

Elle portait un pantalon noir fait sur mesure, des chaussures à talon et un pull-over à col en V. Pour une journée de juin, il faisait relativement froid, même pour Chicago.

— Eh bien, en temps normal, je te rétorquerais que cette tenue de bureau, comme tu l'appelles, pourrait sûrement nourrir une dizaine de mes filles pendant une semaine entière, déclara Lex, faisant allusion aux femmes qu'accueillait le refuge où elle travaillait à San Francisco. Mais comme nous n'avons que très peu de temps à passer ensemble, et pour ne pas gâcher l'ambiance, je vais tenir ma langue et je me bornerai à te dire que tu as beaucoup de style. Tu fais très sophistiquée.

Sur ces compliments, Lex leva son verre à l'adresse de Payton, puis elle prit une gorgée de mimosa. *Santé.*

Si jamais Payton se demandait encore d'où lui venait sa tendance au sarcasme, eh bien, la réponse était là, sous ses yeux.

Surprise par le silence de sa fille, Lex leva le nez de son verre.

— Quoi ?

— Désolée. C'est un truc de fille : je me demande à quel moment, précisément, je me suis transformée en ma mère.

Lex sourit.

— Oh ! Ma sœur, c'est de loin ce que tu m'as dit de plus gentil. Et pour t'en remercier, je ne te ferai pas remarquer qu'une vache a dû mourir pour qu'on confectionne ton sac à main.

Payton leva les yeux au plafond. Pour se calmer, elle se força à se rappeler que cette femme avait passé dix-huit heures en salle de travail pour la mettre au monde. Sans péridurale, qui plus est.

— Passons, dit-elle à sa mère.

Elle s'enquit de Steven et de ses filles, qui avaient à peu près le même âge qu'elle et vivaient avec leurs époux respectifs à Los Angeles. Sa mère lui parla de son travail au refuge, des circonstances qui avaient amené de nouvelles femmes à rejoindre le foyer, puis, dans un des rares moments où elle s'intéressait au métier de sa fille, elle lui posa quelques questions sur la situation au cabinet. Payton répondit de manière évasive, s'en tenant aux généralités, préférant ne pas s'étendre sur le sujet de la nomination des nouveaux associés, vu qu'il n'y avait rien de nouveau sous le soleil sur ce front-là. À la place, elle parla de ses dossiers et parvint même à faire rire sa mère en lui décrivant la photo de deux mètres de haut qui constituait la première pièce à conviction du procès en cours.

— Un pénis de deux mètres ? Ça bat les records de tous ceux que j'ai pu voir dans ma vie, s'exclama Lex en lançant un regard complice à sa fille. Quoique… Est-ce que je t'ai déjà parlé de ce type que j'ai rencontré à Woodstock…

Payton l'interrompit d'un geste de la main.

— Non. Et je ne veux pas savoir.

Lex se renversa dans son siège, frustrée de ne pouvoir raconter son histoire.

— Dis donc, depuis quand fais-tu ta prude ?

Choquée, Payton prit conscience de ce qui venait de se produire.

Elle s'était changée en Laney.

— Le fait de ne pas vouloir entendre ma mère narrer ses exploits sexuels de jeunesse ne fait pas de moi une prude ! riposta-t-elle.

— Très bien, dans ce cas, parlons plutôt de toi, répliqua Lex. Tu fréquentes quelqu'un en ce moment ?

Payton avait hésité tout le week-end à parler de Chase à sa mère. Il rendait visite à ses parents à Boston, et quand il reviendrait, le soir même, il devait passer la soirée avec des amis. Du coup, la question de le présenter à Lex ne s'était pas posée.

Curieusement, pour une fois qu'elle sortait avec un homme auquel même sa mère aurait eu du mal à trouver des défauts, elle hésitait à officialiser les choses. Peut-être craignait-elle que ça ne lui porte la poisse.

— En fait, je vois quelqu'un depuis quelques semaines, avoua-t-elle. Il te plairait beaucoup.

Et, en le décrivant à Lex, elle fut de nouveau frappée par toutes les qualités dont regorgeait cet homme. En femme pragmatique et raisonnable, elle savait que c'était le genre de type qu'il ne fallait pas laisser filer, même s'il ne tombait pas vraiment au bon moment. Même si elle avait d'autres choses en tête.

Autrement dit, son travail, évidemment.

Leur brunch terminé, Payton et sa mère s'arrêtèrent au vestiaire. La température anormalement basse pour la saison fournit à Lex une occasion en or pour se lancer dans une diatribe sur les enjeux économiques et politiques du réchauffement climatique. Payton se contenta de hocher la tête en signe d'approbation, écoutant sa mère d'une oreille très distraite – oui, oui, les rapports scientifiques étouffés ; bien sûr, le gouvernement avait mis un frein aux recherches ; certainement, des projets top secret liés au pétrole ; en effet, la planète filait droit à la catastrophe –, tout en récupérant leurs vestes et en tendant un pourboire à l'hôtesse. Elle emportait avec elle un gros doggy bag, délicatement emballé, qu'on leur avait préparé à la demande pressante de sa mère, qui désirait distribuer la nourriture aux « personnes non hébergées » (elle se refusait à les nommer les « sans-abri ») qu'elles avaient croisées à l'aller.

La boîte encombrante dans une main, elle tentait d'enfiler sa veste de l'autre. Tendant le bras en arrière, elle cherchait sa manche à tâtons, tout en faisant mine de s'intéresser au sermon de sa mère, quand soudain…

Quelqu'un lui tint délicatement le vêtement à hauteur de l'épaule.

Sensible à cette attention, Payton se retourna.

Et elle se retrouva nez à nez avec J. D.

Elle piqua un fard, sans qu'elle pût s'expliquer pourquoi.

— Oh, salut.

— Salut, répondit-il avec un sourire.

— Toi ici ?

— Moi ici.

Brusquement, Payton voulut à tout prix paraître décontractée.

— Nous sommes venues pour le brunch, expliqua-t-elle d'un ton désinvolte. On m'a dit que c'était le meilleur de la ville pour la fête des Pères.

— Alors, comme ça, tu es venue en famille ? demanda J.D avec curiosité.

Avant même que Payton n'ait eu le temps de formuler une réponse, un toussotement peu subtil s'éleva derrière elle. Mince ! Sa mère. L'espace d'une minute, elle l'avait complètement oubliée.

D'ordinaire, Payton préférait préparer psychologiquement les gens avant de leur présenter Lex : les sujets de conversation à éviter, les vêtements à ne pas porter et, si la rencontre se faisait autour d'un repas, la nourriture taboue. S'il s'agissait d'un homme, un entraînement additionnel s'avérait nécessaire. Et malgré toutes ces précautions, rares étaient ceux – si normaux et inoffensifs fussent-ils – qui sortaient indemnes d'une rencontre avec Lex Kendall.

Un second toussotement se fit entendre, plus soutenu cette fois.

Elle devait à tout prix éviter que J. D. et sa mère se rencontrent.

Et si, par malheur, la chose venait à se produire, elle préférait ne pas se trouver dans les parages. Payton lorgna en direction de la porte. Était-il encore temps de prendre ses jambes à son coup ?

— Hum… Payton ? Il me semble que quelqu'un cherche à attirer ton attention, fit remarquer J. D.

Bon sang ! Payton fit volte-face. Sa mère lui lançait un regard enragé, signifiant qu'on n'évinçait pas si facilement Lex Kendall. À contrecœur, Payton se résigna à procéder aux présentations.

— J. D., Lex Kendall, ma mère. Maman, voici J. D., un collègue.

J. D. serra poliment la main de sa mère – scène étrange à laquelle Payton n'aurait jamais cru assister un jour. Elle réfléchit rapidement : existait-il un sujet bénin, quelque chose qu'ils auraient en commun, par exemple ? Elle fit chou blanc.

Lex jaugea J. D. avec méfiance. Payton devinait sans peine les pensées qui s'agitaient sous le crâne de sa mère : elle avait remarqué d'emblée la coupe onéreuse de son pantalon, le raffinement de sa chemise gris anthracite, et la manière sophistiquée mais nonchalante dont il portait sa veste, sans cravate.

— Enchanté, Mrs. Kendall, dit J. D.

Payton fit la grimace. Première bourde. Lex Kendall, qui avait choisi de garder son nom de jeune fille même après son mariage avec Steven, refusait qu'on l'appelle « Mrs. ».

J. D. adressa un sourire à sa mère, manifestement inconscient des risques qu'il prenait.

— J'espère que vous avez passé un agréable brunch avec Mr. Kendall.

Oh… non.

Les yeux de Lex lancèrent des éclairs.

— Écoutez, *J.D.*, c'est cela ? fit Lex en montant sur ses grands chevaux. Mis à part vos préjugés patriarcaux évidents sur la présence obligatoire d'un chef de famille mâle, oui, j'ai passé un agréable brunch, merci.

Payton roula des yeux exaspérés.

— Il voulait juste être poli, maman, fit-elle en jetant un regard contrit à J. D. en guise d'excuse, s'attendant qu'il paraisse agacé, irrité, offensé, ou un mélange de tout cela.

Mais, en fait, il avait l'air amusé.

— Au temps pour moi, Ms. Kendall, rectifia-t-il. Et c'est moi qui vous remercie. Maintenant, tout s'explique, ajouta-t-il en jetant un coup d'œil malicieux à Payton.

La jeune femme le fusilla du regard. Très drôle.

Elle était sur le point de les extirper, elle et sa mère, de cette situation, avant que cette rencontre, qui frôlait déjà la catastrophe, ne vire au cauchemar intégral, lorsqu'une voix de femme s'éleva derrière J. D.

— Si tu n'as pas l'intention de nous présenter à ton amie, J. D., ton père et moi allons nous installer à la table en t'attendant.

Payton se tourna vers J. D., les yeux écarquillés. Voilà qui devenait intéressant. Elle jeta un œil derrière lui et découvrit un couple de sexagénaires très distingués.

J. D. fit les présentations.

— Payton, voici Preston et Evelyn Jameson, mes parents. Mère, père, fit-il en indiquant d'un geste les deux femmes, voici Payton et sa mère, Lex Kendall. Payton est une collègue ; nous avons été recrutés par le cabinet la même année.

Le père de J. D. s'avança d'un air solennel pour serrer la main de Payton. C'était un homme grand, comme son fils, aux cheveux poivre et sel et à l'allure très digne, vêtu d'une veste de sport en tweed gris, le nez chaussé de lunettes à monture métallique.

— Ainsi, vous êtes vous-même avocate, Ms. Kendall ? s'enquit-il.

— Oui, monsieur le juge, répondit-elle en lui serrant la main. C'est un honneur pour moi de faire votre connaissance.

En effet, en tant que membre de la profession juridique, elle était honorée de rencontrer le très estimé juge Preston D. Jameson, de la cour d'appel fédérale.

D'un signe de tête, le juge Jameson accueillit cet hommage comme un dû. Elle fut frappée par la sévérité de ses manières, qui contrastait fortement avec l'attitude de son fils. Payton aurait pu énumérer une longue liste d'adjectifs pour qualifier J. D. – dont aucun n'aurait été particulièrement flatteur, à n'en pas douter –, mais « sévère » n'en aurait pas fait partie.

Elle se tourna ensuite vers Evelyn Jameson, dont les yeux d'un bleu éclatant lui rappelèrent aussitôt ceux de J. D.

Cependant, ce trait familier fut presque immédiatement éclipsé par un autre détail qui lui sauta brusquement aux yeux : la mère de J. D. portait un caban en daim beige orné – Seigneur ! – d'un col en zibeline.

Payton lui serra la main.

— Enchantée, Mrs. Jameson. Si vous voulez bien m'excuser une petite seconde...

Elle se retourna vers sa mère.

— Si tu passes l'éponge sur le caban, je te promets de ne pas manger de laitages pendant une semaine, murmura-t-elle à son intention.

Lex lui adressa un regard rassurant cent pour cent maternel.

— Bien sûr, ma sœur, si ça te tient à cœur. Un mois sans laitages et j'accepte.

Du Lex Kendall tout craché.

— D'accord, siffla Payton à voix basse. Je te demande juste d'être polie.

Lex ricana, tout en coulant un regard en coin aux Jameson.

— Ne t'en fais pas, je sais m'y prendre avec ce genre d'individus. On dirait les parents de ton père la première fois que je les ai rencontrés.

Payton cligna des yeux, sous le choc. Avait-elle bien entendu ? Son père était un *nanti* ? Première nouvelle !

Mais elle remit cette discussion à plus tard et retint son souffle tandis que sa mère saluait les parents de J. D. Hélas ! Lex eut beau tenter de faire un effort, elle resta égale à elle-même.

— Sympa, le manteau, dit-elle à Evelyn Jameson. J'en ai deux semblables en tout point à la maison.

La mère de J. D. sourit poliment.

— Oh, je ne pense pas, rétorqua-t-elle, d'une voix qui parvint à exprimer à la fois condescendance et distinction. Voyez-vous, il s'agit d'un Christian Lacroix.

Payton étouffa un éclat de rire. Ah, comme J. D. venait de le dire, tout s'expliquait, maintenant. Une voix lui susurra dans le creux de l'oreille :

— Pas besoin de le dire, tu le penses tellement fort que je sais exactement ce qui te traverse l'esprit.

Elle regarda par-dessus son épaule et vit que J. D. se trouvait juste à côté d'elle.

— Tu crois donc si bien me connaître ?

— En effet, répliqua-t-il, en prenant soin de parler de manière que seule Payton l'entende.

— Dans ce cas, je pense à quoi maintenant ? demanda-t-elle avec coquetterie.

Minute, papillon, songea-t-elle. Ne serait-elle pas en train de *flirter* ? Non. Si. À débattre.

— Tu te dis que sur les centaines de restos de la ville, il a fallu qu'on choisisse le même endroit pour le brunch.

Payton ne put retenir un sourire. Pendant ce temps-là, sa mère infligeait à Evelyn Jameson une diatribe sur la torture exercée sur les animaux. La mère de J. D. semblait affligée.

— Tu chauffes. En fait, je me disais que si j'avais su que j'allais tomber sur toi et que nos parents allaient se rencontrer, j'aurais pris un troisième cocktail mimosa pour faire passer la pilule.

J. D. se tourna vers leurs parents et embrassa la scène d'un regard rieur.

— Il reste toujours le bar du vestibule.

Payton éclata de rire.

J. D. l'examina un instant.

— D'ailleurs, je pensais m'y éclipser.

À son tour, Payton le dévisagea. Était-ce une invitation ? Difficile à dire.

— C'est tentant, fit-elle sans se compromettre.

— Tentant, répéta J. D.

Puis il porta les yeux sur ses lèvres.

Payton sentit soudain une main sur son épaule. Elle tourna la tête. Sa mère lui lançait un regard qui en disait plus long que n'importe quel discours.

— Nous ne voudrions pas que la nourriture refroidisse, ma sœur, dit Lex en indiquant d'un geste le doggy bag destiné aux personnes non hébergées.

Payton fit un signe d'acquiescement.
— Tu as raison. À demain, J. D.
Elle salua rapidement les parents de ce dernier, puis elle sortit du restaurant en compagnie de sa mère. Une fois dehors, elle tendit le ticket au voiturier.
Elles patientèrent devant l'hôtel sans mot dire jusqu'à ce que Lex finisse par briser le silence.
— Tu peux m'expliquer ?
— C'est un collègue, maman, rien de plus.
Nouveau silence.
— Pourquoi tu ne m'as jamais dit que mon père avait de l'argent ? demanda Payton.
Lex haussa les épaules.
— Je ne sais pas. Peut-être parce que je ne pensais pas que c'était important.
Mais Payton ne se laissa pas leurrer par l'air faussement nonchalant de sa mère.
— Est-ce que ça expliquerait de près ou de loin pourquoi vous ne vous êtes pas mariés ?
Pendant quelques instants, elle crut que sa mère n'allait pas répondre.
— Lorsque ses parents ont découvert que j'étais enceinte, ils lui ont demandé de choisir entre son héritage et moi, dit enfin Lex. Il ne m'a pas choisie. Il ne *nous* a pas choisies.
— Et tu ne penses pas que j'aurais aimé le savoir ?
Elle avait du mal à croire qu'elle avait mis toutes ces années à faire cette découverte. Brusquement, une foule de choses prenaient sens.
Sa mère se tourna vers elle.
— Écoute, Payton, je sais que, la plupart du temps, tu n'es pas d'accord avec moi, mais sur ce point-là, fais-moi confiance : ne t'approche pas de lui.
Payton crut tout d'abord qu'elle la mettait en garde contre Shane, son père, mais elle comprit ensuite qu'elle faisait allusion à J. D.

— Je ne l'apprécie même pas, maman.

La majeure partie du temps, du moins.

Lex la dévisagea de son regard perçant.

— Ce n'est pas ce que j'ai vu.

— Qui eût cru que tu pouvais voir quoi que ce soit à travers la nuée de piques que tu lançais à la mère de J. D. ?

— J'en ai vu assez.

Payton inclina la tête en signe de concession.

— À vrai dire, quand il m'a aidée à enfiler ma veste, ça ne m'a pas déplu.

— De la galanterie à trois francs six sous !

— Très bien, je t'écoute, maman. Vide ton sac.

Sa mère la scruta d'un œil méfiant.

— J'ai l'impression que tu es devenue trop conciliante. Bonne pâte, si tu veux tout savoir, ronchonna-t-elle.

Payton médita ces mots. Peut-être était-ce le cas. Car si sa mère elle-même était tombée un jour amoureuse d'un homme de la haute, songea Payton, tout devenait envisageable.

Même le fait d'être aimable avec J. D.

Peut-être.

17

— Une petite minute... ce moment bizarre entre Payton et toi, ça s'est passé quand ?

J. D. secoua la tête dans un soupir. Il lui arrivait parfois de se confier à Tyler et de s'en mordre les doigts aussitôt.

— Je n'ai jamais parlé de « moment ». J'ai dit qu'au restaurant, il y avait eu tout au plus une brève seconde...

— Non, tu as dit un bref « moment », rectifia Tyler.

Commençant à s'énerver, J. D. se renversa dans le fauteuil club clouté, en agitant une main distraite.

— Oui, bon, peu importe, peut-être que c'est le mot que j'ai utilisé. En gros, il y a eu *un bref laps de temps*, au restaurant, au cours duquel j'ai trouvé que nous étions... sur la même longueur d'onde, dit-il après avoir hésité sur le terme à employer.

Une façon pour lui de décrire sans trop se mouiller la rencontre survenue le matin même.

Tyler et lui sirotaient un verre au bar à cigares du *Crimson*, un club privé réservé aux diplômés de Harvard. Depuis quelques années, J. D. et ses amis avaient pris l'habitude de s'y retrouver le soir de la fête des Pères pour décompresser. Certains, en particulier dans son milieu, comptaient sur leur thérapeute pour les soulager du stress causé par cette journée en famille. Mais J. D., qui ne croyait pas à ces sornettes de psy du genre « mon père ne jouait jamais au ballon avec moi quand j'étais petit », était d'avis qu'un bon verre de whisky faisait tout aussi bien l'affaire, pour le dixième du tarif d'une séance chez un psy (OK, Payton avait vu juste dans la bibliothèque : il était amateur de whisky).

Étant donné qu'il s'agissait d'un club privé, bien que le seul critère d'adhésion fût d'avoir un diplôme de Harvard, le bar était de petite taille. Le décor avait été conçu de façon que l'endroit ressemble à une bibliothèque privée : deux pans de mur entiers étaient couverts de livres à reliure marron ; quant aux deux autres murs, des tableaux représentant des scènes équestres y étaient accrochés. Dans la salle, des fauteuils en cuir vieilli, tous occupés, étaient disposés çà et là de manière à former de petits coins privés. Tyler et J. D. avaient eu la chance de trouver deux fauteuils libres au fond de la salle, près de la cheminée. Leurs amis Trey et Connor, qui avaient débarqué un quart d'heure plus tard, n'avaient pas été aussi chanceux et avaient dû se contenter du bar, où se regroupaient d'autres personnes.

À la deuxième tournée, J. D. avait raconté à Tyler sa rencontre avec Payton et sa mère au *Park Hyatt*. Et depuis, son ami le travaillait au corps.

— Tu t'es dit que Payton et toi, vous étiez sur la même longueur d'ondes, répéta Tyler.

— Peut-être même plus.

— Ce serait vraiment surprenant, commenta Tyler. Tu as des preuves de ce que tu avances ?

Tenant son verre de whisky par le pied, J. D. fit tournoyer le liquide ambré, pour observer ensuite les larmes se former sur le cristal.

— Je ne sais pas. J'ai eu l'impression de déceler quelque chose de différent dans son regard.

— C'est ce qu'on appelle une preuve irréfutable, ironisa Tyler.

J. D. croisa les mains derrière la tête et poussa un soupir d'aise. Tyler aurait beau enchaîner les traits d'esprit, rien de ce qu'il dirait ce soir-là ne saurait l'atteindre.

— Ah ! Mon vieux, tu aurais dû voir ça.

Tyler l'étudia.

— Pour quelqu'un qui vient de passer la journée avec son père, tu es d'une bonne humeur étonnante. Il y a quelque chose que tu me caches dans cette histoire avec Payton ?

— Non, rétorqua J. D. en secouant la tête.

— Dans ce cas, corrige-moi si je me trompe, mais il y a seulement eu ce prétendu échange de regards à l'instant de votre rencontre à l'hôtel, où vous êtes parvenus comme par miracle à avoir une conversation civilisée.

— Ce n'est pas tout, je crois, dit J. D.

— Hou là ! Et que va-t-il se passer maintenant ?

J. D. afficha un grand sourire.

— C'est là que ça devient intéressant : je n'en ai pas la moindre idée.

— Eh bien, je n'aime pas faire le rabat-joie, mais quoi qu'il se passe entre vous, la fête est sur le point de se finir. Parce qu'il vous reste…

Tyler vérifia la date sur sa montre.

— … moins de deux semaines avant que l'un de vous deux ne soit promu, tandis que l'autre… enfin, tu me comprends.

— Merci de remuer le couteau dans la plaie, rétorqua J. D. d'une voix sèche.

Comme s'il avait besoin que Tyler lui rafraîchisse la mémoire ! Comme s'il n'avait pas lui-même conscience de l'échéance, comme si cette pensée ne le rongeait pas depuis la seconde où il avait quitté l'appartement de Payton, quelques soirs plus tôt !

Le pire concours de circonstances imaginable. Payton représentait le seul obstacle à sa réussite professionnelle. Autrement dit, il faudrait qu'il l'*écrase* pour parvenir à ses fins. Or, toute envie de l'évincer s'était évanouie à la minute même où il avait su qu'elle lui avait sauvé la mise avec la déposition.

Si seulement ils avaient plus de temps...

En un sens, Tyler avait raison : ils parvenaient au terme d'une course de huit ans, et il n'y pouvait rien. En d'autres mots, s'il voulait qu'il se passe quelque chose entre eux, il fallait agir, et vite.

La question était donc la suivante : voulait-il qu'il se passe quelque chose entre eux ?

Encore quelques semaines plus tôt, qui eût cru qu'il se poserait ces questions ? Mais la donne avait changé. Et pas seulement pour lui, pour Payton aussi. À moins qu'il ne soit complètement à côté de la plaque et n'ait mal interprété les signes qu'elle lui donnait.

De toute façon, s'il voulait se bouger, c'était maintenant ou jamais.

Sans doute pour la première fois depuis qu'il avait atteint l'âge adulte, J. D. était perdu. Il se racla la gorge.

— J'ai besoin de tes conseils, Tyler.

Son ami ne parut pas complètement surpris par ce préambule.

— Raconte-moi tout. Mais avant cela... tu permets ?

Tyler sortit un étui noir de la poche intérieure de sa veste en velours côtelé pour offrir un cigare à J. D., un Padron 1964. Cela faisait partie de leur rituel de la fête des Pères, en souvenir de la fois où, enfants, ils avaient découvert une boîte de cigares de luxe dans le bureau du père de J. D., dans un cabinet fermé à clé. Ils avaient fièrement fumé le Padron dans la véranda, ignorant encore qu'ils allaient être malades comme des chiens pendant les vingt-quatre heures suivantes, pour avoir avalé la fumée, en fumeurs novices.

J. D. prit un cigare tandis que Tyler sortait une boîte d'allumettes et allumait son cigare, avant de tendre les allumettes à J. D. Celui-ci, une fois son propre cigare allumé, se renversa dans son fauteuil, tirant des bouffées, faisant tourner le cigare, goûtant la fumée - sans l'avaler.

Au bout d'un moment, Tyler jeta un coup d'œil à son ami et rompit le silence.

— Je peux commencer, si tu es d'accord.

— Oh, mais je t'en prie, je suis impatient de t'entendre, répondit J. D. en lui faisant signe de poursuivre.

Tyler se passa la main dans les cheveux pour leur donner un aspect un tantinet négligé. Il s'enfonça dans son siège avec nonchalance, puis il haussa les sourcils tout en affichant le sourire d'un homme content de lui et déclara :

— Tyler, j'ai deux ou trois idées à te soumettre.

J. D. leva la main en signe de protestation.

— Attends. Tu m'imites ?

— Ne m'interromps pas, ça me fait sortir de mon personnage.

Tyler poursuivit son imitation. Cette fois, à la place du sourcil narquois et du petit sourire en coin, il croisa les bras, le cigare en l'air, et poussa un soupir mélodramatique.

— Tyler, j'ai plutôt une vie de rêve, n'est-ce pas ? Je conduis la voiture qu'il faut, je porte les vêtements qu'il faut, j'excelle - en toute modestie - dans tous les sports que je pratique, et enfin, franchement, les femmes sont folles de moi, conclut-il avec un clin d'œil plein d'arrogance.

Cela ne fit pas rire J. D.

— Tu es mal placé pour me criti...

— Mais, Tyler, reprit Tyler en continuant à singer son ami, je me suis récemment demandé s'il ne manquait pas un truc à mon existence parfaite. Je ressens une sorte de vide. Peut-être qu'il me manque une femme en particulier, une femme qui, disons... m'intrigue.

Puis il marqua une pause, guettant la réaction de J. D.

— C'est mon tour ? demanda ce dernier sur un ton sarcastique. Je suis censé jouer mon personnage ou le tien ?

— Je peux continuer, si tu préfères.

— Merci, mais je crois pouvoir prendre le relais, rétorqua J. D. Tu es encore pire qu'elle, marmonna-t-il dans sa barbe.

— Avoue, tu adores ça, fit Tyler. Inconsciemment, tu te sens coupable d'avoir reçu une éducation hyper privilégiée, du coup, tu t'entoures de gens qui te le font payer. C'est une forme d'auto-flagellation.

Cette réflexion fit rire J. D.

— Je ne savais pas que tu regardais *Dr. Phil* [1].

— Très drôle. Tu devrais taper Psych 101 [2] en ligne. Ton moi tente d'équilibrer les pulsions inconscientes de ton ça, sans pour autant bouleverser les objectifs de ton surmoi.

J. D. roula les yeux.

— À propos de surmoi, si nous pouvions en revenir à Payton...

— Je t'en prie, tu crèves d'envie que ton ça prenne le dessus sur ton surmoi.

---

1. Talk-show télévisé américain où Phil McGraw offre des conseils d'après son expérience en tant que psychologue clinicien. (*N.d.T.*)
2. Texte en ligne qui résume l'ensemble des théories et des concepts dans le domaine de la psychologie. (*N.d.T.*)

J. D. resta silencieux un instant. Ce n'était pas comme ça qu'il aurait formulé l'idée, mais en y réfléchissant bien...

— Aide-moi à y voir clair, fit-il à Tyler. Dis-moi franchement ce que tu penses. Tu trouverais ça complètement dingue si je...

— *Non, pas possible* !

Le cri, qui avait résonné à travers toute la salle, provenait du bar, derrière Tyler. Reconnaissant la voix de leur ami Trey, J. D. jeta un coup d'œil vers le bar et vit qu'il serrait la main à un type qui leur tournait le dos et qu'il était manifestement heureux de rencontrer. J. D. mit momentanément de côté sa conversation avec Tyler pour observer la scène. Trey indiqua leur table à l'autre type, qui pivota alors vers eux.

Surpris de retrouver un visage familier qu'il n'avait pas vu depuis la fac de droit, J. D. se leva en adressant un grand sourire à l'homme qui venait dans leur direction.

— Chase Bellamy ! s'exclama-t-il en lui tendant la main pour le saluer. Qu'est-ce qui t'amène ici ?

Chase lui donna une tape amicale sur l'épaule.

— J. D. Jameson, quel plaisir de te revoir ! Je suis tombé nez à nez avec Trey l'autre jour, en sortant du tribunal, expliqua-t-il en désignant leur ami d'un geste. C'est lui qui m'a parlé de cet endroit et qui m'a proposé de passer ce soir. Je ne t'ai pas revu depuis la remise des diplômes, ajouta-t-il en examinant J. D. Tu m'avais souhaité bonne chance et tu t'étais moqué de mes ambitions humanitaires.

J. D. sourit. Lui ? Se moquer ? Non ! Bien qu'il n'ait pas beaucoup fréquenté Chase du temps de l'université, il aimait bien ce type. Un mot suffisait à décrire le bonhomme : inoffensif. Une sorte de Bon Samaritain libéral, peut-être un peu trop conciliant à son goût, mais somme toute inoffensif. Il se rappelait un débat véhément qu'ils avaient eu en cours de droit constitutionnel, à propos du deuxième amendement autorisant le port d'armes. Ce dont il se souvenait très nettement, c'était que Chase avait cédé beaucoup trop facilement.

— La dernière fois que j'ai eu de tes nouvelles, tu travaillais pour une campagne électorale à Washington D.C. Tu vis à Chicago, maintenant ?

Chase hocha la tête.

— J'ai emménagé il y a quelques mois à peine. Je suis avocat à l'aide juridictionnelle de la ville.

J. D. esquissa un sourire. Évidemment ! Ça tombait sous le sens. Il lui présenta Tyler, qui avait fréquenté la même fac de droit, une année après eux. Le trio se mit rapidement à parler boulot.

— Et toi, alors ? Où as-tu atterri ? demanda Chase.

— Chez Ripley & Davis, répondit J. D.

Chase parut tiquer à ce nom, ce que J. D. mit sur le compte du prestige du cabinet, du moins jusqu'à ce que l'autre déclare :

— Je connais quelqu'un qui y travaille. Tu es dans le droit des sociétés ou au département contentieux ?

— Au contentieux.

— Dans ce cas, tu dois la connaître : c'est Payton.

— Bien sûr que je connais Payton, répliqua J. D. avec un sourire.

Comme le monde était petit, songea-t-il.

— Comment se fait-il que tu la connaisses ? demanda-t-il.

Curieusement, il avait parlé d'un ton plus sec qu'il ne l'avait voulu.

Ce fut au tour de Chase d'esquisser un sourire.

— En fait… nous sortons ensemble.

Chase l'aurait sans doute moins choqué en lui envoyant un coup de poing dans le ventre. Il inclina la tête.

— Attends, nous parlons bien de Payton *Kendall* ?

Comme s'il y avait trente-six Payton qui se baladaient au contentieux.

— Oui, Payton Kendall, confirma Chase en le dévisageant avec curiosité. Ça a l'air de t'étonner.

J. D. balaya la remarque d'un geste.

— Non, pas du tout. Pourquoi est-ce que ça m'étonnerait ? Payton et toi, vous avez beaucoup de points communs. Bien, bien. C'est super. Tu as entendu, Tyler ? Chase ici présent sort avec Payton Kendall. Tu connais Payton, n'est-ce pas ?

D'un regard, Tyler lui signifia qu'il ferait mieux de se taire, et vite.

Trop tard. Chase semblait avoir compris qu'il y avait anguille sous roche.

— Une seconde… je viens de réaliser un truc. C'est toi le concurrent.

— Le concurrent ? s'écria J. D. Qu'est-ce que tu insinues ?

Bon Dieu ! À l'entendre, on aurait cru assister au jeu d'un mauvais comédien dans une pièce de café-théâtre. Il fallait absolument qu'il se reprenne.

— Payton n'a pas donné de nom, mais elle m'a dit que la concurrence était rude pour le poste d'associé, expliqua Chase.

J. D. cligna des yeux. Oh… un concurrent *au poste d'associé*. Évidemment – de quoi d'autre aurait-il pu s'agir ?

— Tu es dans la même année qu'elle ? poursuivit Chase. C'est bien de toi qu'il s'agit, n'est-ce pas ?

Quelques semaines plus tôt, J. D. aurait apprécié que Payton le considère comme un rude concurrent. Mais il pensait que, depuis, la situation avait évolué.

D'ailleurs, de quoi Chase se mêlait-il ? Ça ne concernait que Payton et lui. Personne d'autre.

— En effet, Payton et moi sommes tous deux candidats au poste d'associé cette année, se contenta-t-il de répondre.

Mais ensuite, il se demanda ce que Chase savait exactement des récents événements. Payton avait dû lui décrire certaines situations – dont une, en particulier, qui impliquait, disons, une chaussure et des fesses à l'air. Et si Chase était au courant de ces fâcheux incidents, eh bien…

J. D. le jaugea. Chase faisait environ un mètre soixante-dix-huit pour peut-être soixante-douze, soixante-quinze kilos. Pff. Si ce petit écolo essayait de lui en mettre une, du haut de son mètre quatre-vingt-sept, J. D. le neutraliserait sans problème.

Mais Chase étant Chase, il se contenta d'afficher un sourire bienveillant.

— Bon, Jameson, j'aimerais pouvoir te souhaiter bonne chance pour la promotion, mais il y a conflit d'intérêts pour moi dans cette affaire. Ça m'a fait plaisir de te revoir, ajouta-t-il en lui tendant la main.

L'inoffensif Chase Bellamy. C'était vraiment un type irréprochable. Le genre à ne jamais s'emporter. À préférer laisser couler plutôt que de tenir tête à quelqu'un et de risquer d'avoir à sortir les poings. Le genre d'homme qui plaisait à Payton, apparemment.

Or, si J. D. était sûr d'une chose, c'était qu'il n'était pas ce genre de type. Et qu'il ne le serait jamais. Pour rien au monde il n'aurait voulu ressembler à Chase, d'ailleurs. Il n'était pas de cette trempe.

Cette pensée à l'esprit, il serra fermement la main de Chase.

— Ça m'a fait plaisir aussi, Chase. Et bonne continuation. À tous les niveaux.

Il parvint même à esquisser un sourire poli.

Après tout, ils avaient beau être foncièrement différents, J. D. restait un gentleman.

Devant le club, J. D. et Tyler hélèrent tous les taxis qui passaient, dans l'espoir d'en trouver un qui serait disponible, ce qui était loin d'être gagné. Non seulement la température était en dessous des normales saisonnières, mais il s'était en plus mis à pleuvoir.

Depuis la conversation avec Chase, Tyler s'était gardé de mentionner Payton, ce dont J. D. lui savait gré. Il n'était pas sûr de vouloir parler d'elle pour l'instant. Il avait besoin de rassembler ses esprits, de digérer le fait qu'elle en fréquentait un autre et d'analyser précisément ce qu'impliquait ce nouvel élément.

Un taxi finit par s'arrêter au coin de la rue, et Tyler et J. D. décidèrent de le partager. Tandis que le véhicule s'éloignait du trottoir, J. D. jeta un coup d'œil par la vitre et vit les gens se presser sous la pluie, cols remontés et sacs à main sur la tête pour s'abriter. La météo ayant prédit une soirée fraîche mais un ciel dégagé, tout le monde avait été surpris par la pluie.

— Pour répondre à la question que tu m'as posée plus tôt, non, je ne trouverais pas ça complètement dingue.

J. D. se tourna vers Tyler. Ils étaient amis depuis l'école primaire, et s'il écoutait quelqu'un, c'était bien Tyler. Mais en l'espace d'une heure, les données du problème avaient légèrement changé.

— Ce n'est pas si simple, fit-il. Ça ne l'a jamais été, mais maintenant, ça l'est encore moins.

— Pourquoi ? À cause de Chase ? demanda Tyler.

— En partie, oui. J'ai comme qui dirait l'impression d'avoir mal interprété les signes.

— Tu ne sais rien de leur relation ! Qui sait depuis combien de temps ils se voient ? Et si elle s'intéresse vraiment à lui ? Chase a beau être sympa, je ne les imagine pas ensemble à long terme.

— Peut-être qu'elle me déteste toujours. Ce n'est pas improbable.

Tyler chassa cette remarque d'un geste.

— Tu vas baisser les bras pour si peu ?

— Je pensais qu'avant de lui courir après, je ferais mieux de prendre en compte le fait qu'elle me méprise totalement.

— Non, au contraire. C'est justement ça, vois-tu, qui donne du piment à la situation, rétorqua Tyler. La belle Ms. Kendall exècre-t-elle vraiment l'arrogant Mr. Jameson ? demanda-t-il avec grandiloquence. Ou bien s'agit-il d'une comédie visant à masquer le fait qu'elle éprouve en secret, pour un homme qu'elle admire malgré elle, des sentiments d'une nature bien plus tendre ?

À l'avant du véhicule, le chauffeur s'esclaffa. Le spectacle semblait lui plaire.

— C'est encore dans Psych 101 que tu as trouvé ça ? demanda J. D.

Tyler secoua la tête.

— Module de littérature féminine du XVIIIe siècle.

J. D. lui lança un regard amusé.

— Eh bien, quoi ? Je l'avais choisi pour être avec des filles, se justifia Tyler à la hâte. Bref, j'observe une légère dynamique *Orgueil et préjugés* dans la relation que tu entretiens avec Payton.

À l'avant, le chauffeur émit un ricanement.

— Laisse-moi te dire une chose, poursuivit Tyler. Les femmes adorent ce bouquin. Et plus encore les hommes qui le lisent. Quand je ramène une fille chez moi, je m'arrange toujours pour en laisser traîner un exemplaire sur ma table basse, et en général, disons que ça ne laisse pas les femmes indifférentes. Et tu sais quoi ? C'est vraiment pas mal, comme bouquin. En général, j'aime bien préparer une bonne théière d'Earl Grey, accompagnée d'un ou deux croquants aux amandes, et… Vas-y, mon vieux, rigole, mais je parie que je tire mon coup plus souvent que toi.

— Ohé ! Ce n'est pas que ça me dérange de t'imaginer avec ton thé, confortablement enveloppé dans ta couverture pendant que tu lis ton livre...

— Je n'ai pas mentionné de couverture.

Tyler marqua une pause.

— D'accord, peut-être que de temps à autre, je sors la couverture.

— ... mais je ne vois pas bien où tu veux en venir.

— Attends une minute... fit Tyler, réfléchissant. Oh, ça y est ! s'écria-t-il en claquant dans ses doigts. *Orgueil et préjugés*. Les femmes et le complexe de Mr. Darcy. Eh bien, pour Payton, Mr. Darcy, c'est toi.

— Je croyais que Darcy était un salaud.

— En fait, au départ, c'est le cas, opina Tyler avec un grand sourire.

— Merci pour le discours d'encouragement, Tyler.

— Mais il finit par changer, reprit Tyler. Le problème, c'est que tu ne connais pas les femmes comme je les connais, J. D. Sache qu'elles veulent la totale : une carrière, des martinis, l'autonomie financière, de belles pompes, mais en même temps – et ça, elles ne l'admettront jamais –, elles sont attirées par les vrais mecs, les mâles dominants qui veulent tout contrôler. C'est l'essence même du complexe Mr. Darcy. Il a beau être le salaud dans l'histoire, c'est lui qui récupère la fille à la fin.

J. D. roula les yeux. Cette conversation était tout simplement ridicule.

Mais, tout de même, sa curiosité était piquée.

— Et comment s'y prend-il ? demanda-t-il.

— Oh, c'est un peu compliqué. Lizzie a une sœur cadette, vois-tu, une vraie teigne qui s'enfuit avec l'homme qu'elle-même croyait apprécier au début... Attends, on rembobine... Pour que tu comprennes vraiment, il faudrait que je commence par te raconter la visite à Pemberley avec son oncle et sa tante, parce que c'est là que l'histoire prend un tournant à cent quatre-vingts degrés. Son oncle est féru de pêche, et Darcy lui propose de…

J. D. leva la main pour l'interrompre.

— La version courte, s'il te plaît, fit-il. Nous sommes déjà devant chez toi.

Tyler jeta un coup d'œil par la vitre et vit qu'en effet, le taxi s'était garé devant son immeuble. Il se tourna de nouveau vers J. D.

— D'accord, la version courte… La voici : il séduit la fille en étant gentil.

J. D. attendit quelques instants.

— C'est tout ? Il est *gentil* avec elle ? C'est vraiment… nul.

— Écoute, si tu veux vraiment conquérir Payton…

J. D. le coupa net.

— Ohé ! C'est seulement hypothétique, compris ? Je ne sais même pas si j'ai vraiment envie de la conquérir.

— Oh, dans ce cas, je te conseille de commencer par là : demande-toi ce que tu veux vraiment.

Sur ces mots, Tyler sortit du taxi et courut sous la pluie jusqu'à son immeuble.

Génial. Merci pour le tuyau. J. D. donna son adresse au chauffeur. Tandis que le taxi parcourait les six pâtés de maisons qui les séparaient de son immeuble, il laissa son regard errer sur le paysage qui défilait. Lorsqu'ils furent arrivés à destination, J. D. tendit un billet de vingt dollars au chauffeur en lui disant de garder la monnaie.

Ce dernier se retourna.

— Hé, votre ami vous a donné des conseils plutôt bizarres.

Âgé d'une quarantaine d'années, vêtu d'une chemise en flanelle élimée et coiffé d'une casquette des Sox qui avait connu des jours meilleurs, l'homme avait un des accents de Chicago les plus prononcés que J. D. ait jamais entendus.

— Il avait l'air un peu à côté de la plaque, si vous voyez ce que je veux dire. À votre place, je ne l'écouterais pas.

J. D. lui adressa un sourire.

— J'en tiendrai compte.

Il ouvrit la portière et descendit du taxi.

— Parce que personne n'ignore que si Darcy finit par avoir Lizzie, ce n'est pas juste en étant gentil.

J. D. se figea. Il lança un regard par-dessus son épaule.

Le chauffeur appuyait le bras sur la vitre de séparation. La manche retroussée de sa chemise laissait apparaître le tatouage d'un scorpion noir qui lui couvrait l'intégralité de l'avant-bras.

— Il faut faire un geste grandiose, lui en mettre plein la vue. C'est comme ça qu'on chope les filles.

— Merci, parvint à dire J. D.

Le chauffeur haussa les épaules.

— Pas de souci. Franchement, vous aviez l'air d'avoir grand besoin d'un coup de pouce.

Il embraya.

— Et dites à votre ami d'essayer l'English Breakfast, la prochaine fois qu'il lira *Orgueil et préjugés*. C'est un thé un peu plus fort. L'Earl Grey, c'est plutôt un thé pour *Raison et sentiments*.

Cette nuit-là, après une dernière vérification de sa boîte e-mail et de sa messagerie vocale professionnelles, ainsi que de son répondeur personnel, constatant qu'il n'y avait aucune urgence, J. D. repensa au conseil de Tyler. *Demande-toi ce que tu veux vraiment*. Ce fut alors qu'il prit conscience d'une chose.

Il n'en savait rien.

Comme il l'avait dit à son meilleur ami, les choses n'étaient pas simples. Et la présence de Chase dans le tableau n'arrangeait rien. À quel point Payton était-elle attachée à lui ? J. D. n'avait aucun mal à les imaginer ensemble – à en juger par leurs points communs, leur couple semblait couler de source.

Tyler, pourtant, en avait fait peu de cas. Peut-être que, de son point de vue, cette relation avec Chase ne faisait qu'ajouter du piment à l'intrigue, mais il négligeait un détail : la compétition entre J. D. et Payton au cabinet. Chase avait pour lui de ne pas partager avec Payton un lourd passé fait de huit longues années d'animosité larvée.

Huit ans. Une ère en soi. J. D. prit soudain conscience qu'il avait consacré toute son énergie à battre Payton, au lieu de concentrer sa colère sur le véritable fautif, à savoir le cabinet. C'était la direction qui les avait mis, elle et lui, dans cette position délicate. Le poste d'associé n'était jamais garanti à cent pour cent aux collaborateurs, mais vu le travail acharné qu'il avait fourni, il méritait mieux. Et elle aussi.

Dans le fond, pourtant, ce n'était pas tant le caractère arbitraire de la décision qui l'ennuyait que le comportement pitoyable dont il avait fait preuve au cours des huit dernières années. Il avait des remords, et s'il avait pu revenir en arrière et changer le passé, il n'aurait pas hésité un instant. Il y avait une chose en particulier dont il n'était pas fier et que même Tyler ignorait...

Demande-toi ce que tu veux vraiment.

Pour commencer, J. D. savait qu'il voulait faire table rase du passé. Recommencer à zéro. Pendant les deux semaines à venir, tout du moins, il ferait les choses bien. S'il n'était pas en son pouvoir de repousser l'échéance, il pouvait toutefois faire en sorte de finir sur une note favorable.

Ce n'était pas beaucoup, et ça ne résolvait pas tous ses questionnements. Mais c'était un début.

Le lendemain matin aux aurores, Payton était déjà au cabinet, s'affairant à rassembler les dossiers pour le procès. Elle regrettait de ne pas l'avoir fait la veille au soir, mais sa mère avait pris un vol tardif, et l'idée de repasser au cabinet au beau milieu de la nuit n'était pas franchement folichonne.

Un bon avocat devant se préparer à n'importe quelle éventualité, elle partait toujours en avance, surtout depuis qu'elle prenait le métro pour se rendre au bureau. Heureusement.

Ah, ces petits escrocs de la compagnie de transports publics de Chicago, on ne s'ennuyait jamais avec eux. Parce que, franchement, qui n'aimait pas rester bloqué cinquante-cinq minutes de plus dans le wagon surchauffé, bondé et puant d'un train qui avançait pour Dieu sait quelle raison à une moyenne de cinq kilomètres-heure tout au long du trajet menant au centre-ville ? C'était tellement *amusant*.

Payton attrapa les dossiers revus pendant le week-end et les fourra dans l'énorme sacoche où étaient rassemblées toutes les pièces du procès, et qui pesait déjà près d'une tonne. Pourvu que Brandon ne tarde pas trop ! Elle la lui ferait porter – après tout, c'était pour ça que les collaborateurs juniors, et les hommes en général, étaient faits.

On frappa à la porte, et elle leva le nez, s'attendant à voir Brandon. Mais c'était J. D. qui se tenait dans l'encadrement, un gobelet *Starbucks* à la main.

Ça ne présageait rien de bon.

— J'ai remarqué que tu avais l'air pressée, fit-il. Je me suis dit que tu n'aurais pas le temps de prendre un café en allant au tribunal. Un grand *latte* à la vanille sans sucre, c'est ça ? demanda-t-il en indiquant le gobelet. Je t'ai entendue en commander à Irma à plusieurs occasions, s'empressa-t-il d'expliquer.

Il lui tendit le gobelet.

Payton examina la tasse d'un œil méfiant, puis coula un regard à J. D. C'était un piège. Forcément. Elle ne bougea pas d'un pouce.

J. D. esquissa un sourire.

— Je n'ai pas l'intention de te le jeter à la figure.

Payton afficha un sourire. Ah ah, il avait fait l'école du rire, non ? Le lui jeter à la figure ? Pas une seconde cela ne lui avait traversé l'esprit.

— Loin de moi cette idée, assura-t-elle en se dirigeant vers lui pour saisir le gobelet.

Visiblement, il prenait leur trêve très au sérieux, songea-t-elle. Comme c'était mignon.

Discrètement, elle huma le café pour être sûre qu'il n'y avait pas versé de poison.

J. D. eut un nouveau rictus.

— Et non, je n'ai rien mis dedans.

Payton prit une gorgée.

— Rien qu'on puisse détecter à l'odeur, en tout cas, ajouta-t-il en lui faisant un clin d'œil.

Payton, qui était sur le point d'avaler, s'arrêta net, retenant le liquide dans sa bouche. Il plaisantait, évidemment. Payton sourit et agita l'index pour lui montrer qu'elle comprenait la blague. *Ah, J. D., petit plaisantin*. Elle balaya le bureau du regard. Pourquoi n'y avait-il jamais de crachoir à portée de main quand on en avait besoin ?

— C'est une blague, Payton. Pas la peine de paraître si surprise. Je m'efforce simplement d'être... gentil, dit-il après une seconde d'hésitation.

Payton avala la gorgée de café.

— Gentil ?

J. D. acquiesça d'un signe de tête.

— Bien sûr. Tu n'as qu'à voir ça comme un... *geste*. Alors, qu'est-ce que ça donne, ce procès ? demanda-t-il en parcourant le bureau des yeux. D'après ce que j'ai constaté le jour où ta chaussure... euh... et puis tes... – bon, tu étais là, inutile de te faire un dessin –, tu as mis le jury dans ta poche. C'est bien parti, non ?

Payton le fixa.

— Honnêtement, J. D., qu'est-ce qui te prend ?

J. D. cligna innocemment des yeux.

— Comment ça, qu'est-ce qui me prend ?

— D'abord le café, et maintenant, voilà que tu... tu me fais la causette ? Je me trompe ?

— Non, c'est exact, répondit-il en haussant les épaules.

— Un autre geste, c'est ça ? demanda-t-elle.

— Tout à fait, un autre *geste*, confirma-t-il avec un sourire. Ce qui nous fait deux *gestes* au total.

Payton l'examina avec méfiance.

— Tu es sûr que tout va bien ?

Il agissait si bizarrement. Peut-être était-il souffrant.

— Tout va bien, répondit-il. Tu allais me parler du procès ?

— Eh bien, disons que c'est plutôt positif pour le moment. À supposer qu'il n'y ait pas de rebondissement de dernière minute, on devrait attaquer les plaidoiries dans deux jours. Merci de t'y intéresser.

— C'est tout à fait normal.

Comme il ne semblait pas décidé à partir, Payton attendit.

— Il y a... autre chose ? Parce qu'il faut vraiment que je file au tribunal.

— Oui, bien sûr, fit-il.

Pourtant, il ne bougea pas.

Payton montra le gobelet.

— Merci pour le café ? tenta-t-elle.

Il attendait peut-être qu'elle lui file un pourboire ?

Mais cette réplique parut le satisfaire.

— Je t'en prie, fit-il en se redressant. Bonne chance au tribunal, Payton.

Et avec un hochement de tête, il se retourna et s'en alla.

Tout en le regardant s'éloigner, Payton secoua la tête. Qu'est-ce que ça voulait dire ? Dieu seul le savait.

En huit ans de bagarres, de coups bas, de costumes tachés de café et de fesses à l'air, c'était de loin l'échange le plus étrange qu'elle avait jamais eu avec J. D. Jameson.

18

— Il faut qu'on parle.

Cinq mots tout bêtes, que Payton détestait pourtant s'entendre dire. Comme tout le monde.

Ces cinq mots, Chase les avait prononcés dans le message qu'il avait laissé sur son répondeur et qu'elle avait écouté à son retour au cabinet. La journée avait été épuisante. L'audience s'était éternisée, le juge voulant s'assurer que le procès, censé se terminer deux jours plus tard, colle au planning. Payton était sur les rotules, comme chaque fois que ses témoins se faisaient interroger par l'avocat de la partie adverse. À ses yeux, c'était sans doute ce qu'il y avait de plus difficile pour un avocat : protéger ses propres témoins durant le contre-interrogatoire et prier, prier de toutes ses forces pour qu'ils ne lâchent pas un mot malheureux.

Aussi, lorsqu'elle tomba sur le message de Chase lui proposant de se retrouver au café *Fixx* pour « parler », commença-t-elle par hésiter. Lâche qu'elle était, elle fut même tentée de ne pas le rappeler. Mais ensuite vint le sentiment de culpabilité – c'était un type tellement sympa, l'ami de Nate et de Laney, par-dessus le marché –, suivi d'une tentative de rationalisation – elle ne resterait qu'une petite demi-heure, puis elle retournerait au bureau pour travailler –, et un court trajet en taxi plus tard, elle s'apprêtait à prendre son troisième *latte* de la journée, tout en adressant un sourire contrit à Chase, pour s'excuser, évidemment, de son quart d'heure de retard.

— Je suis désolée, répéta-t-elle pour la seconde fois.

L'enchaînement des événements au cabinet l'avait lessivée, sans compter que la caféine la mettait légèrement sur les nerfs.

Ils choisirent une table près de la fenêtre, à l'avant de la boutique. Le *Fixx* était un café indépendant anti-*Starbucks* et compagnie, un de ces endroits qui attiraient une clientèle hétéroclite allant du gothique et du grunge couvert de tatouages et percé de partout aux intellectuels en col roulé et écharpe. Le genre de lieu que sa mère aurait adoré.

Quand ils s'assirent, Payton eut la désagréable impression d'être trop habillée, avec son tailleur sur mesure et ses talons hauts. Elle jeta des coups d'œil furtifs tout autour d'elle, se demandant à quel moment elle avait cessé de se fondre dans ce genre de décor.

— Tu voulais me parler ? dit-elle sans autre préambule.

Non qu'elle voulût le bousculer... Enfin, si, c'était précisément le but.

Chase hocha la tête.

— Tout d'abord, sache que j'ai compris ce qui se trame entre J. D. et toi. Je suis tombé sur lui hier soir, nous avons bavardé, et... disons que j'ai eu une sorte de déclic.

Pour Payton, c'était du chinois. Un détail toutefois ne lui avait pas échappé.

— Tu as bavardé avec J. D. Jameson ? Tu le connais ?

— Nous étions ensemble à la fac de droit.

Bien sûr. Ils avaient tous deux fait Harvard ; elle aurait dû se douter qu'ils étaient de la même promotion. Elle aurait bien aimé savoir à quoi ressemblait J. D. à cette époque-là. D'autant plus que pendant des années, elle ne l'avait considéré que comme un personnage unidimensionnel, pour ainsi dire, sans profondeur : le Méchant, l'archétype du Rival, l'Ennemi. Cela lui avait permis d'encaisser ses attaques sans les prendre trop à cœur. Mais à présent... les choses avaient évolué, et elle avait envie d'apprendre à le connaître, de découvrir des détails personnels sur sa vie. Pour commencer, par exemple, elle était curieuse de savoir à quoi correspondaient les initiales « J. D. ».

Mais quelque chose lui disait que l'heure était mal choisie pour demander à Chase de lui parler de son ancien camarade de fac.

— Donc, tu es tombé sur J. D. hier soir, et tu as eu un déclic. Quel genre de déclic, au juste ?

— C'est contre lui que tu te bats pour le poste d'associé. Et je comprends tout à fait ton stress de ces derniers temps. Pour rien au monde je ne voudrais être le rival de J. D.

Payton se renversa dans son siège et croisa les jambes, soudain sur la défensive.

— J. D. ne m'intimide pas. Je pense avoir toutes mes chances, tu sais.

Chase la rassura sur-le-champ.

— Bien sûr que tu as toutes tes chances. Je me suis mal exprimé, s'excusa-t-il. Ce que je voulais dire, c'est que je sais combien ça doit être stressant pour toi, vu le personnage.

— C'est-à-dire ?

— Eh bien, franchement, je pense que c'est un trou du cul. Il est imbu de sa personne, entêté, et surtout, je ne connais personne qui ait autant l'esprit de compétition que lui. Il fait partie de ces gens qui veulent systématiquement avoir le dessus et qui croient toujours avoir raison. Je déteste ce genre d'individus.

Payton éclata de rire.

— Dans ce cas, il faut effectivement qu'on parle, parce que tu viens juste de dresser mon portrait.

Chase sourit avec attendrissement.

— Tu n'es pas comme ça.

— Au contraire, Chase. Je suis exactement comme ça.

Il s'efforça d'écarter cette idée.

— Mais dans ton cas, c'est différent. Ce sont des qualités admirables chez une femme. Si tu veux faire carrière, notamment dans le milieu juridique, tu n'as pas le choix.

— C'est une remarque plutôt sexiste envers les hommes, tu ne trouves pas ?

Puis elle détourna le regard vers la vitre. Était-ce vraiment de sa bouche que ces mots étaient sortis ? Elle n'aurait jamais cru s'entendre dire ça un jour. Les poules avaient-elles des dents, à présent ?

Chase s'agita nerveusement sur son siège.

— Écoute, j'ai l'impression qu'on s'égare. J'essaie simplement de te dire que même si, avant, je trouvais que tu prenais cette histoire de nomination d'associé trop à cœur, je comprends pourquoi, désormais. Connaissant J. D., je suis sûr qu'il t'a mis la pression.

Bon, soit. Mais elle n'était pas innocente non plus. Et puis, de quel droit Chase estimait-il qu'elle prenait la situation « trop à cœur » ? Était-ce à lui de décider de l'importance qu'elle devait accorder à l'évolution de sa carrière ?

Et puisqu'on y était, elle n'appréciait pas la manière dont il parlait de J. D. Évidemment, il arrivait que son collègue se montre légèrement arrogant, et parfois même démesurément sûr de lui, mais il n'était pas foncièrement mauvais. Ainsi, après l'affaire de la déposition, il était venu chez elle lui présenter des excuses. Et, connaissant le bonhomme, cela avait dû lui coûter. Il y avait aussi eu d'autres petites choses, des broutilles, comme la fois où il lui avait tenu compagnie au bar alors que les types de la société Gibson l'avaient laissée tomber pour sortir fumer leur cigare. Ou le jour où il l'avait suivie à la bibliothèque après que Ben leur avait fait part de la décision du cabinet de ne nommer qu'un associé. Il avait juste essayé d'être gentil, et en retour, elle s'était montrée grossière et hostile.

Enfin, il y avait eu cette phrase qu'il lui avait dite, l'autre soir, en quittant sa maison. *Je l'aurais fait pour toi sans l'ombre d'une hésitation.* Payton s'était passé et repassé ces mots dans sa tête des centaines de fois. Elle devait être prudente avec J. D., se protéger. Hors de question d'interpréter ses paroles de travers ou d'attacher trop de poids à des mots qui n'étaient peut-être dits que par courtoisie professionnelle.

Elle se rendit compte soudain que Chase l'examinait, s'attendant peut-être qu'elle dénigre J. D. à son tour. Mais, étrangement, si cette conversation avait ébranlé ses sentiments, ce n'était pas ceux que lui inspirait J. D., mais ceux qu'elle éprouvait pour Chase. Était-ce seulement pour médire de J. D. qu'il l'avait interrompue dans son travail, alors même qu'elle croulait sous le boulot ?

— Sans vouloir paraître grossière, Chase, il faut vraiment que je retourne au bureau, dit-elle. La plaignante a décidé en ultime recours de s'attaquer aux consignes données au jury, et le juge veut absolument entendre nos arguments demain, expliqua-t-elle. C'est uniquement pour me parler de J. D. que tu tenais à ce qu'on se voie ?

Chase secoua la tête.

— En fait, je voulais te parler de nous. Je sais que tu es très prise par ton travail en ce moment, mais hier soir, je pensais à toi, et je cherchais un moyen de te faire plaisir, de te changer les idées. Et c'est là que je me suis rendu compte que tu n'avais peut-être pas envie que je te change les idées, que tu voulais peut-être seulement te concentrer sur ton travail. Je ne veux pas dire par là que c'est mal, au contraire, Payton, mais…

Il hésita à poursuivre, son regard noisette débordant de questions.

— C'est seulement ton boulot qui te préoccupe ? Parce que je peux patienter jusqu'à ce que le comité des associés ait pris sa décision. Mais si le problème vient d'ailleurs, dans ce cas… je ferais probablement mieux de tirer ma révérence tant qu'il en est encore temps.

Tout d'abord, Payton ne sut pas quoi lui répondre. Cette discussion lui semblait prématurée. Elle prit une longue inspiration.

— Je te prends au dépourvu, n'est-ce pas ? demanda Chase avec un sourire penaud.

— Un peu, répliqua Payton, expirant dans un rire nerveux.

Chase tendit le bras à travers la table pour lui prendre la main.

— Écoute, nous pouvons reprendre cette conversation plus tard. J'avais juste besoin de vider mon sac. Et je déteste aborder ces sujets par téléphone.

Payton acquiesça. Peut-être était-elle bête de ne pas rétorquer sans attendre que non, elle ne voulait pas qu'il s'éloigne. Mais Chase avait raison : elle avait besoin de réfléchir avant de lui donner une réponse. Elle était paumée, et elle était bien obligée d'admettre qu'elle luttait pour ne pas regarder sa montre. Cependant, puisqu'il avait mis le sujet sur le tapis, elle s'efforça de répondre aussi sincèrement que possible. Elle lui devait bien cela.

— L'issue de ce procès jouera un rôle décisif dans la décision du cabinet. Je comprends que tu te poses des questions, mais pour l'heure, j'ai toutes les peines du monde à me concentrer sur autre chose que le travail.

Dans deux jours, ce sera fini. Si tu penses pouvoir attendre jusque-là, je te promets que nous nous assiérons alors pour parler sérieusement.

Chase sourit et lui dit qu'il comprenait.

C'était drôle, songea Payton. Parce qu'en ce qui la concernait, elle ne comprenait plus rien du tout.

Et rebelote. Retour au cabinet.

Parfois, elle avait l'impression d'y vivre.

Il était presque 19 heures. Les secrétaires partis, les locaux étaient plongés dans le silence. Pendant son absence, Brandon avait déposé à son intention trois piles de dossiers sur son bureau, le résultat de ses recherches sur les trois consignes au jury que la plaignante attaquait. Malheureusement pour Payton, chaque tas faisait au moins cinq centimètres d'épaisseur. Ce qui lui ôtait quasiment toute chance de quitter le cabinet à une heure convenable.

Elle s'attaquait tout juste à la première pile quand on frappa à sa porte. Elle leva le nez et vit Laney.

— Hé, tu es encore là ? demanda Payton. Je croyais que ce soir, c'était le grand soir, ajouta-t-elle à voix basse.

Ainsi que Payton l'avait appris la veille, au cours d'une conversation où avaient filtré beaucoup trop d'informations à son goût, Laney ovulait ce soir-là ; elle avait prévu de rentrer tôt pour faire la surprise à Nate.

— Je suis sur le départ, fit Laney. Tu vas quand au cocktail ?

Payton fronça les sourcils, perplexe.

— Le cocktail ? Zut ! s'écria-t-elle en se frappant le front. Le cocktail !

Tous les ans au mois de juin, le département contentieux organisait un apéritif pour accueillir la nouvelle cuvée de stagiaires d'été, et inutile de dire qu'on « encourageait fortement » l'ensemble des avocats du groupe à y assister. Elle avait eu tellement de pain sur la planche dernièrement que ça lui était complètement sorti de la tête. Le rappel programmé sur l'agenda de son ordinateur avait dû se déclencher pendant son rendez-vous au *Fixx* avec Chase.

Zut.

Avec un grognement de mécontentement, Payton se frotta le front.

— Je ne vais pas avoir le temps d'y aller, fit-elle en indiquant sur son bureau la pile de dossiers qu'il lui restait à lire. Je suis submergée de travail.

Pauvre Cendrillon. Elle allait manquer le bal parce qu'elle devait potasser les limitations en matière de production de preuves fixées par le procès Ellerth contre Faragher.

— Tu dois absolument y aller, tu n'as pas le choix, protesta Laney en faisant un signe de tête en direction du bureau de J. D. Il va travailler les gens au corps, trinquant avec Ben et faisant copain-copain avec les autres membres du comité. Il faut que tu te montres aussi.

Payton se sentit soudain très lasse de cette compétition avec J. D. Si le comité des associés se basait sur le nombre de pinces serrées au cocktail annuel pour prendre sa décision, alors, dans le fond, ce n'était qu'une bande de minables.

— Bien que ça me tue de rater l'occasion d'exhorter de nouvelles recrues à rejoindre le cabinet, de pauvres naïfs qui ignorent encore qu'ils sont sur le point de dire adieu à leur vie, en leur faisant avaler que je ne facture jamais plus de deux mille heures annuelles, je vais malheureusement devoir décliner l'invitation.

Surprise, Laney fixa Payton avec des yeux ronds.

— Je crois bien que c'est la première fois que je t'entends dire du mal du cabinet, toi qui épouses toujours la ligne du parti. Bravo, ma vieille, ajouta-t-elle en hochant la tête en signe d'approbation. Tu sais quoi ? Je vais rester avec toi pour t'aider à lire ces dossiers, et peut-être que tu finiras à temps pour faire la clôture du cocktail.

Touchée par la proposition de son amie, Payton sourit.

— C'est très gentil de ta part, mais ne t'en fais pas pour moi, ça va aller. Rentre chez toi et profite de ta soirée avec ton homme.

— Tu es sûre ? demanda Laney, hésitante.

Payton hocha fermement la tête.

— File. Ça fait toujours plaisir de voir qu'au moins une personne dans ce cabinet arrive à concilier travail et vie sexuelle.

Et, croisant le regard horrifié de Laney, elle ajouta :

— Ne t'inquiète pas, il n'y a personne ici pour nous entendre.

19

— Pourquoi tu ne files pas ce boulot au gosse ?

Payton interrompit sa lecture et leva la tête. Elle était assise face à la fenêtre, comme souvent quand elle travaillait de nuit. La vue des gratte-ciel scintillants qui s'élevaient tout autour d'elle était un vrai spectacle. Et puis, le fait de voir d'autres bureaux allumés lui permettait de se sentir moins seule.

Elle pivota sur sa chaise et découvrit J. D. dans l'encadrement de la porte.

— Le gosse, comme tu l'appelles, est dans son bureau. Il travaille comme un forçat pour terminer la quinzaine d'autres besognes que je lui ai confiées, répliqua-t-elle, supposant qu'il faisait référence à Brandon. Alors, malheureusement pour moi, je suis coincée ici.

J. D. jeta un œil à sa montre.

— Tu ne vas pas au cocktail ?

Payton fit non de la tête.

— Et toi, qu'est-ce que tu fais encore là ? Tu devrais déjà y être.

— Une téléconférence qui s'est éternisée. Mais j'y monte maintenant.

Il marqua un temps d'arrêt, avant de montrer de légers signes d'agitation.

— Ah non, ne me refais pas le coup du mec bizarre qui attend dans l'encadrement de la porte, dit Payton. Parce que tu commences à me faire flipper.

— Non, je ne vais pas te refaire ce coup-là, rétorqua J. D., bien que Payton crût déceler l'esquisse d'un sourire sur ses lèvres.

Il pénétra dans la pièce et s'approcha du bureau.

— Tu travailles sur quoi ?

— Des recherches sur les consignes au jury, fit Payton en soupirant. Le juge exige d'entendre nos arguments à la première heure demain, avant de faire entrer les jurés. Je suis plutôt confiante, mais je préfère m'assurer qu'il n'existe pas d'autres affaires faisant jurisprudence que la plaignante pourrait citer.

J. D. l'examina.

— Tu veux que je t'aide ?

— Toi ?

— Oui, Payton. Moi.

— Mais tu raterais le cocktail de bienvenue. Tu ne dois pas aller taper la discussion à Ben et aux autres associés ? s'étonna-t-elle.

— Pas si toi, tu n'y vas pas, répondit-il.

Il marquait un point. Peut-être voulait-il vraiment lui apporter son aide. Ces derniers temps, il avait l'air plutôt porté sur les *gestes*, songea Payton. Ou alors, il était quasiment sûr d'obtenir le poste. Elle était prise entre deux feux : elle aurait voulu dire à J. D. qu'elle pouvait se passer de son aide, qu'il n'avait pas besoin de lui renvoyer l'ascenseur parce qu'elle lui avait rendu service avec la déposition. Mais, en vérité, elle avait bien besoin d'un coup de main. Du reste, elle n'était pas contre le fait que J. D. reste, et pas seulement pour l'empêcher d'aller faire du gringue aux associés pendant le cocktail.

— D'accord, fit-elle en hochant la tête.

J. D. sourit.

Il s'installa dans un siège de l'autre côté du bureau.

— Je commence par cette pile-là ? proposa-t-il en indiquant le tas de dossiers le plus proche.

— Vas-y. J'ai demandé à Brandon de rechercher toutes les décisions pertinentes de la cour d'appel fédérale et du tribunal d'instance du district nord de l'Illinois, expliqua-t-elle. En plus de cela, il a trouvé quelques affaires relevant du tribunal d'instance du district central ; évidemment, ce ne seront que des arguments d'autorité...

— C'est bon, Payton, je ne suis pas un première année. Décris-moi simplement les enjeux.

— Écoute, ce n'est pas parce que j'ai accepté ton aide que je ne supervise plus cette affaire.

— Je savais bien que j'allais m'en mordre les doigts...

— Eh bien, dans ce cas, je ne te retiens pas. Libre à toi de prendre tes cliques et tes claques...

— Et te priver ainsi du plaisir de jouer au petit chef ? Même pas en rêve.

Hum.

Ces jours-ci, il avait les cheveux un peu plus longs que d'ordinaire.

Payton lui coula un nouveau regard à la dérobée.

J. D., renversé dans son siège, les jambes étendues devant lui, parcourait le dernier dossier de sa pile. Comme il penchait légèrement la tête sur sa feuille, l'extrémité de sa chevelure frôlait le haut du col amidonné de sa chemise bleue. Deux bons centimètres de plus que d'habitude, conclut-elle – non que ce genre de détail eût une quelconque importance.

Ils étaient assis côte à côte, à présent. Ça leur facilitait la tâche. De cette manière, elle n'avait pas à se pencher par-dessus le bureau chaque fois qu'il lui signalait un point pertinent dans un des dossiers qu'il examinait.

Du moins était-ce l'excuse qu'elle s'était trouvée, et elle n'en démordrait pas.

Ils étaient presque venus à bout de la liasse de dossiers. Heureusement qu'elle avait travaillé à la vitesse grand V au début, parce que son efficacité avait grandement diminué au cours de la dernière demi-heure. Durant les quinze dernières minutes, en particulier, elle avait été, disons, un peu distraite. Étrangement, des idées que certains auraient trouvées un peu... osées lui avaient traversé l'esprit.

Tout ça à cause de sa stupide cravate, songea Payton. Elle était innocemment plongée dans sa lecture lorsque J. D. avait desserré son nœud de cravate le plus naturellement du monde, et elle s'était dit qu'il ferait mieux d'enlever carrément ce satané bout de tissu, puisque, de toute façon, ils étaient seuls. D'ailleurs, comment aurait-il réagi si – ce n'était qu'une hypothèse – elle s'était penchée vers lui et le lui avait desserré elle-même ? Pendant qu'elle y était – toujours hypothétiquement, bien sûr –, elle aurait pu en profiter pour déboutonner les premiers boutons de sa chemise, qui semblaient l'étrangler. Et puis, à ce stade, autant jeter l'éponge et s'attaquer directement aux boutons de son pan...

— Ça fait combien de temps que tu fréquentes Chase ?

La question arracha brutalement Payton à ses songes.

— Pardon ? J'étais plongée dans ma lecture, fit-elle en brandissant son dossier pour masquer son émoi. C'est sacrément intéressant ! Désolée, tu m'as posé une question ? ajouta-t-elle en s'éventant avec la chemise en carton.

J. D. s'agita dans son siège.

— Je te demandais depuis quand tu fréquentais Chase. Il m'a dit que vous sortiez ensemble. Je suis tombé sur lui hier soir, expliqua-t-il.

— Oui, je l'ai vu tout à l'heure. Il l'a mentionné.

Payton crut voir les yeux de J. D. lancer des éclairs.

— Alors, vous deux, c'est du sérieux ? demanda-t-il.

Payton hésita. Se souciait-elle de ce que J. D. pensait de sa relation avec Chase ? Curieusement, oui, dut-elle admettre.

— Ça fait quelques semaines qu'on se voit, répondit-elle.

Elle marchait sur des œufs.

— Vous semblez avoir beaucoup de points communs, reprit J. D.

Il guettait une réaction de sa part.

— En effet, on dirait bien, répliqua-t-elle prudemment.

Silence. Ils étaient dans une impasse. Puis, soudain, Payton décida de jouer cartes sur table.

— Qu'est-ce que tu fais là, J. D. ?

— Je travaille ici, tu te rappelles ? Mon bureau se trouve juste en face, et…

Payton l'interrompit en posant la main sur la sienne.

— Arrête. Laissons tomber les sarcasmes pour une fois.

J. D. baissa les yeux sur sa main, puis releva la tête et croisa son regard.

— Qu'est-ce que tu veux savoir exactement, Payton ?

Alors, elle lui posa la question qui la turlupinait depuis plusieurs jours.

— Pourquoi es-tu brusquement si gentil ? Pourquoi maintenant ?

Se penchant en avant, il la regarda droit dans les yeux, et Payton se demanda pourquoi il lui avait fallu huit ans avant de la contempler avec cette expression.

— Parce que tu me le permets enfin, répondit-il d'une voix douce.

À cet instant, Payton comprit. Chase Parfait n'avait jamais eu aucune chance. Et ça n'avait rien à voir avec une malheureuse cerise dans un Tom Collins. Non, sa relation avec Chase était vouée à l'échec dès le début, de même que toutes ses relations passées au cours des huit dernières années, et la raison à cela, commençait-elle à deviner, se trouvait assise juste en face d'elle, à la dévisager.

— Oh… non, balbutia-t-elle quand elle eut cerné le problème.

Sauf qu'elle n'avait pas eu l'intention de le dire à voix haute.

J. D. inclina la tête.

— C'est une réponse intéressante.

Payton s'apprêtait à lui fournir une explication quand un coup frappé à la porte mit brutalement fin à leur tête-à-tête.

— J'ai trouvé d'autres dossiers auxquels vous aimeriez peut-être jeter un œil, s'exclama Brandon en entrant en trombe dans le bureau, oublieux de tout le reste. Oh, bonsoir, J. D., reprit-il en apercevant ce dernier. J'ignorais que vous étiez là.

Payton et J. D. bondirent en même temps de leur siège.

— En fait, j'étais sur le point de partir, s'empressa de rétorquer J. D. Payton, je ne pense pas que tu aies encore besoin de mon aide. À vous deux, vous devriez venir à bout de ces dossiers sans problème. Ravi de t'avoir revu, Brendan.

— C'est Brandon.

— Évidemment. Où avais-je la tête ?

Payton le regarda quitter la pièce et traverser le couloir pour regagner son bureau.

— J'espère que je ne vous ai pas interrompus, dit Brandon.

— Non, pas du tout, affirma Payton.

La dernière chose dont elle avait besoin en ce moment, c'était bien d'être la cible de minables bruits de couloirs. Ce genre de broutille vous ruinait une carrière.

— J. D. m'aidait simplement à avancer dans nos recherches, reprit-elle en s'asseyant à son bureau. Alors, qu'est-ce que tu as trouvé ?

Avec l'enthousiasme typique des collaborateurs juniors, Brandon prit un siège en face d'elle et se plongea dans l'explication du trésor qu'il venait de déterrer et qui, selon lui, ferait prendre un tournant décisif au procès. Pendant ce temps-là, Payton tendait l'oreille, tout en jetant des coups d'œil furtifs de l'autre côté du couloir. Que se passait-il dans l'esprit de J. D. ? Allait-il faire comme s'il ne s'était rien passé ? Elle n'était plus sûre de rien. Son esprit bouillonnait d'un million de pensées confuses, sa seule certitude étant qu'elle ferait mieux de se concentrer sur le procès et…

Sur l'écran de son ordinateur, une fenêtre apparut, lui indiquant qu'elle venait de recevoir un message. Tout en encourageant Brandon à poursuivre par des signes de tête, elle cliqua et vit que l'expéditeur n'était autre que J. D. L'objet de l'e-mail n'étant pas précisé, elle cliqua de nouveau et lut le message suivant :

J'aimerais te raccompagner chez toi ce soir.

L'air de rien, elle questionna Brandon sur ses recherches tout en tapant en même temps une réponse éclair à l'e-mail de J. D.

Donne-moi vingt minutes.

— Je pourrai au moins me vanter d'être montée dans la fameuse Bentley.

Ils n'étaient plus qu'à quelques maisons de chez elle. Tandis qu'ils marchaient le long du trottoir, J. D. sourit et jeta un coup d'œil à sa montre.

— Quoi ? Qu'est-ce qu'il y a ? demanda-t-elle.

— J'avais mis le chronomètre, histoire de voir combien de temps il te faudrait pour faire une remarque sur ma voiture. Je ne m'attendais pas que tu tiennes tout le trajet sans rien dire.

— Je ne suis pas si prévisible que ça, lança Payton.

Elle était sur le point de rejeter sa chevelure en arrière quand elle se ravisa. J. D. remarqua le geste et éclata de rire.

— Si, tu l'es totalement. En huit ans, il me semble que tu ne t'es jamais privée de dire le fond de ta pensée.

Ils avaient atteint le perron. Payton se retourna pour lui faire face.

— C'est faux.

— Vraiment ? rétorqua-t-il en haussant les sourcils.

Elle le dévisagea.

— Je me suis gardée de tout commentaire quand tu t'es garé au bout de la rue au lieu de me déposer devant chez moi. Parce que si je t'avais dit le fond de ma pensée, je t'aurais fait remarquer que tu as tout l'air d'un homme qui s'attend que la femme qu'il raccompagne l'invite chez elle.

J. D. s'approcha et baissa le regard vers elle.

— Et si cette idée m'avait effectivement effleuré l'esprit, j'aurais eu tort ?

— Hum… sans commentaire.

Payton tourna la clé dans la serrure, et J. D. lui tint la porte.

— Peut-être que je cherche juste à m'assurer que tu rentres chez toi saine et sauve, reprit-il dans l'escalier. Tu peux dire que je suis vieux jeu…

Il la dépassa, puis pivota vers elle, prenant les marches à reculons.

— À moins que tu ne préfères me traiter de crétin sexiste et collet monté, de propriétaire de poney qui prône l'ultralibéralisme économique, de mec qui boit du whisky glace et qui part du principe que son épouse doit porter son nom ? J'ignore pourquoi, mais je mélange souvent ces deux concepts.

Ils étaient parvenus devant sa porte.

— Je ne sais pas... répliqua-t-elle. Rappelle-moi une chose : c'est avant ou après cela que tu m'as traitée d'enquiquineuse bornée qui conduit une Toyota Prius, de fille amère pleine de ressentiment et de complexes, de nazie de féministe pour qui l'expression « mère au foyer » est carrément un gros mot ?

Elle tourna la clé dans la serrure et pénétra dans l'appartement. Elle jeta sa sacoche et son sac à main sur le canapé du séjour.

Après avoir refermé la porte, J. D. lui emboîta le pas. Il sourit en entendant ses propres mots lui revenir comme un écho.

— Après. Je suis catégorique. Depuis le premier jour, c'est le même scénario : tu tires la première, et moi je riposte.

Bien qu'il ait dit cela sur un ton léger et taquin, un détail fit néanmoins tiquer Payton.

— Comment ça, « depuis le premier jour, c'est le même scénario » ?

Une lueur vacilla dans le regard de J. D., comme s'il se rendait compte qu'il en avait trop dit. Il chassa la question d'un geste.

— Peu importe. Laisse tomber, ça n'a aucune importance.

Il avait piqué sa curiosité. Mais, sentant que si elle insistait, ils finiraient par se disputer, elle lâcha le morceau. Après tout, ils avaient largement dépassé leur quota de disputes.

— Alors... balbutia-t-elle, laissant sa phrase en suspens.

Elle s'appuya contre le pan de mur où reposaient les étagères de livres. J. D. se tenait en face d'elle, à l'autre bout de la pièce.

— Alors ? dit-il à son tour.

Il l'examina, comme s'il s'attendait qu'elle prenne les devants. Tant mieux, parce qu'elle avait en effet quelque chose à tirer au clair. Elle s'éclaircit la gorge.

— En fait, J. D., je ne pense pas que tu sois sexiste. Ce n'était pas très sympa de ma part de te dire ça, ajouta-t-elle en voyant que cet aveu soudain le laissait sans voix. Dans quelques jours à peine, nos chemins se sépareront. Je ne voudrais pas que ce soit dans la rancœur.

Lentement, J. D. entreprit de traverser l'espace qui les séparait.

— Puisque nous en sommes aux excuses, j'avoue que j'y suis allé un peu fort en te traitant de « nazie de féministe ».

— Un peu ? C'est tout ?

— D'accord, j'y suis allé *très* fort, admit-il en se rapprochant encore.

Le cœur de Payton battit à tout rompre.

— Quant à moi, je ne te trouve pas collet monté, avoua-t-elle en faisant mine de rester calme et décontractée. Têtu et arrogant peut-être, mais pas coincé.

— Merci, répondit J. D. en inclinant la tête.

Il n'était plus qu'à quelques centimètres d'elle.

— En outre, ajouta-t-elle à mi-voix, sache que je ne conduis pas de Toyota Prius.

J. D. baissa les yeux vers elle, le regard brillant et ténébreux.

— Et moi, je n'ai jamais possédé de poney.

— Dommage, fit-elle dans un souffle. Ça doit être sympa d'avoir un poney.

Sur sa nuque, elle sentit la caresse d'une main.

— Maintenant, tu vas arrêter de parler, dit-il en l'attirant vers lui. Parce que j'ai attendu suffisamment longtemps avant de faire ça.

Puis il posa la bouche sur la sienne, et finalement, au bout de huit ans, J. D. Jameson l'embrassa.

Payton entrouvrit les lèvres avec avidité, taquinant légèrement sa langue avec la sienne. J. D. glissa les mains sur sa taille pour la rapprocher de lui, tandis qu'il approfondissait leur baiser. Elle se blottit instinctivement contre son corps, et il réagit aussitôt en la poussant contre les étagères, où il la maintint, les bras de part et d'autre de son corps, pendant qu'il déposait une traînée de baisers le long de son cou.

— Dis-moi que c'est ce que tu voulais, susurra-t-il d'une voix profonde au creux de son oreille.

Payton se sentit fondre sur place. Lorsque la bouche de J. D. atteignit la naissance de ses seins, elle se cambra.

— Oui, fit-elle d'une voix enrouée.

Elle aurait été bien en peine d'articuler autre chose. J. D. l'embrassa de nouveau, plus exigeant cette fois. Soudain, une sorte de frénésie s'empara de leurs corps. Payton voulut à tout prix débarrasser J. D. de sa veste et tira sur le vêtement. De son côté, J. D. lui empoigna les hanches en l'entraînant avec lui d'un pas chancelant dans la cuisine. Ils percutèrent le bar, que J. D. débarrassa de ses ustensiles d'un revers de main avant d'y déposer violemment Payton.

Juchée sur le comptoir, Payton s'écarta pour mieux observer J. D., qu'elle dominait. Elle avait le souffle court.

— J'aime bien cette position. Pour une fois, tu ne peux pas me prendre de haut. Ça m'intimide, d'habitude.

— Pourtant, tu n'as pas froid aux yeux, la taquina J. D. Même au tribunal, où tu n'hésites pas à te balader les fesses à l'air.

— Je commence à me rappeler pourquoi je ne te porte pas dans mon cœur, dit-elle.

Aussitôt, il lui prit les mains et les plaqua au-dessus de sa tête à l'aide d'un bras tout en se plaçant entre ses cuisses, lui coupant le souffle.

Dans son regard brillait une flamme malicieuse.

— Dans ce cas, traite-moi de salaud et jette-moi un regard haineux, comme si tu voulais me lancer un objet à la figure. C'est mon passage favori.

Payton éclata de rire. Mais les lèvres de J. D. se plaquèrent sur les siennes, étouffant son rire. Elle sentit une main s'attaquer à son chemisier, tirant sur les boutons, tandis qu'elle-même s'en prenait à sa cravate, dont elle desserrait le nœud. Leurs gestes étaient précipités, comme si chacun craignait que l'autre ne change brusquement d'avis. Payton commençait tout juste à anticiper vaguement dans sa tête la suite des événements et se demandait si le comptoir de sa cuisine était le lieu idéal pour cela quand…

Dans le séjour, la sonnerie du téléphone retentit.

— Laisse sonner, fit J. D., qui s'apprêtait à dégrafer son soutien-gorge.

Pour une fois, elle fut du même avis que lui. Le répondeur finit par s'enclencher, et la voix enregistrée de Payton s'éleva : « Désolée, je ne suis pas là pour le moment, etc. »

J. D. taquinait des doigts l'extrémité de son soutien-gorge en dentelle lorsqu'une voix masculine parvint jusqu'à eux.

— Payton, c'est Chase.

Une vraie merveille de technologie, songea Payton. Le répondeur transmettait la voix de son petit ami avec une telle clarté qu'on aurait pu croire qu'il se tenait dans la cuisine, juste à côté d'elle et de l'homme qui l'enlaçait.

— J'appelais simplement pour te souhaiter bonne nuit et m'assurer que tu étais bien rentrée chez toi, poursuivait Chase. Tu as sûrement une longue soirée de boulot en perspective, et avec tout ce qu'on s'est dit plus tôt, j'ai complètement oublié de te souhaiter bonne chance pour ton procès. Il y a gros dans la balance, alors essaie de grappiller quelques heures de sommeil. Et souviens-toi de ce que je t'ai dit au sujet de J. D. Sois vigilante : ce type-là serait prêt à tout pour parvenir à ses fins.

Payton entendit le bip signalant la fin du message. J. D. s'écarta d'elle, guettant sa réaction.

— Et moi qui craignais qu'il ne dise quelque chose qui rendrait la situation embarrassante. Dieu merci, on l'a échappé belle ! ironisa-t-elle.

J. D. ignora ses sarcasmes.

— Il t'appelle pour te souhaiter bonne nuit ? Alors, c'est vraiment sérieux entre vous ? demanda-t-il.

Après s'être laissée glisser au sol, Payton se mit à reboutonner son chemisier.

— C'est cette partie de son message qui te pose problème ? Qu'il m'ait appelée pour me dire bonne nuit ?

— Oh, parce qu'en plus je suis censé réagir aux accusations de ton petit copain ? Très bien, voilà ce que j'ai à dire pour ma défense : il ne raconte que des conneries.

Payton hocha la tête, tout en lissant les plis de sa jupe.

— Ce n'est peut-être pas ta réponse la plus éloquente, mais je t'accorde un point pour ta franchise.

Confus, J. D. l'observa tandis qu'elle reprenait contenance.

— Attends une seconde. Qu'est-ce que tu fais, là ? Tu ne vas quand même pas gober ce que Chase a dit ?

— Non.

Elle faillit ajouter « pas vraiment », mais elle se ravisa.

Fallait-il qu'elle se méfie de J. D. ? Jusqu'à l'appel de Chase, la possibilité que son collègue ait une idée derrière la tête ce soir-là ne lui avait même pas effleuré l'esprit. Certes, elle devait se présenter au tribunal à la première heure le lendemain matin. Et alors ? Qu'était-elle censée penser ? Que tout ceci faisait partie d'un plan méticuleusement échafaudé par J. D. – la séduire, pénétrer dans son appartement et… et quoi ? Retarder son réveil d'une heure pour qu'elle rate son audience ? C'était complètement tiré par les cheveux.

N'est-ce pas ?

Quoique, maintenant qu'elle y songeait… Ce type-là s'était introduit en douce dans son bureau, avait découpé puis recollé sommairement son talon pour qu'elle tombe et se ridiculise au tribunal.

Mais ils avaient tourné la page, non ?

— Bon, manifestement, le message de Chase a jeté un froid, fit remarquer J. D.

Payton finit de reboutonner son chemisier et se retourna vers lui.

— Tout est si compliqué…

— À cause de Chase ?

— Pour de multiples raisons, répondit Payton. Parce que je suis attendue de très bonne heure demain au tribunal. À cause de notre passé. Parce qu'en ce moment, je ferais mieux de me concentrer sur mon travail et, ironie du sort, parce que tu es justement la raison pour laquelle il me faut travailler si dur. J'ai besoin d'être seule pour réfléchir, déclara-t-elle après avoir marqué une pause.

J. D. acquiesça d'un signe de tête, mais il semblait furieux.

— Très bien, fit-il d'une voix sèche.

Il s'avança dans le séjour, où il ramassa sa veste jetée à terre, puis il se dirigea vers la porte.

Si confuse qu'elle fût, Payton ne supportait pas l'idée qu'ils se séparent sur une si mauvaise note.

— J. D., attends, appela-t-elle.

Il était déjà dans l'encadrement de la porte quand il se retourna.

— C'est la deuxième fois que tu me mets à la porte de chez toi. Si tu changes d'avis, tu sais où me trouver.

Sur ces mots, il tourna les talons.

Après son départ, Payton demeura immobile pendant un long moment. Puis elle attrapa sa sacoche et gagna sa chambre.

Une heure plus tard, elle sombra dans le sommeil, entourée d'une pile de dossiers et plus seule que jamais.

20

Plus qu'une semaine.

Sept misérables jours.

Pour Payton, c'était l'aboutissement d'une quête de huit ans dont le but ultime était de rejoindre l'éminente élite que formaient les rares chanceux promus au rang d'associés. Et ce fut en tenant deux engagements qu'elle entama cette dernière ligne droite.

Pour commencer, elle remporta son procès, concrétisant ainsi la promesse faite au jury dans son allocution d'ouverture, à savoir que face aux divers témoignages et preuves qui leur seraient présentés, les jurés n'auraient d'autre choix que de reconnaître l'innocence de son client dans cette affaire de harcèlement sexuel.

La coutume exigeait que lorsqu'un avocat du contentieux remportait une victoire, les membres du cabinet passent le féliciter. Ce qu'ils firent tous, dès son retour du tribunal. Tous, à l'exception de J. D.

Il ne quitta pas son bureau de tout l'après-midi, prenant soin de garder la porte fermée.

— Qu'est-ce qui lui prend ? demanda Irma, qui était sur le point de partir, en désignant J. D. d'un signe. Vous vous êtes encore bagarrés ?

— Je crois qu'il me fait la tê... fit Payton sans achever sa phrase, car elle venait de relever le sous-entendu dans la question d'Irma. Que voulez-vous dire par « *encore* bagarrés » ?

Après tout, J. D. et elle avaient toujours soigneusement masqué leur animosité en public.

Irma lui lança un regard entendu.

— Rien ne nous échappe, à nous autres secrétaires, Payton.

Cette dernière se redressa dans son fauteuil.

— Et il vous arrive de parler de *nous* ?

— Oui, répondit Irma en haussant les épaules d'un air indifférent.

— Et que racontez-vous au juste ? rétorqua Payton en croisant les bras sur sa poitrine.

— Ces derniers temps, on s'intéresse surtout à votre rivalité pour le poste d'associé.

— Vous êtes au courant de ça ?

De nouveau, Irma haussa les épaules avec insouciance.

— Oui. On mise sur celui qui sera promu.

Payton en resta bouche bée, choquée de découvrir que la bataille ardente qu'elle menait pour sa carrière donnait lieu à des paris de mauvais goût.

— Je n'arrive pas à croire que vous participiez à ça, Irma. C'est écœurant.

Puis, après une brève pause, elle s'enquit :

— Qui est en tête dans les paris ?

— En gros, ce sont les hommes contre les femmes.

Payton eut un sourire satisfait.

— Dans ce cas, je mène la course. Il y a, quoi, deux hommes sur l'ensemble des secrétaires de la société ?

— C'est-à-dire que certains collaborateurs juniors ont aussi misé. Et par « certains », je veux dire tous, en fait.

Payton roula les yeux.

— Ainsi que tous les associés, j'imagine ?

— Curieusement, non, dit Irma d'une voix songeuse. Aucun des associés ne semble savoir que J. D. et vous vous entendez comme chien et chat.

— Ça ne m'étonne pas du tout, répliqua Payton avec dédain. S'il n'y avait pas le mémo électronique qu'un pauvre collaborateur passe son week-end à rédiger, la moitié des associés n'aurait pas la moindre idée de ce qui se passe dans ce bureau.

À présent, c'était au tour d'Irma d'être surprise.

— Vous voilà bien critique, observa-t-elle. Ça me plaît, ajouta-t-elle en acquiesçant de la tête.

Et, avec un clin d'œil, elle prit congé de sa patronne.

Payton poussa un soupir. *Note personnelle : tourner sept fois ma langue dans ma bouche avant de parler.*

Et découvrir quels collaborateurs juniors avaient osé miser sur J. D. Si jamais elle apprenait que Brandon en faisait partie, il allait passer un sale quart d'heure. Elle l'étranglerait de ses propres mains, le gosse.

En second lieu, elle tint la promesse qu'elle avait faite à Chase de prendre le temps de parler une fois le procès bouclé.

Chase réagit plutôt bien à leur rupture. Elle réussit même à le faire rire quand elle lui expliqua que c'était pour leur bien à tous les deux, persuadée qu'elle était d'être si compliquée qu'en restant avec lui, elle ferait son malheur.

En vérité, si elle avait un jour songé que leur relation avait une chance de marcher, tout espoir s'était évanoui à l'instant même où elle avait embrassé J. D. Et bien qu'elle n'ait pas la moindre idée de ce qui se passait sur ce front-là, il était inconcevable pour elle de fréquenter un autre homme tant qu'elle n'aurait pas tiré ça au clair.

Le lendemain, alors qu'elle s'apprêtait à se rendre dans le bureau de Laney pour lui annoncer que, hélas ! Chase Parfait ne faisait plus partie de sa vie, elle entendit J. D. la héler. Elle se retourna et vit qu'il s'avançait vers elle dans le couloir.

— Ben a demandé à nous voir tous les deux, immédiatement si possible, dit J. D. Apparemment, il y a du nouveau dans le dossier Gibson.

Sans un mot de plus, il passa devant elle sans s'arrêter.

Payton lui emboîta le pas sans tenter de le rattraper. S'il voulait jouer à ce jeu, soit. Ils marchèrent en silence.

Une fois parvenus au bureau de Ben, ils trouvèrent celui-ci en pleine conversation téléphonique. Il leur fit signe d'attendre à l'extérieur le temps qu'il termine l'appel. Sans souffler mot, J. D. se dirigea vers la fenêtre à l'extrémité du couloir, d'où il contempla la vue, le dos tourné à Payton.

Elle fut d'abord tentée de l'ignorer, mais se ravisa vite. J. D. commençait à lui taper sérieusement sur les nerfs, et elle avait la ferme intention de le lui faire savoir. Elle s'approcha de lui d'un pas résolu.

— Tu me fais vraiment la tête ? demanda-t-elle à voix basse, de peur qu'on surprenne leur discussion.

J. D. lui coula un regard en coin.

— Je te laisse respirer, c'est tout, Payton.

Il se tourna de nouveau vers la fenêtre.

— Tu te comportes comme un crétin.

— Et toi, tu nous mènes tous en bateau. D'ailleurs, comment se porte notre cher Chase ? demanda-t-il sur un ton sarcastique.

— Il va bien, j'imagine. On ne se voit plus.

J. D. pivota vers elle.

— Tu as rompu avec lui ?

— Effectivement, répondit-elle. Contrairement à ce que tu crois, mener les gens en bateau, ce n'est pas mon truc. Et tu es sacrément culotté de m'accuser de jouer avec les gens alors que c'est toi qui boudes. Ce qui me rappelle d'ailleurs que tu es le seul du groupe à ne pas m'avoir félicitée pour ma victoire au tribunal. Ton comportement m'amène à croire que soit a) tu étais gêné parce que nous sommes en compétition, auquel cas tu ne peux pas m'en vouloir de ne pas avoir su comment gérer la situation l'autre soir puisque, toi-même, tu ne sais pas comment t'y prendre, soit b) tu es tout simplement un crétin dédaigneux doublé d'une tête de mule, auquel cas je me passerai très bien de ta compagnie. Dans tous les cas de figure, si tu t'attends que je m'excuse platement de t'avoir chassé de chez moi l'autre soir, tu te fourres le doigt dans l'œil jusqu'au coude, parce que, comme tu peux le constater, j'avais franchement raison.

Sur ces mots, les poings sur les hanches, elle le toisa d'un air de défi.

Il la fixa pendant un moment avec une expression amusée.

— Tu es vraiment une avocate brillante, Payton.

Elle lui planta le doigt dans le torse.

— Inutile de chercher à m'amadouer à présent, Jameson.

Il lui décocha un large sourire.

— Tu es de nouveau fâchée contre moi, c'est ça ?

— Non, mais je trouve que la situation est suffisamment compliquée comme ça sans que tu en rajoutes.

— Très bien. Peut-être que je devrais me rattraper, dans ce cas. Que dirais-tu – c'est une hypothèse, évidemment – si je t'invitais à dîner pour fêter ta victoire ?

Payton hésita. Non que la proposition, ou la quasi-proposition, du moins, ne fût pas alléchante. Au contraire.

— À supposer que je dise oui, je ne suis pas sûre de pouvoir me contrôler en ta présence.

De toute évidence, cette réponse plut à J. D. Il pencha la tête en avant et reprit, murmurant presque :

— Pourquoi ? Tu as peur de ce qui pourrait arriver si nous étions seuls ? Hypothétiquement, bien sûr.

À flirter ouvertement au bureau, ils jouaient avec le feu. Mais, curieusement, Payton se fichait du cabinet, pour l'heure. J. D. avait beau avoir le chic pour la mettre en boule, quand il lui lançait ce regard, un regard à la fois effronté et intime, bien que légèrement prudent – comme s'il calculait ses mouvements, toujours sur ses gardes –, une vague d'anticipation la parcourait à l'idée de ce qui pourrait se passer ensuite.

Alors, elle se pencha en avant à son tour, avec un sourire coquin.

— À supposer que je…

— Ah, vous êtes là ! Désolé pour le contretemps. J'étais coincé dans une téléconférence sur l'article 26(f) qui a traîné en longueur.

Interrompus au beau milieu de leur conversation, Payton et J. D. se retournèrent et virent Ben dans l'encadrement de la porte de son bureau.

— On y va ? fit-il en leur faisant signe d'entrer.

Alors qu'ils se dirigeaient vers le bureau, J. D. surprit dans les yeux de Payton une expression ennuyée semblant indiquer que cette interruption la contrariait autant que lui.

À peine s'étaient-ils assis que Ben entra dans le vif du sujet.

— Bon, j'ai reçu un coup de fil de Jasper ce matin, expliqua-t-il. D'après ce que j'ai cru comprendre, il y a eu pas mal de chamboulements au sein du département juridique de la société Gibson. Il a renvoyé son directeur, ce qui est probablement un bon choix stratégique étant donné que ce type-là n'avait pas fait grand-chose pour prévenir le merdier dans lequel ils se retrouvent. Son remplaçant commence lundi, et bien entendu, il est impatient de rencontrer les avocats de notre cabinet qui travailleront sur le dossier. Jasper m'a demandé si l'un de vous – voire les deux – pouvait prendre un vol demain pour aller lui souhaiter la bienvenue. Il sait qu'il vous prévient un peu tard, mais vu que nous sommes vendredi demain, il s'est dit que vous seriez disponibles dès la fin de l'après-midi.

Ben se racla la gorge.

— Comme vous devez vous en douter, Jasper n'est pas au courant que seul l'un de vous finira par travailler sur le dossier. Et il est préférable, me semble-t-il, qu'il n'en entende pas parler avant que le comité n'ait annoncé sa décision. Vu les circonstances, ajouta-t-il en s'enfonçant dans son fauteuil et en poussant un soupir mélodramatique, je suis un peu gêné d'avoir à vous demander ça à tous les deux. Cependant…

— J'y vais, déclara J. D.

Ben s'interrompit et le regarda. Le ton résolu de J. D. eut l'air de le satisfaire.

— Bien, fit-il en hochant la tête pour marquer son approbation. Et vous, Payton, qu'en dites-vous ? demanda-t-il en se tournant vers elle.

Elle sentit peser sur elle le regard de J. D.

— Moi aussi.

Ben leur adressa un sourire.

— Super. Je vais en informer Jasper. Si vous arrivez de bonne heure, Jameson, vous aurez même le temps de faire une partie de golf. Il y a des terrains magnifiques à Palm Beach. La dernière fois que j'y suis allé, c'était en mai, il faisait près de trente-deux degrés, et c'était humide comme pas possible. Préparez-vous à un séjour torride, conclut-il à l'adresse de ses deux collaborateurs.

Payton lutta de tout son être pour ne pas réagir à cette remarque.

21

L'hôtesse de l'air déposa un plateau-repas sur la tablette de Payton.

— Et un plat végétarien pour vous, annonça-t-elle avant de se tourner de l'autre côté du couloir pour servir le reste des passagers.

Installé dans le siège voisin de Payton, J. D. ne se donna même pas la peine de lever le nez du *Wall Street Journal*.

— Végétarien ? Comme c'est surprenant, fit-il d'un ton moqueur.

— Au moins aussi surprenant que le fait que tu ouvres directement le journal à la rubrique financière.

— Et après ? J'ai quelques actions, objecta-t-il en haussant les épaules.

— Non, moi, j'ai des actions. Toi, tu as un *portefeuille*, rectifia-t-elle avec emphase.

J. D. voulut mettre les points sur les i. Il posa son journal et se tourna de manière à lui faire face.

— Payton, il faut que tu saches quelque chose. Ça va sûrement te choquer, mais il vaut mieux que tu l'apprennes dès maintenant, déclara-t-il avant de se pencher vers elle en affichant un visage réconfortant. Tu as de l'argent.

Puis il secoua la tête d'un air faussement indigné. *Quelle honte !*

Payton balaya cette idée d'un geste.

— Je t'en prie ! Toi, tu as de l'argent. Moi, j'ai un boulot bien rémunéré. C'est là toute la différence.

— Nous touchons exactement le même salaire.

— Pourtant, toi, tu mènes une vraie vie de nabab.

Cette remarque le fit ricaner. Était-ce toujours le cas ? Peut-être aux yeux de Payton, songea-t-il. Cette femme était, quant à elle, un paradoxe vivant, et elle ne s'en rendait même pas compte.

— Tu as des chaussures à cinq cents dollars, souligna-t-il.

— Plus maintenant, lui rappela-t-elle.

Il se racla la gorge. Sans doute était-il préférable de changer de sujet.

Il l'observa pendant qu'elle picorait son sandwich, garni d'une espèce de mélange de pousses insipides cent pour cent bio. Du fait qu'ils voyageaient en classe affaires, on les avait placés sur deux sièges à part. Aussi pouvaient-ils aborder n'importe quel sujet sans craindre les oreilles indiscrètes, encore que, jusque-là, leur conversation se fût limitée au champ strictement professionnel, à l'exception de quelques piques échangées de temps à autre. L'heure était venue de prendre le taureau par les cornes.

— Tu ne m'as pas dit pourquoi tu avais rompu avec Chase.

— En effet.

— Tu évites le sujet ?

Payton posa son sandwich et tourna les yeux dans sa direction.

— On pourrait parler de toi, pour changer ?

Comprenant qu'il lui faudrait sans doute peaufiner ses phrases d'attaque, J. D. décida d'adopter un air désinvolte.

— Que veux-tu savoir ?

— Eh bien, tu as trente-deux ans…

— De même que toi.

— … mais tu es toujours célibataire, acheva-t-elle. Tu ne devrais pas déjà être marié à une gosse de riche avec un cerveau de la taille d'un petit pois ?

Il ne put s'empêcher de lorgner ses longues jambes fuselées lorsqu'elle les croisa. Avait-elle conscience de l'effet qu'elle lui faisait ? Probablement. Il n'y avait pas à dire, ils étaient doués pour tourner autour du pot, évitant soigneusement de mentionner ce qui s'était passé entre eux chez elle le soir du cocktail. Et J. D. avait le sentiment que derrière les questions apparemment innocentes de Payton sur sa vie amoureuse se cachait un motif plus profond qu'elle n'était pas encore prête à admettre. Mais loin de lui l'envie de mettre un terme à leur jeu.

Visiblement, elle attendait toujours une réponse. J. D. haussa les épaules.

— J'ai sans doute été trop pris par mon travail.

Payton hocha la tête en signe d'acquiescement. Sur ce point-là du moins, ils se comprenaient.

Une fois la conversation lancée sur le chapitre du travail, elle dériva vers un sujet beaucoup moins risqué : leur rendez-vous avec Jasper et son nouveau directeur juridique. Pour les remercier d'avoir accepté de descendre en Floride à la dernière minute, Jasper avait proposé de les retrouver à leur hôtel, le *Ritz-Carlton* de Palm Beach, pour le dîner. Ils n'avaient pas à se plaindre – on pouvait faire pire pour un vendredi soir. Mis à part les histoires de poste d'associé, si J. D. avait été si prompt à accepter la proposition de Ben, c'était parce qu'il savait pertinemment que Payton ne laisserait pas passer cette chance.

Elle lui demanda s'il avait eu le temps de chercher des informations sur le nouveau directeur juridique de

Jasper. J. D. fouilla dans sa serviette pour en tirer le dossier qu'il y avait rangé le matin même, quand, en chemin pour l'aéroport, il avait fait un crochet par le bureau.

C'est alors qu'il découvrit un objet inconnu.

Un livre.

Et s'il s'agissait d'un piège ? Si quelqu'un avait fourré de la drogue dans le livre pour la faire passer au sud de la Floride ? Il risquerait de finir au trou, ce qui compromettrait fortement son week-end détente au luxueux hôtel *Ritz-Carlton*.

Perplexe, il sortit le livre de son porte-documents.

Orgueil et préjugés.

Sur la couverture, un Post-it non signé portait ces mots :

En cas d'urgence. Fais-moi confiance.

J. D. leva les yeux au ciel. Bon sang ! Il avait mentionné l'aller-retour en Floride à Tyler, son ami « bien intentionné », qui avait dû profiter de ce qu'il s'était absenté momentanément du bureau pour glisser le livre dans ses affaires.

Alors qu'il s'apprêtait à fourrer ni vu ni connu le maudit bouquin de littérature pour midinettes dans sa serviette, Payton tourna la tête de son côté.

— Oh, tu as apporté un livre ? Qu'est-ce que c'est ?

Elle se pencha en avant, lut le titre, puis releva les yeux vers J. D., qu'elle contempla d'un air incontestablement surpris.

— *Orgueil et préjugés* ? Incroyable ! Je n'aurais jamais cru que c'était ton type de lecture.

J. D. monta aussitôt sur ses grands chevaux, prêt à nier en bloc.

— Allons, tu penses vraiment que…

Mais en voyant Payton se renverser langoureusement dans son fauteuil avec un regard rêveur, lointain, il préféra ne pas finir sa phrase.

— Mr. Darcy, laissa-t-elle échapper dans un soupir mélancolique.

L'air absent, elle porta le stylo à sa bouche ; ses joues avaient légèrement rosi. Puis elle inséra distraitement le stylo entre ses lèvres dans un mouvement de va-et-vient.

Dedans et dehors.

— Fitzwilliam Darcy et ses dix mille livres de rente annuelles… murmura-t-elle rêveusement.

Bien que J. D. ne comprît pas un traître mot de ce qu'elle marmonnait, il ne pouvait s'empêcher de la fixer. Le stylo. Les lèvres. Dedans et dehors.

Dedans et dehors.

Tyler était un génie !

Soudain, Payton sortit de sa rêverie en clignant des yeux. Dommage.

— Désolée. On parlait de quoi, déjà ? demanda-t-elle, un peu pantelante.

J. D. se racla la gorge tout en présentant le livre.

— *Orgueil et préjugés* ?

Elle sourit tendrement.

— Oui, c'est un de mes préférés.

— J'avais cru comprendre. Il y a de quoi, ajouta-t-il en jetant un coup d'œil furtif à la quatrième de couverture. Cette Elizabeth Bennet, c'est quelqu'un.

— Évidemment ! s'écria-t-elle à l'instar de Tyler quelques jours plus tôt, à croire que seul un homme de Neandertal eût pu ignorer ce fait. Elizabeth Bennet est l'une des plus grandes héroïnes de la littérature.

— Tu crois ?

— Absolument. Elle est intelligente, pleine d'esprit, audacieuse et indépendante. Certes, elle a tendance à être un peu orgueilleuse – certains iraient même jusqu'à dire qu'elle est un peu trop effrontée pour l'époque –, et elle est franchement opiniâtre, mais... ce sont précisément ces raisons qui la rendent attachante.

J. D. inclina la tête.

— Eh bien, je suppose qu'il n'y a plus grand-chose à ajouter.

Payton sourit, un peu embarrassée.

— Désolée, j'ai tendance à m'emballer quand je parle de ce livre, s'excusa-t-elle.

Puis, semblant se rappeler quelque chose, elle s'interrompit.

— Tu n'étais pas sur le point de me montrer les infos que tu as trouvées sur le nouveau directeur juridique de Gibson ?

Ah, les affaires avant tout. J. D. lui tendit le dossier qu'il avait établi, et elle commença à le parcourir. Mais au bout de quelques minutes de concentration, elle lui lança un regard narquois.

— Tout de même... c'est un livre un peu trop féminin pour un homme, Jameson.

Et, un sourire au coin des lèvres, elle reprit sa lecture.

J. D. préféra ne pas répondre, de peur de donner de l'importance à son commentaire. Au bout de quelques minutes, il observa discrètement Payton qui travaillait.

Orgueilleuse et effrontée, indubitablement. Et opiniâtre, sans l'ombre d'un doute.

Et pourtant...

Devant son armoire, Payton, en petite tenue, examinait sa robe, à la recherche de plis éventuels. À son grand soulagement, le vêtement avait relativement bien supporté le transport en valise. Heureusement, d'ailleurs, car a) elle avait deux mains gauches quand il s'agissait d'utiliser un fer à repasser, et b) elle n'avait pas le temps de repasser, de toute façon, vu qu'elle avait cinq minutes en tout et pour tout avant de descendre retrouver J. D. au bar de l'hôtel.

C'était pour affaires qu'elle était là, se rappela-t-elle. Si elle se trouvait au luxueux *Ritz-Carlton* de Palm Beach en compagnie de J. D., à quelques pas à peine de la plage de sable blanc et du bleu céruléen de l'Atlantique, c'était pour *affaires*, point barre.

Certes, elle avait l'habitude des grands hôtels. Elle en avait testé un bon nombre – quand un cabinet prestigieux tel que Ripley & Davis envoyait ses avocats en voyage, ceux-ci logeaient naturellement dans des hôtels haut de gamme, afin de renvoyer une image positive de la société. En outre, ce n'était pas la première fois qu'elle partait en voyage d'affaires un vendredi soir, et pas la première fois non plus qu'un collègue masculin l'accompagnait.

Pourtant…

Cette fois, elle n'avait pas l'impression d'être là pour le boulot. En tout cas, pas complètement.

Après avoir retiré leurs clés à la réception, ils s'étaient donné rendez-vous à 19 heures, soit une demi-heure avant le dîner prévu avec Jasper. C'était Payton qui l'avait suggéré – une proposition qu'elle aurait faite à n'importe quel collaborateur, quel qu'il fût. Alors, pourquoi aurait-elle fait une entorse à ses habitudes ? Le travail, c'était le travail ; la chaîne de drugstores Gibson était le nouveau client numéro un du cabinet, et si elle se retrouvait à passer la soirée en compagnie de J. D., c'était un pur hasard.

Pur hasard également, l'épilation du maillot qu'elle s'était offerte juste après avoir appris la nouvelle de son voyage en Floride.

Par ailleurs, inutile de tirer des conclusions hâtives de l'ensemble de lingerie noir en dentelle qu'elle avait enfilé quelques instants plus tôt. Honnêtement. Sa petite robe moulante l'obligeait à porter un string et un soutien-gorge échancré afin d'éviter des marques de sous-vêtements de mauvais goût. Que dire alors de leur tissu en dentelle sexy ? Pure coïncidence.

D'accord, peut-être avait-elle aussi appliqué une touche d'eye-liner pour se faire un regard charbonneux, et sans doute avait-elle consacré une vingtaine de minutes à son brushing. Sans oublier les quelques gouttes de parfum – *Eau Parfumée au Thé Blanc* de Bvlgari, son petit chouchou – qui s'étaient déposées comme par hasard sur sa peau. Cependant, si elle s'était donné tout ce mal, c'était uniquement parce qu'elle était en avance et qu'elle n'avait pas envie de tourner en rond dans sa chambre. Bref, c'était sa version des faits, et elle n'en démordrait p...

Soudain, elle aperçut le réveil sur la table de nuit et réalisa qu'elle était en retard. Elle enfila sa robe et ses escarpins à toute allure. Dîner d'affaires oblige, elle portait une robe classique noire. Mais une robe tout de même. Moulante, qui plus est. Elle avait laissé tomber l'idée du tailleur : il faisait près de trente degrés et l'air était saturé d'humidité. Avec une veste, elle serait morte de chaud.

Telle était sa version de l'histoire.

L'ascenseur parvint au rez-de-chaussée, et les portes s'ouvrirent. Tout en s'avançant dans le vestibule, Payton eut l'impression d'avoir des papillons dans le ventre. Était-elle excitée ? Nerveuse ? Avec J. D., elle ne savait jamais à quoi s'attendre – du moins ces derniers temps. D'accord, ils avaient flirté à quelques reprises durant le vol, mais ils avaient surtout parlé boulot.

Lors de la fameuse soirée chez elle, il avait soulevé une interrogation. Or, Payton savait que le moment était venu d'y répondre. C'était une question très simple.

Que voulait-elle ?

Elle traversa le vestibule et entra au *Stir*, le bar où ils s'étaient donné rendez-vous. *Que voulait-elle au juste ?* Au tribunal, elle suivait toujours son instinct. Peut-être devait-elle appliquer la même philosophie à sa vie privée.

Dans le bar, elle fut surprise de trouver une foule déjà nombreuse. Elle parcourut la salle du regard : le comptoir d'abord, puis les tables. Pas de trace de J. D. Puis elle remarqua la terrasse.

Celle-ci donnait sur l'océan. Payton mit quelques instants à s'adapter à l'éclairage tamisé provenant de la lumière vacillante des bougies qui décoraient les tables. Parmi la nuée de clients, elle finit par apercevoir J. D., installé au bout de la terrasse, à une table près de la rambarde. Elle esquissa un sourire : évidemment, on lui avait donné la meilleure table.

Il était de profil, le regard perdu dans l'océan. Elle se dirigea vers lui, profitant de ce qu'il ne l'avait pas encore vue pour le contempler. L'élégance de son costume gris anthracite et de sa chemise bleu roi, le naturel de ses gestes si sophistiqués, l'assurance avec laquelle il portait son verre de whisky à ses lèvres pour en prendre une gorgée, la façon subtile dont il retroussait sa manche pour regarder sa montre... Il avait du style à revendre, et c'était peu dire. Du reste, il était incontestablement, incroyablement beau. Et, ironie du sort, songea-t-elle alors, c'était l'homme en face duquel elle avait travaillé – contre qui elle s'était battue – pendant huit ans.

Comme s'il avait détecté sa présence, J. D. jeta un œil dans sa direction. En la voyant, il se tourna et la regarda approcher.

— Tu es magnifique, fit-il en examinant sa robe.

Arrivée à la table, Payton lui adressa un sourire.

— Merci. Je me suis dit qu'il faisait trop chaud pour porter un tailleur.

Oh, quelle inextricable toile nous tissons [1].

Elle s'assit en face de lui. J. D. l'observait.

— Tu es également en retard, ajouta-t-il.

Toutefois, il ne semblait pas agacé.

— Je sais. Désolée, s'excusa Payton.

Elle croisa les jambes, et la fente de sa robe révéla une grande partie de sa cuisse. Une astuce qui ne datait pas de la veille, mais qui marchait à tous les coups.

— Impatient d'en venir aux choses sérieuses ? demanda-t-elle d'un ton provocant.

J. D. baissa d'abord les yeux sur sa jambe découverte, puis il leva la tête et la transperça de son regard bleu.

— En effet, il y a une affaire que je compte bien régler ce soir.

Le regard qu'il lui lança alors la fit chavirer, un regard qui exprimait on ne peut plus clairement ses pensées. Il était le seul à lui faire cet effet ; un regard de sa part, quelques mots, et le cœur de Payton battait la chamade. C'est alors qu'elle comprit.

— J'ai une question pour toi, fit-elle, tendant la main par-dessus la table pour prendre celle de J. D., sur laquelle, du bout des doigts, elle dessina lentement des cercles. Comment allons-nous tenir jusqu'à la fin du dîner ?

Elle vit soudain briller dans son regard la flamme du désir.

— En l'expédiant, répondit-il d'une voix rauque.

Des lèvres, il frôla les doigts de Payton tout en soutenant son regard. Il brûlait d'envie de l'embrasser au moins autant qu'elle. Mais Jasper pouvait débarquer à tout instant. Du reste, si quelques regards suffisaient à lui faire tourner la tête, mieux valait qu'elle évite les

---

1. Allusion au poème de Walter Scott, *Marmion ou la Bataille de Flodden-Field* : « Oh, quelle inextricable toile nous tissons, lorsque nous commençons à nous exercer au mensonge. » (*N.d.T.*)

mains, la bouche et toute autre partie du corps de J. D. jusqu'à ce qu'ils aient officiellement conclu le chapitre professionnel de la soirée.

Elle s'écarta et se contenta de le regarder à la lueur de la bougie qui les séparait.

— Peut-être. Mais pour le moment, tu devrais commencer par m'offrir un verre.

— Ça ne te semble pas terriblement dépassé ?

— Comment ça ? Je n'aurais pas le droit d'être vieux jeu, moi aussi ? demanda-t-elle.

Elle avait certes mis le doigt sur ce qu'elle voulait, mais cela ne signifiait pas pour autant que le badinage devait cesser. Pas encore. Après tout, il leur restait deux heures à tuer, et elle aurait grand besoin de se distraire pendant le dîner.

J. D. vit clair dans son jeu. Il se renversa dans son siège.

— Donc, c'est comme ça que tu veux la jouer ?

— Hum… déçu ?

Un sourire amusé aux lèvres, J. D. secoua la tête.

— Pas du tout. Mais souviens-toi, Payton : nous sommes deux à pouvoir jouer ce jeu.

Nouveau regard embrasé.

Mince ! Elle devait absolument trouver un moyen de répondre à ses coups d'œil torrides.

En attendant, elle avait la ferme intention de savourer mentalement les multiples plaisirs que lui réservait l'avenir proche.

— Qu'en dites-vous, Jameson ? Encore un whisky ? Allons, Payton, vous n'êtes pas le genre de nana à vous laisser battre par un homme.

Jasper était particulièrement en forme ce soir-là.

Sous le regard ébahi de J. D., le P-DG fit signe au garçon de s'approcher et commanda une autre tournée. J. D. avait oublié à quel point ces hommes du Sud aimaient lever le coude. Et Jasper, qui n'avait manifestement pas remarqué qu'il était le seul à avoir vidé les deux verres précédents, ne semblait pas prêt à ralentir la cadence.

Richard Firestone, le nouveau directeur juridique de la chaîne de drugstores, un avocat coincé – pour dire poliment les choses –, se pencha en avant pour marmonner à l'oreille de Jasper :

— Ne dites pas « nana ».

— Qu'est-ce qu'il y a ? demanda Jasper à voix haute.

Richard lança un regard en direction de Payton.

— Vous n'êtes pas le genre de *femme* à vous laisser battre par un homme, dit-il, corrigeant le vocabulaire de Jasper. Mieux vaut éviter d'employer le terme « nana ».

— Vous savez ce que je pense du politiquement correct ? C'est un tas de foutaises, s'exclama Jasper en agitant son verre en direction de Payton, assise en face de lui. Tenez, vous qui êtes mon experte en discrimination, est-ce que j'ai le droit de dire « nana » ?

— À vos avocats, vous avez le droit de dire tout ce qui vous plaît, Jasper.

— Ah ! Vous voyez ! Vous, les gars, vous êtes trop coincés, s'écria-t-il à l'adresse de Richard et de J. D. Et vous avez relevé, hein ? J'ai dit « gars », souligna-t-il fièrement. Au cas où on m'accuserait de discrimination sexuelle – moi ou ma société.

Sur ces mots, il vida son whisky d'une traite et fit claquer le verre sur la table pour marquer son indignation. Après quoi, il parcourut la tablée d'un regard.

— OK, il est temps de parler business, j'imagine ? De causer de notre petite affaire ?

J. D. jura en silence, en se retenant de vérifier sa montre. Jasper voulait en venir au travail *maintenant* ? Sans blague ! Ce n'était pas une discussion qu'ils auraient pu entamer deux plats plus tôt ? songea-t-il avec ironie.

Il coula un regard en coin à Payton, assise à sa gauche. Soit elle cachait extraordinairement bien son impatience, soit elle était d'un flegme à toute épreuve, car l'extrême lenteur de ce repas ainsi que les bouffonneries de Jasper, loin de l'irriter, paraissaient même l'amuser. Et ça aussi, ça commençait à agacer J. D. D'accord, il lui avait dit qu'il pouvait la battre à son propre jeu, et en effet, pendant l'entrée et le plat de résistance, il s'était montré aussi calme qu'elle. Mais en réalité, il n'avait qu'un désir : se retrouver en tête à tête avec elle. Il commençait à en avoir marre de tous ces trucs qui s'immisçaient constamment entre eux, comme le travail, Chase Bellamy et les dîners professionnels. Et les vêtements.

Richard se mit à exposer leur stratégie de défense pendant que Payton hochait la tête en signe d'acquiescement. J. D. observa la scène avec résignation. Très bien. Qu'à cela ne tienne. Si elle n'était pas pressée d'en finir avec ce dîner, lui non plus.

— J'aimerais que vous me fassiez chacun un bref résumé de la manière dont vous envisagez votre aspect de la défense, disait Richard à présent. Payton, puisque, comme Jasper l'a souligné, vous êtes notre experte en discrimination, commençons par vous : dites-moi comment, selon vous, nous devrions attaquer les questions posées dans ce dossier.

— Avec plaisir, Richard, répondit Payton. Je vous mets en garde, ajouta-t-elle en pouffant de rire, une fois que je suis lancée, on ne m'arrête plus. Notre serveur approche. Nous pourrions peut-être commander nos desserts dès à présent ? Comme ça, ce sera fait.

Sous la table, J. D. sentit la main de Payton se poser sur sa cuisse. Intéressant.

Le garçon distribua les cartes des desserts. De sa main libre, Payton prit le menu et le parcourut d'une mine nonchalante.

— Voyons voir. Par quoi vais-je me laisser tenter ?

Sa main remonta le long de la cuisse de J. D. en l'effleurant.

Très intéressant.

— Allons donc, Payton. Vous êtes en Floride. Faut que vous goûtiez tous à notre tarte traditionnelle au citron vert, la *key lime pie*, déclara Jasper.

Il prit la liberté de commander pour l'ensemble de la table, et le serveur fila comme une flèche.

— D'ailleurs, vous étiez au courant que l'année dernière, cette tarte est devenue le dessert officiel de notre État ?

Sur la cuisse de J. D., les doigts de Payton remontèrent encore un peu, s'aventurant à la lisière d'un territoire risqué. Cinq petits centimètres plus haut, et ils auraient officiellement pénétré en territoire hautement dangereux.

— Non, Jasper, je l'ignorais, répondit Payton, comme si de rien n'était. En fait, je ne savais même pas que chaque État possédait son dessert officiel. Et toi, J. D. ?

— Non.

Il n'en avait rien à faire de ces tartes.

— Ah, mais bien sûr ! s'écria Jasper. En plus, il y a eu du grabuge au Sénat. Une partie des politiques a fait pression pour qu'on désigne une autre tarte comme dessert national. Une petite idée ? Payton ?

Doigts. Cuisse. Plus haut.

Payton inclina la tête d'un air pensif.

— Hum… une sorte de tarte à l'orange ?

— Non, répondit Jasper, tout sourire, visiblement ravi d'être le seul à connaître la réponse. Richard ? fit-il en se tournant sur sa droite.

— La tarte aux pêches ? proposa de mauvaise grâce le directeur juridique.

— Non, désolé. Ça, c'est la Géorgie. Et vous, J. D., vous avez une idée ?

Trois paires d'yeux se braquèrent soudain sur J. D., qui en plus de se ficher de leurs histoires de tartes comme de l'an quarante, s'était focalisé sur le fait que Payton, pour le titiller, avait arrêté la caresse de ses doigts juste avant de pénétrer en territoire hautement dangereux.

— Tu te sens bien, J.D ? demanda Payton avec un sourire malicieux. On ne t'entend plus depuis quelques minutes.

Il lui revaudrait ça plus tard.

Après une hésitation, il répondit :

— Noix de pécan.

Payton cligna des yeux, puis elle sourit tandis que Jasper abattait la main sur la table et s'écriait :

— Oui ! C'est ça. Vu le nombre de producteurs de noix dans notre État, ils ont bien failli choisir la tarte aux noix de pécan comme dessert officiel. Bien vu, Jameson, fit Jasper, impressionné.

— Que voulez-vous ? Je réfléchis vite quand je suis sous pression, répliqua J. D., avec un sourire satisfait à l'adresse de Payton. À présent, si on en a fini avec les devinettes... il me semble que Payton s'apprêtait à nous résumer la manière dont on devrait contrecarrer les accusations des plaignantes.

— Oui, en effet, j'y venais. Merci, J. D.

— Je t'en prie, Payton. Tu as la parole.

Cette fois, trois paires d'yeux se rivèrent sur la jeune femme. Juste à cet instant, sous la table, la main de J. D. se posa sur son genou. La fente du tissu au niveau de la cuisse lui facilita la tâche ; il accéda directement à la peau nue.

La vengeance était parfois diabolique.

22

Peu après 22 heures, dans le hall de l'hôtel, Payton et J. D. attendaient avec Jasper et Richard que le voiturier leur restitue leur véhicule.

— Je suis vraiment content qu'on ait réussi à organiser ce dîner, leur dit Jasper en leur serrant chaleureusement la main.

Richard fit de même, affirmant que ç'avait été un plaisir de les rencontrer.

— Pas vrai que je vous avais dit que ces deux-là vous en boucheraient un coin ? fit Jasper.

Et il administra une claque joviale dans le dos de Richard, lequel alla valdinguer dans une urne en mosaïque posée sur une table en chêne, manquant la renverser.

J.D doutait que le nouveau directeur juridique fasse long feu chez Gibson. Il lui donnait un mois tout au plus.

— Bon, d'ordinaire, je n'aime pas trop les avocats, poursuivit Jasper de sa voix traînante, tout en gloussant. Et je n'aime *vraiment* pas l'idée qu'on me colle un procès au cul pour m'extorquer deux cents millions de dollars, mais avec vous, fit-il en plissant un œil tout en pointant le doigt sur J. D. et Payton, j'ai un bon feeling. Je crois que je suis entre de bonnes mains.

Ç'avait été la seule ombre au tableau de la soirée.

J. D. vit que Payton s'efforçait de ne pas flancher, mais son regard ne mentait pas. L'idée de cacher la vérité à Jasper la répugnait autant que lui. Et dire que, sur une décision du cabinet « à la mords-moi le nœud », comme aurait dit Jasper dans son langage imagé, dans moins de cinq jours, l'un d'entre eux ne serait plus sur le dossier. Une fois encore, J. D. sentit une vague de colère l'envahir. De la colère contre Ben et les autres associés qui les mettaient, Payton et lui, dans cette position désagréable. Cela dit, il lui fallait aussi blâmer son propre manque de perspicacité ; il avait sauté sur l'occasion d'aller à Palm Beach sans réaliser que cela impliquait de mentir à Jasper. Mais au moment où il avait accepté ce voyage, Jasper était le cadet de ses soucis.

Non, il ne regrettait pas d'être venu à Palm Beach, loin de là. D'accord, leur petit jeu sous la table durant le dîner avait frôlé l'indécence sans jamais y basculer vraiment, mais en réalité, il n'en espérait pas plus. Ils connaissaient tous deux les limites à ne pas dépasser.

Pourtant, à un certain moment, J. D. avait craint que Jasper ne les ait surpris. Ils venaient de terminer leur dessert, et le serveur leur avait apporté l'addition. Payton et Richard étaient sortis de table pour aller aux toilettes, et après avoir glissé sa carte de crédit dans l'étui réservé à la note, Jasper s'était tourné vers J. D.

— Je peux vous poser une question personnelle, Jameson ?

J. D. avait souri.

— Bien sûr, mais je ne vous promets pas d'y répondre. Et n'oubliez pas que vous êtes un gentleman, Jasper.

Cette remarque avait fait glousser le P-DG.

— Très bien. Je vais formuler la chose de la manière la plus galante possible : faites-vous la cour à Ms. Kendall ?

— Je n'ai pas la moindre intention de répondre.

— Parce que je ressens certaines ondes.

— Je ne peux pas discuter de ça avec vous, Jasper. Navré.

— La façon dont vous la regardez.

— Hum.

Le mutisme de J. D. avait beaucoup amusé Jasper.

— Ben, ça alors, je crois que c'est la première fois de ma vie que je vois un avocat fermer son clapet aussi vite. D'habitude, vous avez la langue bien pendue, dans votre profession. Bon, dans ce cas… je crois qu'il vaut mieux que je me taise.

J. D. s'était contenté de sourire, après quoi il s'était empressé de faire dévier la conversation sur un autre sujet. Car s'il était une leçon qu'il avait apprise à ses dépens, c'était qu'il ne fallait jamais commettre la même erreur deux fois.

Quand le voiturier gara la voiture de Jasper devant l'entrée de l'hôtel, J. D. ne put retenir un sifflement d'admiration. L'employé lui-même, qui devait pourtant voir défiler au *Ritz-Carlton* des voitures de luxe à longueur de journée, avait l'air complètement retourné en descendant de la Rolls-Royce Phantom Drophead coupé bleue. Pour sa part, J. D. n'aurait pas opté pour cette couleur – il se voyait plutôt dans une jubilee silver –, mais il devait reconnaître qu'il était impressionné.

Jasper rompit le silence respectueux qui s'était installé parmi le cercle masculin en admiration devant sa Rolls en assenant une nouvelle tape à Richard.

— Merci de m'avoir proposé de conduire, Dick. Je crois bien que le Baileys dans mon café m'a achevé.

Payton et J. D. échangèrent un regard amusé. Peut-être les huit whiskys ingérés par le P-DG n'y étaient-ils pas pour rien non plus ? Mais au moins Jasper avait-il conscience qu'il ne pouvait pas rentrer chez lui au volant de sa voiture, ou peut-être se doutait-il que les trois avocats qui l'entouraient ne l'auraient jamais laissé prendre le volant dans un tel état d'ébriété.

Jasper remit un pourboire au voiturier – plutôt généreux, à en juger par la tête que fit le jeune homme, qui ouvrit des yeux comme des soucoupes en découvrant le billet qu'il avait entre les mains – et monta dans la Rolls-Royce du côté passager. Mais, juste avant que la voiture ne s'éloigne, Jasper, égal à lui-même, baissa la vitre, incapable de résister à l'envie de prononcer quelques mots d'adieu.

— Hé, les enfants, profitez bien du reste de votre séjour, compris ? cria-t-il.

Puis, avec un clin d'œil malicieux, il remonta la vitre et donna le signal du départ à Richard, qui fit avancer l'automobile de plus de quatre cent mille dollars avec une extrême prudence dans l'allée circulaire de l'hôtel, avant de s'engager sur la route à la vitesse folle de dix kilomètres-heure.

Tandis que la voiture s'éloignait, Payton pivota vers J. D.

— Tu peux m'expliquer le clin d'œil de Jasper ? Tu as des choses à m'avouer ?

— Il m'a questionné sur nous deux quand Richard et toi étiez aux toilettes.

— Et tu ne lui as rien dit, j'espère ? demanda-t-elle en le dévisageant.

— Tu veux dire, à propos de ce que tu faisais à mes parties intimes ?

— Oui, J. D., répondit-elle brusquement (non sans un sourire, remarqua-t-il). Tu ne lui as rien dit, n'est-ce pas ?

À son tour, J. D. la regarda fixement.

— Bien sûr que non, Payton. J'ai appris à ne pas mélanger affaires et conversation de comptoir.

Le soupir de soulagement de Payton lui rappela qu'à peine quelques années auparavant, il avait évité les ennuis de peu. Oui, en effet, il avait bien retenu la leçon.

Mais pour l'heure, J. D. souhaitait juste se concentrer sur le présent, et non pas déterrer de vieux souvenirs qu'il aurait préféré oublier. Il prit Payton par la main.

— Suis-moi. Il y a une chose que j'aimerais te montrer.

— Je l'aurais parié, répliqua-t-elle en riant.

Il lui décocha un large sourire.

— Je parlais de la plage, coquine. Ça fait huit heures que nous sommes là, et nous n'y avons toujours pas mis les pieds.

Il fit traverser le hall à Payton, en direction de la véranda. Quand il lui tint la porte, leurs regards se croisèrent.

— Quoi ? demanda-t-il.

Une légère brise ramena les cheveux de Payton devant ses yeux. Elle repoussa une mèche blonde derrière son oreille.

— Rien, fit-elle. Parfois, tu m'étonnes, c'est tout.

Prenant conscience que cette remarque frisait dangereusement le compliment, J. D. entraîna Payton en bas de l'escalier de pierre censé les mener à un chemin qu'il avait repéré plus tôt depuis la fenêtre de sa chambre. Il aimait la sensation de sa main dans la sienne, l'intimité naïve de ce geste, signifiant, sans que les mots soient nécessaires, qu'ils étaient ensemble.

En même temps, si elle décidait d'écourter leur balade romantique au clair de lune pour passer directement aux préliminaires, il ne s'y opposerait pas…

— À quoi penses-tu ? demanda Payton, interrompant le flot de ses pensées.

Il baissa les yeux vers elle et vit qu'elle le dévisageait.

— Tu as une expression presque diabolique, remarqua-t-elle, les yeux pétillants de curiosité.

J. D. éclata de rire en l'attirant vers lui. Elle le connaissait vraiment trop bien.

Au bout du chemin se trouvait un belvédère, où se déroulaient probablement des mariages en petit comité. Décidant qu'ils avaient atteint leur destination (après tout, J. D. n'était pas seul maître à bord), Payton l'entraîna jusqu'à la balustrade qui surplombait l'océan. Puis elle pivota vers lui. La vue avait beau être magnifique, ce n'était pas pour faire du tourisme qu'elle s'était arrêtée là. Sans dire mot, elle se rapprocha de lui et l'embrassa.

J. D. glissa les mains sur la nuque de la jeune femme, et lorsque leurs langues se rencontrèrent, son baiser devint plus avide. À ce contact, le corps de Payton frémit tout entier : elle en voulait plus, elle aussi, elle avait besoin de sentir ses caresses, besoin de le sentir, lui. Elle retint son souffle et étouffa un gémissement quand il la poussa contre la balustrade pour s'immiscer entre ses cuisses. Il quitta sa bouche pour déposer des baisers le long de son cou et de sa clavicule. Mais son audace ne s'arrêta pas là : il s'aventura plus loin encore, à la naissance de ses seins, avant d'écarter sans hésiter le décolleté de sa robe ainsi que les bonnets de son soutien-gorge et de porter enfin la bouche sur sa poitrine.

Cette fois, Payton poussa un gémissement. À peine consciente du bruit des vagues dans son dos, elle se cambra et passa les doigts dans les cheveux de J. D., donnant libre cours à ses pulsions. Attirant de nouveau sa bouche contre la sienne, elle fit courir ses mains le long de son torse. Elle sentit ses abdominaux se raidir au contact de ses doigts, qu'elle posa ensuite sur la boucle de sa ceinture. Et tandis qu'elle défaisait la ceinture, elle l'embrassa goulûment. J. D. s'écarta légèrement.

— Montons dans ma chambre, murmura-t-il.

Payton comprit à l'intonation de sa voix qu'il mourait d'envie de la posséder. À la pensée de lui faire perdre la tête, une série de frissons lui parcourut la colonne vertébrale.

— Nous pourrions peut-être marcher encore un peu. Nous avons toute la nuit.

Et, saisissant la main de J. D., elle la porta à sa bouche. Les yeux rivés aux siens, elle commença par embrasser l'un de ses doigts, puis, sous son regard scrutateur, elle en inséra lentement l'extrémité entre ses lèvres. À l'expression de son regard, elle sut combien ce geste l'excitait. Peut-être avait-elle été la première à gémir, mais, à ce rythme, il ne tarderait pas à l'imiter. Esquissant un cercle du bout de la langue sur son doigt, elle lui lança un regard qui signifiait clairement qu'elle aurait encore plus de plaisir à s'attaquer, avec sa bouche, à une autre partie de son corps…

J. D. passa la main dans la chevelure de la jeune femme pour l'arrêter. Il la fixa, le regard sombre et profond.

— Il faut que je te le dise, Payton ? Je te veux, maintenant.

Le corps de Payton s'embrasa.

Fini de jouer.

Dans l'ascenseur, ils eurent un léger démêlé.

— Tu es à quel étage ?

Tâtonnements. Tâtonnements.

— Au dernier. Les chambres Club.

Fermeture Éclair.

— La mienne est plus proche.

Plus de tâtonnements. Halètements.

— J'ai vue sur l'océan. Bon sang, ce machin commence à m'agacer.

Vêtement déchiré.

— Vue sur l'océan ? Hum… apparemment, tu avais une idée derrière la tête quand tu as réservé la chambre…

Halètements.

— Oh que oui…

Gémissements. Mains agrippant la barre. Respiration lourde.

— Et puis zut, je m'en fiche. Prends-moi ici, J. D. Tout de suite.

Rire malicieux.

— Attends encore un peu.

— Tu me le paieras.

Sourire diabolique.

— J'espère bien.

Arrivé devant la suite, J. D. plaqua Payton contre la porte tout en insérant la carte dans la serrure. Lorsque le déclic familier retentit, il attrapa la jeune femme et l'entraîna avec lui à l'intérieur.

À leur arrivée à l'hôtel, profitant de ce que Payton ne faisait pas attention à lui, il avait demandé qu'on lui attribue une suite plus luxueuse, avec vue sur l'océan. Il avait été pris d'une poussée… d'optimisme.

Ce changement de plan n'eut pas l'air de déplaire complètement à la jeune femme. Sans lâcher sa main, elle fit le tour de la suite, jetant un coup d'œil à l'immense coin séjour, à la chambre et à la salle de bains en marbre munie d'une grande baignoire avec vue sur l'océan, sans oublier, évidemment, le balcon privatif donnant directement sur l'Atlantique.

— Ça te plaît ? s'enquit J. D. une fois qu'elle eut fini l'inspection des lieux.

Payton le gratifia d'un grand sourire.

— Je préfère ne pas savoir combien ça te coûte.

À vrai dire, il avait dû débourser plus de mille dollars de sa poche pour obtenir cette suite. Que devait-il faire ? Continuer à lui laisser croire qu'il vivait comme un nabab, ou bien lui dire la vérité ? Il décida de jouer cartes sur table. Car, ce soir-là, être franc lui avait porté chance.

— C'est pour toi que je l'ai fait.

L'espace d'un instant, cet aveu parut la surprendre. Puis elle l'attira vers elle et l'enlaça.

— C'est tout simplement parfait.

Elle l'embrassa, et en un clin d'œil, ils se retrouvèrent dans la chambre. Les employés de l'hôtel s'étaient chargés d'ouvrir le lit ; la lumière était tamisée. Il sonda les yeux de Payton, dans lesquels il lut ce mélange d'audace et de malice qui la caractérisait. Et puisque la franchise avait si bien fonctionné pour lui jusque-là…

— Enlève ta robe, fit-il.

Payton le défia du regard, laissant entendre qu'elle était sur le point de le contredire. Mais en même temps, le ton brusque de J. D. ne semblait pas lui déplaire.

Elle prit une moue indifférente.

— Facile. Tu t'es déjà occupé de la fermeture Éclair dans l'ascenseur.

Elle haussa une épaule, tira sur une bretelle, et le tour était joué. La robe glissa au sol.

Intéressant.

Et lui qui la trouvait déjà magnifique *dans* sa robe.

Il l'examina de la tête aux pieds, de son soutien-gorge en dentelle noire à son string provocant. Elle n'avait pas encore ôté ses talons aiguilles.

La nuit n'allait pas être de tout repos.

Indiquant d'un geste la dentelle noire, J. D. la défia à son tour.

— Visiblement, je n'étais pas le seul à avoir une idée derrière la tête ce soir. À moins que tu ne sortes ta lingerie fine à chaque dîner professionnel ?

D'un léger coup de pied, Payton envoya valser la robe. Puis elle l'enlaça, posa une main sur sa nuque et glissa l'autre dans ses cheveux. Levant les yeux vers lui, elle lui répéta ses propres paroles comme un écho.

— C'est pour toi que je l'ai fait, dit-elle doucement.

J. D. se perdit dans son regard bleu profond.

Cette fille le rendait complètement dingue. Tout en lui décochant un grand sourire, il la prit dans ses bras et l'entraîna sur le lit.

Parce que, pour cette nuit au moins, Payton lui appartenait.

Pendant près d'une heure, ils se cherchèrent l'un l'autre, jusqu'à ce que Payton rende les armes et finisse par sortir un préservatif de la table de chevet.

J. D. lui prit une jambe, qu'il enroula autour de sa taille, puis il saisit sa main.

— Mets-le-moi, fit-il dans un murmure qui frisait le grognement.

Elle s'exécuta. J. D. lui prit alors l'autre jambe, qu'il fit passer autour de sa taille, et lui plaqua les mains au-dessus de la tête.

Tout en se plaçant au-dessus d'elle, il lui ordonna d'ouvrir les yeux pour le regarder. Après quoi, il prit son visage au creux de ses mains en susurrant son prénom, et elle sut qu'ils venaient d'atteindre la perfection.

Peu après le deuxième round, ils écartèrent les rideaux et firent coulisser les portes-fenêtres de manière à entendre le ressac. Ils étaient étendus l'un en face de l'autre, la lune éclairant leur visage. Tandis que J. D. dessinait des cercles paresseux sur la hanche de Payton, celle-ci ne put s'empêcher de sourire.

— Quoi ? fit-il en baissant les yeux vers son visage, appuyé sur un coude.

— Rien, répliqua Payton. C'est juste que… c'est toi.

J. D. pencha la tête et déposa un baiser sur son épaule.

— Je sais. On s'est dit beaucoup de choses ces huit dernières années.

— Je crois qu'il y a belle lurette que nous aurions dû sauter le pas.

J. D. s'esclaffa.

— Il y a une semaine encore, tu me détestais. Tu te rappelles ?

Payton fit courir ses doigts sur l'avant-bras de J. D., remontant jusqu'à l'épaule, avant de redescendre sur le torse fermement musclé. L'avait-elle jamais vraiment haï ? C'était curieux, parce qu'à présent, elle ne parvenait pas à se lasser de lui. Elle avait toujours supposé que J. D. était en forme – quand on portait si bien le costume, on ne pouvait qu'être en bonne condition physique –, mais à ce point ? Jamais elle ne l'aurait imaginé. À un moment donné, lors de nouveaux ébats, alors qu'elle se trouvait sur lui, il l'avait soulevée comme une plume pour la retourner sur le ventre.

Une question la turlupinait pourtant : J. D. était-il aussi incroyable avec ses autres conquêtes ? Penser que ce qui s'avérait être pour elle le meilleur coup de sa vie n'était peut-être pour lui qu'une banale partie de jambes en l'air lui était insupportable.

Mieux valait mettre de côté les sentiments, songea-t-elle, puisqu'elle ignorait ce qui se passait dans la tête de J. D.

— « Détestais », c'est un terme un peu fort, protesta-t-elle. D'ailleurs, à notre première rencontre, je n'avais rien contre toi. En fait, c'était tout le contraire.

Payton se redressa sur un coude.

— Tu te souviens de notre première rencontre ? De notre premier jour au cabinet, lors de la journée d'accueil ?

J. D. jouait avec une mèche de sa chevelure, la faisant tournoyer entre ses doigts.

— Bien sûr que je m'en souviens. Tu partageais une table avec le reste des collaborateurs du contentieux, et je me suis approché pour me présenter. Tu as dit, je cite : « Alors, c'est vous, le fameux J. D. Jameson ? »

Payton fit un grand sourire. Avant même de débuter au cabinet, elle avait entendu parler de J. D. par les autres juristes du groupe.

— Et toi, tu as répondu : « Moi aussi, j'ai entendu parler de vous, Payton Kendall. »

Elle gardait un souvenir encore très vif de ce qui s'était passé ensuite.

— Après cela, on nous a invités à prendre un siège, et tu t'es assis à côté de moi, et tandis qu'on commençait à nous souhaiter la bienvenue au sein du groupe, tu t'es penché vers moi et tu m'as demandé si j'étais aussi bonne qu'on le disait.

J. D. sourit à cette évocation.

— En guise de réponse, tu m'as jeté un coup d'œil malicieux par-dessus ton épaule en déclarant : « Eh bien, vous en jugerez par vous-même, J. D. Jameson. »

Payton pouffa de rire.

— Dans ta bouche, ça sonne plus coquin que ça ne l'était en réalité.

— Le moins qu'on puisse dire, c'est que tu m'intriguais. C'était avant que tu ne mettes le feu aux poudres, poursuivit-il après une pause.

Payton le considéra longuement. C'était la deuxième remarque de ce genre qu'il laissait échapper.

— Qu'est-ce que tu insinues au juste quand tu dis que j'ai mis le feu aux poudres ?

Il lui lança un regard éloquent.

— C'est drôle que tu ne te rappelles pas ce passage-là... C'était environ une semaine plus tard.

— En fait, d'après *mes* souvenirs, une semaine après, j'essayais encore de flirter avec toi, répliqua Payton. Sans succès, devrais-je ajouter.

J. D. s'assit dans le lit en affichant une expression franchement sceptique.

— Vraiment ? Et tu peux me dire quand précisément, tu aurais prétendument tenté de flirter avec moi ?

À son tour, Payton se redressa.

— Ce n'est pas comme si je m'attendais que tu t'en souviennes, mais c'était dans l'ascenseur. Les portes étaient sur le point de se refermer quand tu es monté. Ce matin-là, tu portais une nouvelle paire de lunettes.

J. D. bondit du lit et se mit à faire les cent pas. Il pointa le doigt sur elle, comme pour indiquer qu'il l'avait coincée. Un geste qui n'intimida pas la jeune femme, d'autant plus que J. D. se trouvait en sous-vêtements. Elle aussi, du reste.

— Oh, mais je me rappelle parfaitement cette conversation, Payton. Au mot près. Je venais de m'acheter ces fameuses lunettes, et toi, tu t'es payé ma tête.

À son tour, Payton sauta à terre et se mit à décrire des cercles autour du lit.

— Qu'est-ce que tu vas chercher là ? s'exclama-t-elle en allumant la lampe de chevet pour mieux le voir. Je ne me suis jamais moquée de tes lunettes.

J. D. réagit au quart de tour.

— Ah ! Tu as la mémoire courte. Permettez-moi de vous la rafraîchir, Ms. Kendall. Tu m'as jeté un regard, et tu as dit – je cite précisément tes paroles : « Sympas, les lunettes, Jameson. On dirait Clark Kent. »

Puis il croisa les bras sur son torse. Et toc !

Payton le fixa.

— Oui, je sais. C'est exactement ce que j'ai dit.

Il leva les mains.

— *Clark Kent* ? Le double empoté de Superman ?
Payton secoua la tête en signe de désapprobation.
— Non, *Clark Kent*, le type qui a l'air d'un intello coincé mais qui est en réalité… superpuissant et tout en muscles sous sa chemise boutonnée jusqu'au menton qui vous donne envie de l'attraper, de mettre en bataille sa coiffure parfaitement gominée et de découvrir avec quelle fermeté cet homme d'acier peut…
J.D l'interrompit d'un signe de la main.
— C'est bon, pas la peine de me faire un dessin.
Payton s'éventa le visage.
— Bref, quand je t'ai comparé à Clark Kent, c'était un compliment.
J. D. s'assit sur le rebord du lit.
— Ah bon.
Une expression très étrange voila alors son regard.
Payton se rapprocha de lui et se cala entre ses jambes. Elle l'enveloppa de ses bras.
— Ça n'a plus aucune importance, J. D. C'était il y a des lustres, dit-elle en le poussant sur le lit pour se mettre à califourchon sur lui. Dis-moi, tu n'aurais pas ces lunettes à portée de main, par hasard ? ajouta-t-elle en lui caressant le torse.
Puis elle lui adressa un clin d'œil, avant de tendre le bras vers la lampe de chevet pour éteindre la lumière.
La voix de J. D. s'éleva dans l'obscurité. Il semblait encore préoccupé.
— C'est que… je croyais que tu te fichais de moi, Payton.
— Mais maintenant, tu sais que ce n'était pas le cas. Alors, où est le problème ?
Silence.
— Attends une seconde…
Elle ralluma la lumière et le dévisagea.
— Je t'en prie, ne me dis pas que c'est cette broutille qui a déclenché cette stupide guerre entre nous ?

Honteux, J. D. tenta d'esquisser un sourire.

— Eh bien… le lendemain, je n'y suis pas allé de main morte devant le groupe pendant ta présentation sur les amendements relatifs à la production des preuves.

— Ça, je m'en souviens ! s'écria-t-elle en lui assenant une tape sur le torse. Tu t'es conduit en véritable enfoiré, en me posant des tonnes de questions tordues : est-ce que, par exemple, j'avais pris le temps de lire les notes du Comité consultatif de la Cour et autres foutaises du même ordre. Et tout ça à cause d'une stupide remarque ? fit-elle en lui donnant un nouveau coup sur le torse. Parce que je t'avais dit que tu ressemblais à Clark Kent ?

— Euh… oui…

Payton glissa de ses jambes.

— Je n'en crois pas mes oreilles ! C'est la chose la plus débile que j'aie jamais entendue de ma vie ! s'exclama-t-elle en ramassant sa robe et ses escarpins. Huit années, J. D. ! Huit fichues années ! Et moi qui pensais qu'on se chamaillait pour des raisons valables, du genre, des questions d'ordre politique ou socio-économique, ou dans le pire des cas, parce que tu es riche alors que ma famille vient des bas-fonds.

Ce dernier commentaire le fit exploser de rire.

— Des bas-fonds ? Tu te crois dans un film de John Hughes de 1985 ? Je me fiche pas mal que ta famille ait du fric ou pas. C'est presque aussi con que de se disputer pour une remarque sur Clark Kent.

Payton enfila sa robe.

— Presque, J. D., mais pas autant. Pas autant.

Elle se rua dans le salon, J. D. sur ses talons.

— Où vas-tu ?

— Je ne sais pas. J'ai besoin de passer mes nerfs sur quelque chose. Autrement, je risquerais de dire un truc que je regretterais.

Elle remettait un de ses escarpins lorsque J. D. s'approcha d'elle. Il lui saisit le poignet et l'écarta de la porte d'entrée.

— Tu ne vas nulle part, déclara-t-il d'un ton ferme. Si tu veux te calmer, tu n'as qu'à le faire là, poursuivit-il en l'entraînant sur le balcon. L'air de la mer te fera le plus grand bien.

Sur ce, il referma la porte derrière lui et se posta devant, de façon à lui bloquer le passage.

Elle croisa les bras et patienta.

J. D. poussa un soupir.

— Écoute, Payton, tu m'en veux, et pour une fois, je comprends pourquoi. Laisse-moi quand même te rappeler que tu n'es pas toute blanche dans cette histoire. Tu n'y es pas non plus allée avec le dos de la cuillère durant ces huit années. Cependant…

Il glissa la main dans la chevelure de Payton.

— Que puis-je dire ? enchaîna-t-il. J'ai merdé. Je suis désolé. Vraiment désolé.

Face à cette démonstration de franchise, Payton se radoucit légèrement. Elle n'ignorait pas que cela lui en coûtait de s'excuser, surtout auprès d'elle. En outre, il avait raison : mis à part la manière dont les hostilités avaient démarré, une fois la guerre déclarée, elle ne s'était pas contentée de rester simple spectatrice.

— C'est que… balbutia-t-elle en se mordillant nerveusement la lèvre inférieure, au début, je t'aimais bien, J. D. J'aurais vraiment voulu que les choses se passent différemment, c'est tout.

J. D. la fixa.

— Moi aussi, Payton. Tu n'imagines pas à quel point.

Il paraissait si sérieux qu'il fut impossible à Payton de continuer à lui en vouloir. Du reste, il était toujours en caleçon, ce qui commençait à la distraire sérieusement. Lui adressant alors un sourire complice, elle le désigna du doigt.

— Tu as l'intention de rester planté devant cette porte toute la nuit ?

J. D. abandonna son poste pour la rejoindre près de la rambarde du balcon, où il la prit dans ses bras.

— Je vais rester, finalement, fit-elle en se calant contre lui.

Ils contemplèrent le spectacle des vagues se brisant sur la plage, et Payton enlaça ses doigts à ceux de J. D.

— Je crois que c'est la première fois qu'on résout un différend si rapidement et de manière si raisonnable. On fait beaucoup de progrès.

— C'est parce qu'on est loin du bureau, déclara J.D, qui semblait fermement convaincu de son argument.

Payton ferma les yeux.

— Le bureau... Ne m'en parle pas.

Cela faisait des heures qu'elle n'avait pas pensé à la compétition qu'ils se livraient pour le poste d'associé, et elle n'avait pas l'intention de gâcher ce moment.

J. D. lui susurra au creux de l'oreille :

— Justement, je me disais... Demain, c'est samedi. On pourrait rester ici une nuit de plus. Franchement, si l'un de nous ne va pas au cabinet, l'autre n'a pas de raison d'y aller non plus.

Payton pivota vers lui.

— Tu veux qu'on reste ici ensemble ?

Il haussa les épaules. Nonchalance réelle ou nonchalance feinte ? Difficile à savoir.

— Tu pourrais transporter tes affaires dans ma chambre dans la matinée, dit-il d'un ton désinvolte.

Payton tourna l'idée dans sa tête pendant quelques instants – du moins fit-elle semblant. À son tour, elle haussa les épaules.

— D'accord. Pourquoi pas ? Je me plais bien ici.

— Dans ce cas, c'est réglé, conclut-il avec un hochement de tête.

— Parfait.

Payton brandit un doigt en l'air.

— En revanche, je paie ma part pour la suite.

J. D. lui décocha un grand sourire.

— Tu sais quoi, Payton ? Ne te gêne pas. À mille cinq cents dollars la nuit, ce n'est pas moi qui t'en empêcherai.

Elle ouvrit des yeux ronds.

— Seigneur ! C'est le prix que ça te coûte ? Hum, fit-elle après un temps d'arrêt.

— Hum, quoi ?

— Vu le tarif de la chambre, heureusement que je n'avais pas prévu de beaucoup dormir.

J. D. s'esclaffa et l'attira contre lui.

— J'aime vraiment beaucoup... ta manière de penser.

Payton sourit. Elle se doutait qu'il avait légèrement transformé la fin de sa phrase. Mais à vrai dire, elle aussi, elle aimait vraiment beaucoup... sa manière de penser.

Alors, elle prit la main qu'il lui tendait et le suivit à l'intérieur.

23

Le lendemain, ils firent la grasse matinée.

Payton ne se rappelait pas la dernière fois qu'elle s'était levée après 7 heures. Elle se réveilla en sursaut peu après 8 heures et faillit piquer une crise de panique en voyant le réveil sur la table de nuit. Mais ensuite, son regard se posa sur l'oreiller voisin, où reposait J. D.

Il remua. En se redressant, elle s'était brutalement dégagée du bras qui l'entourait. Aussi s'empressa-t-elle de se nicher de nouveau contre lui, en priant pour ne pas l'avoir réveillé. Elle voulait qu'il dorme. Il en avait besoin. Bon sang, ils en avaient besoin tous les deux. Non seulement parce que la nuit avait été mouvementée – et elle ne s'en plaignait pas, loin de là – mais surtout parce qu'ils venaient de vivre deux semaines éprouvantes.

Et ce n'était pas fini. Certes, en passant une journée supplémentaire à Palm Beach, il ne leur resterait plus qu'une journée de travail à effectuer. Le plus dur toutefois était encore à venir, car la date clé était fixée au mardi : ce jour-là, le cabinet choisirait l'un d'eux comme associé au détriment de l'autre.

Depuis qu'ils avaient atterri en Floride, ils n'avaient pas mentionné la décision qui leur pendait au nez.

Pourtant, cette pensée hantait Payton, et nul doute que J. D. y songeait lui aussi.

Comme c'était étrange de se dire qu'elle allait passer toute la journée, ainsi que la nuit suivante, avec lui... Qui eût cru, à peine un mois plus tôt, qu'elle partagerait un lit dans une suite du *Ritz-Carlton* avec vue sur l'océan en compagnie de celui qui avait été, huit années durant, son ennemi juré ? Et pourtant, ce matin-là, cela lui semblait... naturel.

C'était d'ailleurs ce qui l'effrayait le plus, parce que, qu'ils le veuillent ou non, un changement radical allait s'opérer dans leur vie le mardi suivant.

Payton se lova au creux de son bras. Elle ne voulait pas y penser. Pas encore, du moins. Pour l'heure, la seule question qu'elle acceptait de se poser, c'était de savoir s'ils allaient descendre prendre leur petit déjeuner en terrasse ou s'ils feraient plutôt appel au service d'étage.

Tandis qu'elle fermait les yeux, décidée à se rendormir, les pensées se bousculèrent dans son esprit : d'ordinaire, ç'aurait été contre tous ses principes de dépenser mille cinq cents dollars, ou même la moitié de cette somme, pour une nuit d'hôtel. Mais, par ailleurs (c'était ainsi qu'elle s'arrangeait avec sa conscience, et ça ne regardait qu'elle), elle avait à peine touché aux trois semaines de congé que le cabinet lui octroyait chaque année. Et puis zut ! conclut-elle. Elle avait bien le droit de s'amuser un peu le temps d'un week-end.

S'amuser. Payton rouvrit les yeux et regarda J. D. Leurs rapports se résumaient-ils à cela ? Une pure distraction ?

Quelque part en elle, elle savait qu'elle aurait mieux fait de quitter au plus vite cette chambre et de filer à l'aéroport pour attraper le premier vol en partance pour Chicago. À vouloir prolonger la situation, elle allait finir par se brûler les ailes.

Mais ensuite, elle observa J. D., profondément endormi. Ses paupières s'agitèrent légèrement avant de s'immobiliser de nouveau. Elle ne l'avait jamais vu si serein.

Elle se blottit contre lui et bâilla. Ah, et puis tant pis ! Elle allait rester.

Sinon pour une autre raison, du moins pour voir comment il résoudrait le dilemme du petit déjeuner.

— Que dirais-tu de t'essayer au golf cet après-midi ?

Payton avala sa gorgée de jus d'orange fraîchement pressé, posa le verre sur la table et releva les yeux sur J. D., assis en face d'elle.

— Très peu pour moi, répliqua-t-elle.

Sans oublier de sourire pour adoucir sa réponse.

Finalement, le service d'étage l'avait emporté. Ils n'avaient en fait pas vraiment eu le choix : alors que l'hôtel mettait à la disposition des clients toute une panoplie d'articles de toilette, les deux seules tenues que Payton avait sous la main se résumaient à une petite robe noire à la fermeture Éclair déchirée et à un peignoir de bain. Et même si le peignoir se prêtait à un petit déjeuner sur le balcon de la suite, la question demeurait de savoir ce qu'elle allait bien pouvoir porter pour retourner à sa chambre et récupérer ses affaires.

Peut-être pourrait-elle enfiler par-dessus sa robe un tee-shirt ou une veste de J. D., le temps de redescendre. Bien sûr ! Et pourquoi ne pas se coller l'étiquette suivante sur les fesses : « Bien le bonjour, gens fortunés, je viens de passer la nuit dans la chambre d'un homme » ?

Mais le fil de ses pensées fut brusquement interrompu.

— Je me disais que ça pourrait être sympa si je te donnais un cours, reprit J. D., qui avait de la suite dans les idées.

Payton lui adressa un grand sourire tout en tartinant de beurre son muffin aux myrtilles.

— C'est sûr, ça serait vraiment sympa. Pour toi.

— Allons, Payton, poursuivit-il en tentant de l'amadouer. Tu n'as pas envie d'élargir ton horizon ? D'essayer quelque chose de nouveau ? D'avoir un aperçu de « mon monde », comme tu aimes à l'appeler ?

Elle inclina la tête.

— Tu sais quoi : c'est toi qui as raison. Élargissons tous les deux notre horizon. J'apprendrai à jouer au golf cet après-midi, et toi, de ton côté... Attends, laisse-moi réfléchir...

Elle fit semblant de chercher une contrepartie.

— Ça y est ! s'exclama-t-elle au bout de quelques instants en pointant un doigt sur lui. Toi, tu mangeras végétarien tout le reste du week-end. C'est un marché plutôt équitable, tu ne trouves pas ? fit-elle en haussant les épaules d'un air neutre.

J. D. considéra un instant l'idée. Puis il sourit et proposa à la place :

— Troisième solution : nous pouvons nous contenter d'aller à la plage.

Sur ces mots, il prit une tranche de bacon dans son assiette et la croqua avec un plaisir évident, avant de lui adresser un clin d'œil.

— Voilà une idée qui me plaît, approuva Payton en ramenant les jambes sous elle et en se renversant en arrière pour embrasser le spectacle de l'écume des vagues venant se briser sur le sable.

Oui, la plage, c'était une excellente idée.

Peu de temps après, Payton dévalait les quatre volées de marches conduisant à son étage. Ce n'était peut-être pas idéal en talons aiguilles, mais elle s'était dit qu'en empruntant l'escalier, elle aurait moins de chances de rencontrer des gens que dans l'ascenseur, et qu'elle limiterait par conséquent les risques qu'on remarque l'ouvrage de raccommodage qu'ils avaient fait subir à sa robe.

Ils avaient réussi à fermer la fermeture Éclair avec une épingle trouvée par miracle dans la suite. Tandis qu'il plantait l'épingle dans la robe, J. D. avait saisi l'occasion pour lui déposer un baiser dans le cou, puis ses mains s'étaient peu à peu égarées, et bien qu'il ne restât que peu de temps à Payton pour libérer sa chambre, il l'avait plaquée contre le mur et s'apprêtait à passer aux choses sérieuses lorsque la sonnerie du téléphone avait retenti. C'était l'agence de voyages, qui rappelait pour déplacer leur vol de retour au lendemain. Payton en avait profité pour filer, laissant J. D. se débrouiller pour expliquer qu'ils souhaitaient tous les deux changer leur vol, mais que seul l'un d'entre eux désirait réserver une seconde nuit à l'hôtel. Faites le rapprochement.

Une fois dans sa chambre, Payton vit qu'il lui restait tout juste assez de temps pour une petite douche avant de débarrasser les lieux. Mais chaque chose en son temps. Elle sortit son BlackBerry pour passer en revue ses e-mails. Heureusement, le samedi, les choses étaient plus calmes. Parvenue à la fin de la liste, elle découvrit un message de J. D., expédié à peine cinq minutes auparavant. Elle l'ouvrit et lut :

Arrête de vérifier tes e-mails et ramène-toi.

Payton éclata de rire. Venant de J. D., c'était presque fleur bleue. Elle se doucha, se prépara, fourra ses affaires dans sa valise, et en deux temps trois mouvements, elle était de retour à l'étage Club et insérait dans la serrure le double de la carte que J. D. lui avait confié.

La carte de *leur* suite, songea-t-elle. Connaissant leur histoire, c'était plutôt irréel de les imaginer partageant quoi que ce soit. Payton casa sa valise dans un placard, songeant qu'elle verrait plus tard où ranger ses affaires. Mais alors qu'elle était sur le point de pénétrer dans le salon, elle s'arrêta dans le couloir carrelé de marbre, hésitante.

Et si c'était une très mauvaise idée ?

Peut-être auraient-ils dû se quitter sur une note positive. La nuit avait été idyllique. Et s'ils n'étaient pas censés en attendre plus de leur histoire ? Une seule et unique nuit de folie, dont elle censurerait ou remanierait quatre-vingt-quinze pour cent des détails lorsqu'elle la raconterait à Laney, une fois de retour à Chicago. Et si, à présent, à la lumière du jour, la situation changeait du tout au tout ?

Elle entendit J. D. s'affairer dans la salle de bains. D'après les bruits d'éclaboussures suivis de pauses, il devait se raser. Elle jeta un coup d'œil discret vers la salle de bains. La porte était entrouverte, aussi frappa-t-elle doucement. Il lui dit d'entrer, ce qu'elle fit, et…

… elle faillit se pincer pour s'assurer qu'elle ne rêvait pas.

— Salut, toi, fit J. D. en lui décochant un sourire, tout en se passant une serviette sur le visage.

Il était torse nu, mais c'était une autre partie de son corps, située un peu plus au sud, qui accaparait l'attention de Payton.

Un jean. J. D. Jameson portait un *jean*.

Il surprit son expression dans le miroir.

— Qu'est-ce que c'est que ce regard ?

Admirant le spectacle, elle s'appuya contre le chambranle.

— Rien. Je ne savais pas que tu avais des jeans dans ta garde-robe, c'est tout.

À son tour, il lui lança un regard appuyé.

— Bien sûr que j'ai des jeans.

Payton s'avança dans la salle de bains.

— J'ignorais que les tailleurs de la Reine travaillaient le denim, le taquina-t-elle.

En vérité, elle adorait : ça lui donnait un côté chic et sexy à la fois, très homme d'affaires classique en tenue sport du week-end. Sans oublier qu'il était torse nu.

— Très drôle, répliqua J. D.

Il attrapa le polo à manches courtes jeté nonchalamment sur le meuble placé sous le lavabo.

Oh non, hors de question. En deux pas, Payton l'avait rejoint et l'avait pris par la taille pour l'empêcher d'enfiler son haut. Elle se hissa sur la pointe des pieds et l'embrassa.

— C'est en quel honneur ? s'enquit J. D.

Payton sourit.

— Je ne sais pas… Je crois que tu m'as manqué.

C'était sorti tout seul. Elle s'empressa d'ajouter, pour atténuer l'effet de ses paroles :

— Il est fort possible aussi que tu me fasses beaucoup d'effet dans ce jean.

J. D. baissa les yeux vers elle pour la dévisager. Elle sentit qu'il hésitait à la questionner sur son aveu involontaire. Mais, à la place, il se contenta de sourire.

— Dans ce cas, je ferais peut-être mieux de ne plus jamais l'enlever.

En son for intérieur, Payton poussa un soupir de soulagement. Plaisanteries. Jeux de séduction. Bien. Ça, au moins, elle savait gérer. Elle fit courir ses mains sur le torse de J. D. Qu'elle le veuille ou non, il lui avait effectivement manqué. Même s'ils s'étaient quittés à peine une heure plus tôt.

— Mon petit doigt me dit que je n'aurais pas trop de mal à te convaincre de l'enlever, dit-elle.

— Tu peux toujours essayer, répliqua-t-il. Ce n'est pas moi qui vais m'en plaindre.

Il se pencha pour l'embrasser, et Payton sut que le moment d'hésitation qu'elle avait ressenti un peu plus tôt n'avait pas de fondements.

Quelle que soit la nature de leurs rapports, il leur restait encore des choses à vivre ensemble.

La journée passa beaucoup trop vite.

Il était 13 heures passées lorsqu'ils finirent par sortir sous le soleil éclatant. S'ils avaient prévu des vêtements de rechange, aucun d'eux n'avait en revanche pensé à emporter son maillot de bain. J. D. aurait bien aimé voir Payton en bikini, mais il déclara qu'il était hors de question pour lui de porter un maillot provenant du magasin de souvenirs d'un hôtel. Cela amusa beaucoup Payton, qui le traita de snobinard, mais qui troqua néanmoins sans rechigner la baignade contre une balade le long de la plage.

Ils ne marchèrent pas longtemps. Leur promenade les conduisit à un café en bord de mer, où ils déjeunèrent et se désaltérèrent ; Payton fut aussi choquée d'entendre J. D. commander une bière qu'elle l'avait été de le voir en jean. Au moment de regagner l'hôtel, une agréable sensation de chaleur et d'intimité s'était immiscée en eux.

Un peu par commodité, un peu par fainéantise aussi, et puisque, de toute façon, la vue y était imprenable, ils dînèrent sur la terrasse du *Ritz-Carlton*, face à l'océan. La « scène du crime », comme Payton l'appela au moment où ils commandèrent une bouteille de vin, une dénomination que J. D. approuva en partie – après tout, c'était là que tout avait commencé. Mais, en vérité, tout avait débuté huit ans auparavant, lors de la journée d'accueil du cabinet, quand il s'était approché de la plus belle femme qu'il eût jamais vue pour lui être présenté.

J. D. ne se serait jamais décrit comme quelqu'un de particulièrement sensible ou romantique, et s'il avait eu des penchants de la sorte, il les aurait cachés sans hésiter sous le masque de l'avocat rationnel qu'il arborait. Il était toutefois suffisamment à l'écoute de ses émotions pour se rendre compte que ce week-end avec Payton avait été parfait et qu'il voulait passer plus de temps en sa compagnie.

Cependant, il n'avait pas la moindre idée de ce qu'elle voulait de son côté. Il avait la sensation qu'elle refoulait ses sentiments. Son meilleur souvenir du week-end demeurait cet instant dans la salle de bains où elle lui avait avoué qu'il lui avait manqué. Rares étaient les moments où elle baissait la garde.

Tôt ou tard, il le savait, il faudrait qu'il ait une discussion sérieuse avec Payton. Et si elle ne prenait pas le taureau par les cornes, il le ferait. Car s'il était une leçon qu'il avait tirée de ce stupide malentendu à propos de Clark Kent, c'était qu'il était inutile de perdre son temps à deviner ce qui se passait dans la tête de Payton Kendall.

— Avoue-le, tu étais une vraie mégère à l'université. Je me trompe ?

La question de J. D. fit sourire Payton, qui secoua la tête.

— Quand je suis entrée en fac de droit, ma période de rébellion était déjà quasiment passée. En première année d'université, sans doute poussée par ma mère, je protestais contre… à peu près tout. Mais à la fin du premier cycle, j'ai dû finir par me lasser… d'en vouloir sans cesse au monde entier, conclut-elle après avoir cherché les mots justes.

Étendus sur le lit, comme la veille, ils écoutaient le bruit du ressac qui leur parvenait par la porte-fenêtre ouverte. De fil en aiguille, la conversation avait pris un tour à la fois léger et romantique.

— J'aurais aimé te connaître à cette époque-là, répliqua J. D.

Nichée au creux de son bras, Payton ne distinguait pas son visage, mais elle entendit un sourire dans sa voix.

— Je t'assure que non, objecta-t-elle, catégorique. Tu vois ma mère ? Eh bien, imagine-la, en plus jeune et en légèrement moins belliqueux.

— Vu que nous sommes au lit, nus comme des vers, je préfère ne pas m'imaginer ta mère, merci. En même temps, je suis curieux de savoir ce qu'elle a pensé de moi, ajouta-t-il en lui prenant le visage pour qu'elle le regarde. Est-ce que j'ai fait si mauvaise impression ?

— Par principe, ma mère déteste tous ceux que je lui présente, répondit Payton de manière évasive.

J. D. la regarda avec insistance.

— OK, très bien. Disons que tu ne lui as pas particulièrement tapé dans l'œil, concéda-t-elle.

— Et ça t'embête ?

Payton songea que c'était une question plutôt étrange.

— Non, pas du tout.

Elle avait cessé de vouloir plaire à sa mère bien des années auparavant.

Cette réponse parut soulager J. D. Et bien qu'elle eût une petite idée de ce qui l'avait poussé à poser cette question, elle préféra, une fois encore, changer le tour de la discussion en adoptant un ton léger et taquin.

— Et si nous parlions plutôt de toi à l'époque de la fac ? suggéra-t-elle.

— Non.

— Ah bon ?

D'un geste leste, il retourna Payton, les enveloppant tous les deux dans les draps, de sorte qu'elle se retrouva piégée sous lui. Il la fixa avec une expression à la fois coquine et sérieuse.

— Je préfère parler de ce qui va se passer à notre retour à Chicago.

Payton croisa son regard. D'accord. Très bien. Franchement, elle se sentait soulagée qu'ils abordent enfin la question.

— J'y ai pensé, répondit-elle. Beaucoup, en fait.

— Et ?

— Je viens sans doute de passer les deux plus belles nuits de ma vie, poursuivit-elle. Si seulement nous pouvions faire en sorte que cette relation dure à Chicago, d'une manière ou d'une autre… Je redoute toutefois ce qui pourrait découler de la décision de mardi.

Elle lut dans son regard qu'il partageait sa crainte.

— Moi aussi, ça me travaille, avoua-t-il.

— Je ne veux plus te haïr, J. D., fit-elle en lui caressant le visage.

Il lui prit la main.

— Tu n'avais pas dit qu'il n'y avait jamais eu de haine entre nous ? objecta-t-il d'un ton léger, bien que l'expression de son visage demeurât grave.

— Le problème, c'est que nous briguons tous les deux ce poste, expliqua Payton. Que va-t-il arriver à celui qui restera sur la touche, celui qui devra plier bagage, passer des entretiens d'embauche et recommencer à zéro dans un autre groupe ? J'aimerais pouvoir t'assurer que je ne t'en voudrai pas si c'est toi qui l'emportes, que je pourrai ravaler ma colère et mon humiliation, mais franchement, ce serait te mentir. Je me connais trop bien. Et je te connais toi aussi, d'ailleurs.

Elle sonda son regard, guettant une réaction de sa part. Tout d'abord, il ne fit rien, puis il s'écarta d'elle en roulant sur le dos, un bras replié sous la tête.

— En d'autres termes, c'est fini ?

Payton sentit son cœur se serrer.

— En d'autres termes, nous devrions attendre de voir comment ça se passe mardi. Ensuite, nous aviserons. Ne m'en veux pas, ajouta-t-elle doucement après s'être rapprochée de lui pour le forcer à la regarder.

J. D. tourna la tête vers elle.

— Ce n'est pas contre toi que je suis en colère, c'est contre cette situation.

Ne sachant que répondre, Payton se contenta de l'embrasser tout en prenant son visage dans ses mains, espérant que ce geste au moins saurait exprimer ce qu'elle ressentait. Lorsqu'il l'enlaça et l'attira contre lui, le menton posé sur le sommet de son crâne, Payton ferma les yeux pour savourer cet instant et se força à chasser de son esprit les déceptions qui se profilaient à l'horizon.

J. D. fit contre mauvaise fortune bon cœur : Payton avait pris sa décision, il devait s'y plier.

En un sens, il partageait ses craintes. Une fois le mardi venu, il se pouvait que l'un d'eux prenne l'autre en grippe. Et étant donné l'animosité dont s'étaient nourris leurs rapports pendant huit ans, qui pouvait prédire ce qui sortirait de cette nouvelle épreuve ?

Certes, il n'était pas d'accord avec cette démarche consistant à aviser en temps voulu, mais hors de question de lui en faire part. Inutile de gâcher le reste de leur séjour à se disputer. Il n'aborda donc plus le sujet de la nuit.

Le lendemain matin, lorsqu'il réveilla Payton en se glissant sur elle pour lui déposer un baiser au creux du cou, résolu à profiter du temps qu'il leur restait, il n'aborda pas non plus la question.

Au petit déjeuner, tandis qu'ils envisageaient en plaisantant de faire passer leur week-end en note de frais, et qu'ils se figuraient la tête de Ben, d'Irma, de Kathy et de tout le reste du bureau s'ils venaient à apprendre comment ils avaient occupé ces deux jours, il se garda d'évoquer le sujet.

Et pendant le vol, tandis que la tête de Payton reposait sur son épaule et qu'il lui tenait la main sur l'accoudoir, il ne mentionna pas davantage le problème.

Enfin, quand l'avion atterrit à l'aéroport O'Hare de Chicago et que Payton lui adressa un sourire triste et mélancolique, J. D. sentit son cœur flancher, car il sut alors qu'elle lui échappait.

Mais même à ce moment-là, il ne pipa mot.

Lorsque le taxi se gara devant chez elle, en plein après-midi, Payton prit brusquement conscience que le week-end touchait à sa fin. Elle se tourna vers J. D. sans avoir la moindre idée de ce qu'elle allait bien pouvoir lui dire, mais à sa grande surprise, il était déjà en train de descendre de voiture. Il prit sa valise et demanda au chauffeur de l'attendre en précisant qu'il n'en aurait que pour quelques minutes.

Une fois dans le bâtiment, il porta la valise à l'étage pour la déposer devant chez elle. Et quand elle ouvrit la porte et qu'elle pénétra à l'intérieur, il resta sur le seuil.

— Le taxi m'attend, fit-il.

Elle hocha la tête.

— Merci d'avoir monté ma valise.

Piteuse réplique. Cela faisait à peine quelques minutes qu'ils étaient de retour, et elle détestait déjà la tournure que prenait leur relation. Elle s'appuya contre l'encadrement de la porte.

— Je ne veux pas qu'il y ait de malaise entre nous.

— Moi non plus, répliqua J. D.

Après une hésitation, il poursuivit :

— Il y a une chose que je veux te dire depuis un moment, qu'il faut que tu comprennes…

Payton se surprit à retenir son souffle.

— … je n'ai pas l'intention de te courir après.

Elle cligna des yeux. Elle s'attendait à tout sauf à cela.

— Tu as pris ta décision, enchaîna J. D. Tu préfères attendre de voir comment se passent les choses une fois la nomination connue, ce que je comprends. Et bien que je ne t'en veuille pas, je ne sais pas trop ce que tu attends de moi. Du coup, pour que les choses soient claires, je préfère te prévenir que...

— Tu n'as pas l'intention de me courir après, acheva Payton. J'ai bien compris. C'est clair comme de l'eau de roche.

Qu'est-ce qui l'agaçait le plus ? Que J. D. croie qu'elle était le genre de femme à vouloir qu'on lui coure après ? Ou bien d'être secrètement ce genre de femme ?

Il esquissa un sourire.

— Bien. Je ne voulais pas que tu t'attendes que je me ramène au pied de ta maison en mettant du Peter Gabriel à fond dans ma voiture.

Payton laissa échapper un éclat de rire à cette pensée.

— Serais-tu trop fier pour faire ça ? le taquina-t-elle.

Bien qu'elle plaisantât, J. D. prit soudain un air grave.

— Oui, dit-il doucement. Avec toi, je le suis, Payton, ajouta-t-il en lui caressant le menton. En fait, seulement avec toi.

Tandis qu'il soutenait son regard, elle prit conscience qu'elle l'avait sans doute coupé dans son élan, qu'il avait peut-être cherché à lui en dire bien plus qu'elle ne l'avait cru au début. Elle n'eut toutefois pas le temps de rectifier le tir, car il avait déjà tourné les talons, descendu l'escalier et quitté le bâtiment.

Elle referma la porte et se dirigea directement vers la fenêtre qui donnait sur la rue, d'où elle regarda J. D. remonter dans le taxi. Longtemps après le départ de la voiture, elle fixait encore la vitre, le regard dans le vide, passant et repassant inlassablement les mots de J. D. dans son esprit.

La situation la dépassait. Après un week-end aussi éprouvant, elle avait besoin de conseils, d'une personne au regard neuf, avec qui elle pourrait passer en revue les événements des deux derniers jours, quelqu'un avec qui disséquer les moindres tons et expressions faciales, quelqu'un qu'elle savait expert dans l'art nébuleux d'interpréter les paroles. Quelqu'un qui serait capable de la comprendre, elle, ainsi que l'ennemi.

En d'autres termes, il lui fallait recourir à son *consigliere*.

Aussi décrocha-t-elle le téléphone pour appeler Laney.

24

La porte de la maison s'ouvrit, et Laney apparut. Payton s'engouffra à l'intérieur, pressée d'échapper à la pluie qui n'avait pas cessé depuis l'instant où elle avait sauté dans un taxi pour se rendre chez son amie.

D'un commun accord, elles avaient décidé de faire l'impasse sur le café qui était leur lieu de rendez-vous habituel. D'une part parce que Nate était sorti avec des copains, et d'autre part parce que Payton, déjà très tendue, pouvait se passer d'une dose supplémentaire de caféine.

Au téléphone, elle était restée évasive, se bornant à dire à Laney qu'elle avait besoin de lui parler. Mais à peine eut-elle posé le pied chez son amie, dont l'intérieur impeccable semblait tout droit sorti d'un magasine de décoration branché, qu'elle entra dans le vif du sujet, n'y tenant plus.

— Il faut que je te raconte ce qui s'est passé ce week-end, lâcha-t-elle.

Elle posa consciencieusement son sac à main sur la console placée à côté de la porte d'entrée, au lieu de le jeter sur le canapé du salon (ce qu'elle aurait fait chez elle), car, comme Laney le lui avait fait remarquer la seule et unique fois où elle avait commis cette erreur, elle n'était *pas* chez elle.

— Ça va sûrement te faire un choc, alors je ne vais vais pas y aller par quatre chemins, poursuivit-elle avant de s'interrompre. Attends une seconde, je viens de me rendre compte que je ne t'ai pas encore annoncé que j'ai rompu avec Chase.

— Non, en effet, souligna Laney d'un ton lourd de reproches, tout en veillant à ce que Payton s'essuie les pieds sur le paillasson de l'entrée. C'est Nate qui a dû me l'annoncer.

— Je sais, je sais, et j'en suis navrée, mais tout s'est enchaîné si vite, ces derniers jours ! Je m'apprêtais à t'en parler quand le voyage en Floride m'est tombé dessus.

Payton hasarda un pied hors du paillasson. Voyant que Laney ne disait rien, elle interpréta son silence comme le signe qu'elle avait le feu vert pour accéder à la maison.

Elle pénétra dans le salon.

— Si ça peut te consoler, tu es la première et la dernière personne à qui je vais raconter ce qui suit.

Elle pivota vers son amie.

— J'ai couché avec J. D.

Laney en resta bouche bée.

— Je sais, fit Payton en souriant. Bordel, Laney ! J'ai couché avec J. D.

Laney se ressaisit.

— Où ça ? Quand ça ?

— Ce week-end. À Palm Beach. On a pris l'avion pour retrouver Jasper Conroy ainsi que le nouveau directeur juridique de la société Gibson. Laney, ajouta-t-elle en regardant son amie droit dans les yeux, c'était incroyable.

Puis elle désigna la cuisine, au bout du couloir.

— Ça te dérange si je vais me chercher un verre d'eau ?

Zut ! Rien qu'en se repassant mentalement le week-end, elle avait les joues en feu. Tandis qu'elle se dirigeait vers l'autre extrémité du couloir, elle se lança dans les détails de son récit.

— Je ne sais même pas par où commencer…

— En fait, Payton, peut-être que tu devrais…

— Bon, on a remis le couvert, genre, un milliard de fois. Et je veux dire par là, comme des bêtes, un peu partout, dans le lit, par terre, sur le bureau, dans la douche… D'ailleurs, je suis sûre que les malheureux de la chambre voisine nous ont entendus cette fois-là… Ce qui me fait penser : est-ce que Nate et toi, vous avez cette espèce de siège qu'on installe dans la douche ?

— Oui, on en a un, mais…

— Tant mieux, parce qu'il faut absolument que je te raconte l'astuce que j'ai trouvée, et qui est vachement pratique quand tu…

— Je pense que le moment est vraiment mal choisi pour entrer dans les détails…

Sans se retourner, Payton agita la main par-dessus son épaule.

— Comme tu voudras. Plus tard, dans ce cas. Bref, je n'aurais jamais cru que J. D. était aussi porté sur la chose – et je ne te parle même pas de son corps, qui est… miam-miam… Oh, les choses que j'ai faites à cet homme – mais je n'en dirai pas plus. Et cette façon qu'il avait de me regarder, et je ne te parle pas des mots qu'il me susurrait à l'oreille ! C'était tellement sexy ! Comme, par exemple, lorsqu'il m'a plaquée contre le mur et qu'il m'a dit qu'il voulait…

Elle s'interrompit à l'instant même où elle tournait dans la cuisine.

Nate et cinq autres types se tenaient près du comptoir.

Ils n'avaient pas manqué une miette de ses paroles.

Lorsque Laney parvint à son tour dans la pièce, les six hommes étaient figés sur place, bouche bée.

Payton lui lança un regard noir.

— Dis donc, tu ne m'avais pas dit que Nate avait un match de softball ?

D'un geste de la main, Laney indiqua la fenêtre, derrière laquelle la pluie tombait dru.

— Annulé.

Nate, qui avait enfin retrouvé l'usage de la parole, se tourna vers sa femme pour lui poser la question qui le titillait :

— C'est comme ça que vous parlez entre vous ? demanda-t-il en désignant tour à tour les deux femmes.

— Oui, répondit Laney en haussant les épaules.

À cette réponse, un bourdonnement d'agitation parcourut les six représentants de la gent masculine.

Ah, les hommes. S'ils savaient !

Payton jeta un coup d'œil à Laney.

— Tout bien considéré, on ferait peut-être mieux d'aller au café, suggéra-t-elle en haussant les sourcils, l'air à la fois furibond et embarrassé.

— Étant donné ce que j'ai entendu jusque-là, ce n'est pas un café qu'il me faut mais un bon remontant, fit Laney.

Elle décrocha sa clé du mur, avant de s'approcher de son mari pour lui déposer un baiser chaste sur la joue.

— Je vais en avoir pour un petit moment. Il y a des lasagnes dans le frigo.

Nate hocha la tête.

— D'accord. Appelle-moi quand tu montes dans le taxi pour rentrer.

Puis il marqua une pause, et, jetant un bref coup d'œil en direction de Payton, il ajouta à voix basse dans l'oreille de sa femme :

— Et essaie de découvrir l'astuce du siège dans la douche.

Vu le temps, elles décidèrent de ne pas trop s'éloigner et sautèrent dans un taxi qui les conduisit non loin de chez Laney, au *404 Wine Bar*. L'ambiance intime de l'endroit convenait parfaitement à Payton, qui était d'humeur à se confier. Laney et elle se laissèrent tomber dans le canapé en cuir en face de la cheminée. Quand la serveuse se présenta, Payton commanda une sélection de vins rouges, songeant qu'en pareil soir, mieux valait rassembler toutes les tournées en une. Laney suivit son exemple.

Payton lui lança un regard.

— Dis donc, j'ai failli avoir une crise cardiaque quand tu m'as annoncé que ces gars faisaient partie de l'équipe de softball de Nate. Je m'attendais à voir surgir Chase qui aurait tout entendu de mon récit.

— En fait, d'après Nate, il avait un rendez-vous galant ce soir. C'est comme ça que j'ai compris que vous aviez rompu. J'imagine que, vu tout ce qui s'est passé avec J. D., ça ne te pose pas de problème ?

Payton secoua la tête.

— Absolument aucun. D'ailleurs, ça me fait plaisir pour lui.

Elle appréciait Chase. Si les circonstances avaient été différentes, peut-être que... Non, même dans ce cas-là, ça n'aurait pas collé. Mais il n'en restait pas moins un chic type.

La serveuse revint avec leur commande. Lorsqu'elle s'éloigna, après leur avoir décrit les quatre vins compris dans la sélection, Payton songea qu'il était temps de raconter son histoire. La version interdite aux moins de douze ans, du moins. Laney écouta d'une oreille attentive, avant de mettre les pieds dans le plat, avec une question d'une franchise très surprenante chez elle.

— Alors, c'était juste sexuel ? demanda-t-elle.

Elle leva une main pour corriger, affichant une expression plus douce :

— Ne te méprends pas. Je ne te juge pas.

Payton secoua la tête.

— Non, ce n'était pas purement sexuel, riposta-t-elle.

Et, pour l'heure, c'était bien la seule certitude qu'elle avait.

— Mais c'est la partie la plus facile à aborder. Je pense que ça fait un bout de temps que j'ai des sentiments pour J. D., ajouta-t-elle après une hésitation.

Son aveu fit rire Laney.

— Ah bon ? Tu crois cela ? railla-t-elle.

Payton se redressa.

— Eh bien, si tu étais au courant, pourquoi tu ne m'as rien dit ?

— Ce n'est pas faute d'avoir essayé. Pendant des années, je t'ai encouragée à te rabibocher avec lui.

— Je pensais que c'était une sorte de serrage de coudes entre républicains.

— Non, c'est parce que j'ai toujours pensé que vous aviez juste besoin de repartir sur de bonnes bases, rétorqua Laney en prenant une gorgée du deuxième vin, un pinot d'Afrique du Sud. D'ailleurs, pendant que vous vous envoyiez en l'air, vous n'auriez pas réussi à mettre le doigt sur l'origine de votre querelle, par hasard ?

— Tu n'en croirais pas tes oreilles si je te le disais… « Pendant que vous vous envoyiez en l'air » ? Qu'est-ce qui te prend de parler comme ça ? s'étonna Payton en jetant un regard amusé à son amie.

— Nous autres républicains pouvons aussi être grossiers, mais pas au-delà de ça.

Payton repensa à un épisode de son week-end avec un certain républicain qu'elle avait censuré dans sa version soumise au contrôle parental.

— Oh, je n'en mettrais pas ma main à couper, à ta place. Je ne t'ai pas encore parlé de ce qui s'est passé samedi soir, tandis que nous regagnions notre suite après le dîner. J. D. m'a plaquée contre le bureau et m'a sorti…

Laney leva une main pour la faire taire.

— N'en dis pas plus, sinon je ne pourrai plus le regarder dans les yeux. Je travaille avec lui, tu te rappelles ?

Elle avait dit cela en plaisantant, mais sa remarque eut pour effet de dégriser immédiatement Payton.

— Et tu penses qu'après mardi, tu travailleras toujours avec lui ? demanda-t-elle posément.

En voyant l'expression de son amie, Laney prit à son tour un air grave.

— Honnêtement, Payton, je ne sais pas du tout qui sera nommé.

Payton fit tourner le vin dans son verre, feignant d'examiner les larmes qui se formaient le long des parois.

— S'ils ne me choisissent pas, j'ignore si j'aurai un jour la force de regarder de nouveau J. D. en face. Je ne supporterais pas l'idée qu'il ait pitié de moi, ajouta-t-elle en avalant une gorgée de vin. Évidemment, dans le cas inverse, il réagira exactement de la même façon. D'une manière ou d'une autre, c'est fichu pour nous.

Laney poussa un soupir.

— C'est une situation délicate.

— Allons, Laney, j'attends mieux de toi. Après tout, tu es mon *consigliere*.

Puis, voyant la mine perplexe de son amie, elle précisa :

— C'est dans *Le Parrain*.

Laney croisa les mains sur ses genoux.

— Ah, je ne l'ai jamais vu. Trop violent à mon goût. En tout cas, ma première recommandation, en tant que *consigliere* – ou je ne sais quoi –, c'est que tu arrêtes de voir J. D. comme ton ennemi.

Laney marquait un point.

Mais elle ne s'arrêta pas là.

— Demande-toi ce que tu ressens vraiment pour lui. Vous avez déjà sauté le pas, alors il serait temps que tu arrêtes de te voiler la face, il me semble.

Tout en tournant la question dans sa tête, Payton considéra son amie. Puis elle esquissa un sourire.

— Je suis dingue de lui. Dans tous les sens du terme. Parfois, il me pousse carrément à bout, au point de me rendre complètement folle. Pourtant…

Laney sourit à son tour.

— Tu es amoureuse ?

— C'est une question très personnelle, non ? rétorqua Payton en se sentant virer au cramoisi.

Laney leva les bras au ciel.

— Ô mon Dieu ! Enfin un mot qui fait rougir Payton Kendall. Amour. C'est parce que ta mère t'interdisait de lire des contes de fées quand tu étais petite, fit-elle en pointant l'index sur elle.

— Et moi qui croyais être venue à bout de tous les complexes qu'elle m'a filés ! Voilà qu'un nouveau problème surgit.

Laney pouffa de rire.

— Tu es prête à entendre mon deuxième conseil ?

— « N'écoute pas un traître mot de ce que ta mère te dit », vas-tu me suggérer.

— Très bien, dans ce cas, voilà mon troisième conseil.

Ce fut au tour de Payton de s'esclaffer.

— Vas-y, je t'écoute.

— Si tu es aussi folle de J. D. que tu le dis, fit Laney, pragmatique, tu pourrais songer à vous donner une chance, non ? Qui sait ce qui arrivera après mardi ? Peut-être qu'il te surprendra. Peut-être même que tu te surprendras toi-même.

Payton considéra ces paroles. *Peut-être* Laney avait-elle raison. *Peut-être*, songea-t-elle. Elle coula un regard méfiant à son amie.

— Tu n'aurais pas une idée derrière la tête en disant cela ? Du genre, organiser des barbecues le dimanche entre couples ?

— D'accord, avoua Laney. Mais tu es avant tout ma meilleure amie, Payton. Je veux que tu trouves celui qui saura te rendre heureuse.

Émue, Payton se pencha vers elle pour la prendre dans ses bras.

— Merci, Laney. J'ai été tellement accaparée par mes propres histoires que je ne t'ai même pas demandé comment tu allais, ajouta-t-elle en s'écartant. J'ai néanmoins remarqué que tu buvais du vin ce soir.

Elle pressa la main de son amie d'un air compatissant. Laney soupira pensivement.

— Oui, ça n'a rien donné ce mois-ci. Mais ça va, reprit-elle avec enthousiasme. Tout le plaisir est dans les tentatives.

— Dis donc, avec ce genre de commentaire, on frise l'obscénité.

Laney se redressa et lissa ses cheveux en arrière, visiblement ravie.

— Obscène ? Moi ? Bon, eh bien, puisqu'on a déjà franchi la limite de la décence, autant y aller carrément…

Amusée, Payton regarda son amie vider d'un trait le reste de son vin. Après quoi, Laney posa le verre sur la table et jeta un coup d'œil à Payton.

— L'astuce de la douche. Balance tout, Kendall.

25

On était lundi. J moins un.

Elle n'aurait pas dû s'inquiéter de ce qu'elle dirait à J. D. lorsqu'elle le croiserait au bureau, songeait Payton. Car, bien que les choses aient radicalement changé pour eux en l'espace d'un week-end, au cabinet, toutefois, la vie suivait son cours normal. En d'autres termes, elle eut à peine le temps de manger un morceau, et encore moins celui de faire un tour de l'autre côté du couloir pour un tête-à-tête improvisé.

Pour ne rien arranger, Irma était exceptionnellement agitée. Comme si elle s'était soudain rendu compte que ce pouvait bien être leur dernier jour ensemble, la secrétaire l'importunait tous les quarts d'heure pour lui demander s'il n'y avait rien qu'elle puisse faire pour « aider ».

— Franchement, Irma, vous me rendez nerveuse, fit Payton au bout de la dixième interruption.

— Vous ne voulez pas que j'enregistre vos notes de frais du week-end ?

— Ah si, merci de m'y faire penser. Voilà, dit Payton en lui tendant une liasse de factures (du moins celles qu'elle avait l'intention de se faire rembourser).

Irma prit les reçus avec un hochement de tête, apparemment rassurée d'avoir du pain sur la planche, puis elle quitta le bureau de Payton.

À peine cinq minutes plus tard, elle était déjà de retour.

— Ça n'a ni queue ni tête, déclara-t-elle en feuilletant la liasse de papiers. La facture de la compagnie aérienne indique un vol de retour le dimanche, mais vous n'avez soumis de facture d'hôtel que pour la nuit du vendredi au samedi.

Ah, que c'était agaçant d'avoir une secrétaire trop méticuleuse. Installée à son bureau, Payton fit comme si de rien n'était.

— Je suis restée une nuit de plus. Je ne vais pas faire payer le client pour ça.

— Une nuit de plus ? répéta Irma, confuse.

— Je... j'ai décidé de prendre une journée pour... me détendre.

Irma parut d'abord surprise, mais elle finit par approuver d'un signe de tête.

— Honnêtement, Payton, je ne sais pas ce qui vous est arrivé ces dernières semaines, mais en tout cas, ça me plaît. Oh, j'ai oublié vos feuilles d'heures, s'écria-t-elle brusquement. Je vous les apporte tout de suite.

— Ne vous dérangez pas, dit Payton en se levant. Je vais venir les signer à votre bureau.

Peut-être serait-ce l'occasion pour elle de provoquer une rencontre « inopinée » avec J. D.

Elle suivit Irma jusqu'à son poste, où elle passa en revue la liasse de feuilles d'heures. Elle parvenait à la dernière page quand elle surprit l'exclamation de Kathy au bureau d'à côté :

— Oh, J. D., vous tombez à pic. Vous avez une minute ?

Lorsqu'elle entendit ensuite J. D., derrière elle, répondre à sa secrétaire, elle adopta une expression détendue. Après tout, cela faisait des années qu'ils jouaient la comédie. Ils avaient de l'entraînement.

Jetant un œil par-dessus son épaule, elle vit que J. D. se tenait tout près d'elle. Zut ! En réalité, ce n'était pas si facile ! On a couché ensemble, on a couché ensemble, se répétait-elle.

— Bonjour, Payton, fit-il.

— Bonjour, J. D., répondit-elle sur un ton pareillement candide.

Heureusement pour eux, Kathy était trop occupée à fouiller dans ses papiers pour remarquer la maladresse de leur échange.

— Les reçus de votre voyage me laissent perplexe, J. D., déclara-t-elle. Tout particulièrement celui de l'hôtel. Vous me demandez de soumettre une note de frais pour la nuit de vendredi au tarif d'une chambre normale, ce que j'ai fait, mais vous ne devriez pas plutôt facturer deux nuits à la place ? Vous n'êtes rentré que dimanche.

Se sentant rougir jusqu'à la racine des cheveux, Payton enfouit le nez dans les feuilles d'heures.

— La seconde nuit est à mes frais, répliqua J. D. Je suis resté pour des raisons personnelles.

— Personnelles ? répéta Kathy, surprise.

Du coin de l'œil, Payton vit qu'Irma n'avait pas perdu une miette de leur conversation. Aussi estima-t-elle que le moment était venu pour elle de regagner son bureau.

— Je suis resté pour jouer au golf, entendit-elle J. D. expliquer à Kathy. Vous savez, le temps d'une journée, pour… me détendre.

— Ô mon Dieu !

Payton s'immobilisa dans l'embrasure de la porte, puis pivota sur ses talons et découvrit Irma qui, choquée, fixait J. D., bouche bée.

Elle dirigea ensuite son regard écarquillé vers Payton et se couvrit la bouche des deux mains.

— Ô mon Dieu, répéta-t-elle en riant bêtement.

Payton se rua vers sa secrétaire.

— Irma, puis-je vous voir dans mon bureau ? *Immédiatement*.

Avec un hochement de tête, sans se défaire de son sourire de chat du Cheshire, Irma emboîta le pas à Payton, les mains toujours plaquées sur sa bouche.

Payton referma la porte derrière elle et fit volte-face vers sa secrétaire.

— Peu importe ce que vous pensez avoir découvert. Je dois vous prier de garder cette information pour vous.

Irma laissa retomber ses mains.

— Je comprends mieux ce qui vous a pris ces derniers temps. Littéralement.

— Donc, nous sommes d'accord, répliqua Payton en réponse à cette allusion qui manquait totalement de subtilité. Seigneur ! Je suis complètement paumée.

— Vous et J. D., vous avez fait *la chose*. Oh, murmura Irma sur un ton de conspiratrice, dites, c'était du sexe *enragé* ?

— Je vais faire mine de n'avoir rien entendu.

— Alors, c'est du sérieux entre vous ?

— Irma, j'espère que je peux compter sur votre discrétion, insista Payton sans répondre. Je vous en prie, ne me posez pas davantage de questions. Vous savez que je ne peux pas y répondre. Et, je vous en conjure, ne parlez à personne de ce que vous avez découvert. Vous savez que les bruits de couloirs peuvent ruiner une réputation.

Voyant à quel point cela comptait pour sa patronne, Irma poussa un soupir.

— Bon, d'accord.

Payton sourit.

— Merci.

Elle savait combien c'était dur pour sa secrétaire de tenir sa langue, surtout quand le sujet était si croustillant.

Irma hocha la tête.

— Dites donc, vous deux, vous feriez n'importe quoi pour qu'on vous remarque, hein ?

— Irma…

— Désolée, je plaisante.

En fin de journée, Irma, qui s'apprêtait à partir, fit un crochet par le bureau de Payton. Elle avait dans les mains une boîte de taille moyenne.

— Le service du courrier a fait monter ça pendant votre visioconférence. Il leur fallait une signature, alors je m'en suis chargée, dit-elle en déposant le paquet sur la table. Je peux les voir ?

Payton, qui l'avait jusque-là écoutée d'une oreille distraite, leva le nez de son ordinateur.

— Voir quoi ?

Irma indiqua la boîte.

— Les chaussures que vous avez commandées.

— Mais je n'ai rien commandé du tout.

Irma montra alors l'étiquette où figurait l'adresse de l'expéditeur.

— Allez donc vous en plaindre à Jimmy Choo.

Sur ces mots, Payton saisit le paquet et se mit à le déballer : des monceaux de papier de soie sous lesquels apparut ensuite une boîte plus petite, évidemment. Une fois le tout défait, elle découvrit une nouvelle paire de chaussures à talons noires.

Irma se pencha sur les escarpins pour les examiner.

— Vous n'en avez pas déjà des similaires ?

— Avant, oui, mais j'ai cassé un talon, répondit Payton.

— Ah oui… le jour où vous avez déchiré votre jupe au tribunal. J'ai une amie qui travaille avec le greffier ; elle m'a dit que ses collègues et elle n'avaient parlé que de ça pendant des semaines. Ça a dû être très embarrassant, ajouta-t-elle en regardant Payton.

— En effet. Merci de remuer le couteau dans la plaie, Irma.

— Elle m'a dit aussi qu'on parlait surtout de la manière dont vous avez su reprendre le contrôle de la situation. D'après elle, vous êtes une vraie pro.

Puis Irma afficha une mine fière.

— Quoi qu'il arrive demain, Payton, soyez sûre que vous quitterez ce cabinet la tête haute. Vous êtes la meilleure patronne avec laquelle il m'ait été donné de travailler.

Ces paroles émurent beaucoup Payton. Tout le monde se montrait tellement sentimental, ces derniers temps.

— Merci, Irma.

— Évidemment, si vous pouviez faire en sorte de partir sans exposer vos fesses à la vue de tous, ça vaudrait mieux pour vous.

Payton s'esclaffa. Avec un rapide geste d'adieu, Irma pivota sur ses talons et quitta la pièce.

Une fois seule, Payton saisit la boîte pour en extraire la petite enveloppe qu'on avait coincée à l'intérieur avec les chaussures. Elle l'ouvrit et esquissa un sourire en lisant la carte.

Inutile de signer, tu connais l'expéditeur.

Le soir venu, Payton attendit que tous les secrétaires aient quitté les locaux avant d'aller frapper à la porte de J. D.

À sa grande surprise, elle le trouva sur le point de plier bagage.

— Tu t'en vas ? demanda-t-elle.

J. D. hocha la tête.

— J'ai fini. Pour une fois, j'ai décidé de quitter le travail avant le coucher du soleil.

Payton referma la porte derrière elle.

— J'ai reçu les chaussures. Je ne peux pas accepter, J. D.

Il saisit sa sacoche.

— Bien sûr que si. En plus, c'étaient mes préférées, ajouta-t-il en la regardant.

Il se dirigea vers la porte.

— J. D....

— Ne te sens pas obligée de dire quoi que ce soit. Vraiment.

Il se pencha vers elle ; Payton crut d'abord qu'il allait l'embrasser, mais il cherchait en fait à atteindre la poignée. Il la tourna et sortit dans le couloir.

— Bonne chance pour demain, Payton.

Leurs regards se croisèrent. Puis il se tourna et partit.

Elle resta seule dans le bureau de J. D., abandonnée à elle-même. Message reçu cinq sur cinq.

Puis elle se rappela le soir où il avait quitté sa maison de la même façon. Elle ne lui avait pas couru après. Cette fois, elle n'allait pas commettre la même erreur.

Du reste, le jour où elle laisserait J. D. Jameson avoir le dernier mot n'était pas encore venu. Il faudrait d'abord lui passer sur le corps.

Alors que J. D. s'apprêtait à ouvrir la portière de sa Bentley, une voix irritée s'éleva dans son dos.

— Tu sais que tu es vraiment un cas désespéré ?

Il pivota et vit Payton, à l'autre bout du parking souterrain, qui s'avançait droit vers lui à grandes enjambées. Elle portait à son bras sa veste et son sac à main.

— C'est pour me dire ça que tu t'es donné la peine de descendre jusqu'ici ? riposta-t-il.

— Oui, ça fait partie des choses que je voulais tirer au clair, rétorqua-t-elle en se plantant devant lui, les bras croisés sur sa poitrine. Je tenais aussi à te faire savoir que, contrairement à ce que tu penses, je ne suis pas du genre à vouloir qu'on me coure après.

— Oh ?

— Et inutile de me regarder de cette façon. En fait, je préférerais que tu te taises pendant que je vide mon sac.

Sous le regard scrutateur de J. D., elle prit une profonde inspiration.

— Nous sommes dans une situation complètement loufoque, commença-t-elle. Franchement, mon avis reste le même : au final, quel que soit le verdict du cabinet demain, ça jettera un froid entre nous, nous posant ainsi un gros problème.

Elle fit un pas vers lui.

— Mais tu veux que je te dise ? C'est ça, ou ne pas être avec toi du tout. Or, ça fait des années que je ne suis pas avec toi, J. D. Et j'en ai ma claque, avoua-t-elle en levant son regard bleu marine vers lui. Ce que je pense, c'est que nous serons assez forts pour surmonter cet obstacle, si nous l'affrontons ensemble.

Elle marqua une pause, puis elle rougit et éclata d'un rire nerveux.

— Qu'est-ce que tu attends pour répondre quelque chose ? C'est le moment ou jamais.

Des milliers de pensées se bousculaient dans l'esprit de J. D., des milliers de choses qu'il aurait voulu lui confier. Était-ce vraiment le bon moment ? Peut-être que oui, en effet.

— Payton, je…

Mais il s'interrompit aussitôt. Il avait vu quelque chose – ou plutôt quelqu'un – derrière Payton.

— Mince.

Elle inclina la tête, l'air interrogateur.

— Ben, marmonna-t-il. Il vient de sortir de l'ascenseur.

Le sourire de Payton s'évanouit ; elle se renfrogna.

— Zut. Je ne suis pas du tout d'humeur à lui faire la causette.

— Il se dirige droit vers nous.

— Tu sais quoi ? Puisque vous vous entendez comme larrons en foire, je te laisse te débrouiller avec lui. Trouve un moyen de t'en débarrasser. Et vite.

Sur ces mots, elle fila vers la cage d'escalier la plus proche, à quelques mètres de là, tout en prenant soin de ne pas regarder en direction du chef du contentieux.

— Jameson ! cria ce dernier à l'autre bout du parking.

Tandis qu'il le rejoignait, J. D. fut pris d'une peur panique : et si, par mégarde, Ben laissait échapper le nom du futur associé ? Payton avait-elle vraiment raison de croire qu'ils pourraient affronter ensemble cette décision ?

Écartant le sujet de son esprit, J. D. adressa un sourire à Ben, qui s'avançait, et s'efforça de prendre l'air détendu.

— Ben, bonsoir.

— Où est-ce que Payton a filé ? demanda ce dernier.

— Payton ?

— Oui, Payton. Elle se tenait là ; vous parliez avec elle, il y a quelques secondes à peine.

Au temps pour l'air détendu.

— Oh, *Payton*, reprit J. D., à deux doigts de refaire un mauvais numéro de café-théâtre. Elle a oublié son passe à l'étage. Quand elle m'a repéré, elle m'a demandé le mien pour remonter récupérer le sien.

Pas mal, pensa J. D. C'était carrément plausible.

Ben hocha la tête.

— Allons bon, son passe. Dites-moi, vous ne me prendriez pas pour un crétin ? demanda-t-il.

— Comment ça ?

— J'ai bien vu comme vous étiez proches, et la manière qu'elle avait de vous allumer, fit Ben avec un clin d'œil. Vous avez décidé de remettre le couvert une dernière fois, hein ?

J. D. sentit son cœur se figer dans sa poitrine.

— Je ne suis pas sûr de voir où vous voulez en venir, Ben...

L'associé eut un sourire en coin.

— Allons, Jameson, arrêtez votre cinéma, nous sommes entre nous. Ce n'est pas comme si j'allais appeler les ressources humaines pour leur faire savoir que vous vous tapez encore Payton. Dites-moi, ajouta-t-il à voix basse, est-ce que vous avez réussi à le faire ailleurs que dans votre bureau, cette fois ?

Et, tout en gloussant, il donna à J. D. une petite tape dans le dos.

J. D. ferma les yeux.

Cinq satanées minutes ! S'il avait quitté le cabinet cinq minutes plus tard, il aurait été hors de danger.

— OK, je vois. Cette fois, vous voulez garder les détails cochons pour vous, poursuivait Ben. Il vaut peut-être mieux que je ne sache rien.

Et, avec un nouveau clin d'œil, il souhaita une bonne soirée à J. D. et se dirigea vers sa voiture.

J. D. attendit que Ben ait disparu de son champ de vision. Puis il attendit encore, songeant qu'il restait peut-être une infime chance pour que Payton n'ait pas surpris leur conversation. Enfin, il s'avança lentement vers la cage d'escalier où s'était réfugiée la jeune femme. Dès qu'il eut tourné au coin, il comprit qu'il n'y avait pas la moindre chance qu'elle ait manqué ne serait-ce qu'un mot de leur échange.

Payton avait l'air sombre.

— Dis-moi que j'ai mal entendu.

C'était ce que J. D. aurait souhaité lui dire plus que tout au monde.

— C'était il y a très longtemps, Payton, fit-il calmement.

Il vit la colère voiler son regard.

— C'était il y a très longtemps que tu as – quoi ? – *menti* à Ben en lui racontant qu'on avait couché ensemble ?

— Oui.

Sous le coup de la surprise, elle fit un pas en arrière. Et J. D. sut qu'une partie d'elle avait espéré qu'il ait une autre explication à lui fournir.

— Dis-moi exactement ce que tu lui as raconté.

— Ça n'a aucune importance, protesta J. D., même s'il savait que c'était faux.

— J'ai entendu Ben te demander si cette fois, on avait réussi à le faire ailleurs que dans ton bureau. J'exige de savoir la vérité. Il me semble que tu me dois bien ça, dit-elle froidement.

Incapable de la regarder en face, J. D. dut détourner les yeux. Comme il hésitait, il perçut dans la voix de Payton une certaine panique.

— Ô Seigneur, J. D. Que lui as-tu raconté ?

Il se tourna pour l'affronter. Elle avait raison. Elle méritait qu'il lui dise la vérité. Et, pour sa part, il devait assumer ses erreurs. Aussi prit-il son courage à deux mains.

— Je lui ai dit que nous avions couché ensemble sur mon bureau un soir après le départ des autres employés.

Payton cligna des yeux.

— Pourquoi ? Pourquoi as-tu dit ça ?

En voyant la douleur se peindre sur les traits de la jeune femme, J. D. se maudit. Il voulut de nouveau détourner le regard, mais elle ne le lui permit pas. Elle se rua sur lui.

— Tu sais pertinemment ce que ce genre de ragot peut avoir comme retombées sur la réputation de quelqu'un, surtout d'une femme, siffla-t-elle. Qu'est-ce qui t'a pris de lâcher une bombe pareille à Ben ? Tu pensais marquer des points ? Regarde-moi, J. D. Et réponds-moi.

Lorsqu'il baissa enfin les yeux vers elle, il vit dans son regard ce mélange familier de colère et de méfiance qui n'appartenait qu'à elle. Il crispa la mâchoire.

— Je ne sais pas, Payton. En fin de compte, je suis peut-être bien l'enfoiré que tu m'as toujours soupçonné d'être.

C'était une excuse bidon, il le savait. Mais la seule autre possibilité aurait été de lui dire la vérité ; or, la vérité, à présent qu'elle dardait ce regard furieux sur lui, ne semblait pas l'option la plus sûre.

Payton le fixa d'un air sceptique.

— C'est tout ce que tu as à dire pour ta défense ?

— De toute façon, est-ce que ça changerait vraiment quelque chose ?

J. D. était quasiment sûr de connaître la réponse.

Et lui qui avait cru qu'elle ne pourrait pas lui jeter un regard plus froid que celui auquel il avait déjà eu droit !

Tandis qu'elle s'écartait de lui à reculons, son regard était absolument glacial.

— Eh bien, je crois que nous ne le saurons jamais, dit-elle d'une voix atone, dénuée de toute émotion.

Sur ces mots, elle pivota sur ses talons, le laissant seul dans le parking.

26

— Tu ne peux pas allumer ton putain de téléphone ? lança J. D., trop énervé pour saluer Tyler.

Son ami, qui l'attendait près d'un guichet du stade de base-ball Wrigley Field, ne parut pas percevoir la frustration contenue dans sa voix. Il se contenta de sortir son portable, qu'il contempla d'un air insouciant.

— Tiens donc, la batterie est à plat. J'ai dû oublier de la charger. Tant pis.

J. D. faillit l'étrangler. Trois semaines avant, Tyler lui avait proposé d'aller voir un match la veille de la décision du cabinet, histoire de lui changer les idées. Sur le coup, il avait accepté avec plaisir. Mais à présent, étant donné la scène qui venait de se produire entre Payton et lui, il n'était vraiment plus d'humeur à assister à un match.

— Tant pis ? répéta-t-il. Ça fait une heure que j'essaie de te joindre !

— Désolé. Qu'est-ce que tu voulais me dire ? demanda Tyler.

— Que je ne pourrais pas venir ce soir.

— Donc, tu es venu me prévenir que tu ne venais pas ?

— Oui, répondit J. D. d'un ton exaspéré.

— Mais si tu ne viens pas… comment se fait-il que tu sois là ? Attends voir… tu as fait un voyage dans le temps ou quelque chose dans le même genre ? Parce que si ce truc marche pour de vrai, j'aimerais beaucoup revenir à samedi soir, pour me prévenir de ne pas ramener Ms. Looney Tunes chez moi. Cette nana a…

— Et merde ! s'écria J. D. en tournant brusquement les talons. J'aurais mieux fait de te laisser poireauter ici toute la nuit, fit-il en se mettant à marcher vers sa voiture.

D'ordinaire, il arrivait à supporter les inepties dont son copain lui rebattait les oreilles, mais pas ce soir.

— Hé, J. D., allons, lança Tyler en lui emboîtant le pas. Je te taquine, c'est tout. Attends une seconde.

J. D. ralentit le pas avant de pivoter. Tyler considéra son expression et fronça les sourcils.

— Qu'est-ce qui t'arrive ?

J. D. leva les yeux au ciel tout en secouant la tête. Il avait lui-même du mal à y croire.

Au vu de sa réaction, son ami hasarda :

— C'est le cabinet ? Ils t'ont annoncé leur décision ? demanda-t-il d'un ton grave.

J. D. eut un rire amer.

— Si seulement ce n'était que ça.

Il fut le premier étonné de s'entendre dire ça. Venant de lui, c'était une sacrée déclaration.

Tyler, quant à lui, ne parut pas surpris outre mesure. Il s'avança vers son ami et lui posa une main sur l'épaule.

— Dans ce cas, tu veux me parler de ce qui s'est passé avec Payton ?

J. D. ne savait pas par où commencer. Il se passa la main dans les cheveux.

— Je… Bon sang, j'ai tout foutu en l'air.

Tyler hocha la tête en signe de compassion.

— Bon, écoute, puisqu'on est tous les deux là, et vu que j'ai déjà acheté les billets, on n'a qu'à entrer dans le stade, prendre une bière, et tu me raconteras tout là-bas.

J. D. savait que son ami s'était débrouillé pour dégoter des places de première catégorie, à cinq rangées du banc de touche, et il culpabilisait de lui faire jeter de l'argent par les fenêtres. Du reste, une petite bière ne lui ferait pas de mal. Il lui en faudrait d'ailleurs plus d'une pour parvenir à se confier entièrement à Tyler.

— D'accord, finit-il par céder.

Tyler se dirigea vers l'entrée, et J. D. lui emboîta le pas.

Contre toute attente, J. D. était content d'être resté.

Il était plus facile pour lui de se confier à Tyler tout en faisant semblant de garder un œil sur le terrain. Il n'était pas naturellement enclin à exprimer ses émotions, aussi le match lui fournissait-il un prétexte pour ne pas avoir à affronter le regard de Tyler aux moments clés de son récit.

De fil en aiguille, il lui relata le week-end à Palm Beach, puis les hésitations de Payton à propos de la décision du cabinet, et enfin ce qu'elle lui avait avoué dans le parking à peine quelques heures auparavant.

Cela l'amena à parler de la conversation que Payton avait surprise entre Ben et lui et, plus précisément, du mensonge raconté à Ben quelques années plus tôt.

À cette étape de son récit, il marqua une pause, car, bien qu'il n'eût pas vraiment envie de s'attarder sur cet épisode, il savait que Tyler ne le laisserait pas s'en tirer comme ça. En effet, ce dernier, qui s'était tu jusque-là, se frotta alors la bouche avant de s'exclamer vivement :

— J.D... c'est un terrible mensonge.

— Je sais.

— Comment Payton a-t-elle réagi quand tu lui as finalement tout avoué ?

— Pas très bien, répondit J. D. en coulant un regard vers son ami. Elle a voulu savoir pourquoi j'avais dit ça. Ce à quoi j'ai répondu que je n'étais qu'un enfoiré.

— J'imagine que ça n'a pas dû améliorer les choses.

— C'est le moins qu'on puisse dire.

Tyler le consulta du regard, comme s'il attendait la suite.

— Et donc ? Tu vas me dire la vérité, à moi ?

J. D. hésita un instant, puis reporta le regard sur le terrain.

— C'était il y a quelques années, à la fête de Noël du cabinet. Payton était venue accompagnée d'un type, un écrivain rencontré à la salle de gym ou un truc dans le genre. Ils attendaient qu'on les serve au bar. Et tandis que je l'observais... Comment dire ? C'était sans doute la manière qu'elle avait de sourire à ce type, la façon dont elle riait à une de ses blagues... en tout cas, ça m'a fait gamberger, je me suis demandé ce que ça ferait de...

Il se racla la gorge.

— Bref, Ben m'a surpris en train de la contempler, et le lendemain, au bureau, il m'a pris à part et s'est mis à me charrier là-dessus. J'ai paniqué, j'ai cru qu'il allait gaffer devant Payton ; du coup, j'ai inventé une histoire en pensant me débarrasser de lui. Une histoire censée calmer le jeu, donner l'impression que la situation n'était pas ce qu'elle paraissait.

— C'est-à-dire ?

J. D. marqua une pause. Puis il tourna lentement la tête vers Tyler, qu'il fixa droit dans les yeux. Il ne prononça pas un mot. C'était inutile.

— Depuis combien de temps ? demanda Tyler, médusé.

J. D. y réfléchit.

— Environ huit ans, je dirais.

— Tu te fiches de moi ? s'exclama Tyler, incrédule. Tout ce temps ?

— Grosso modo, oui.

— Toutes ces années ?

— Que veux-tu que je te dise ? Tu veux la date à la minute près ? fit J. D.

— Eh bien, puisque tu mets le sujet sur le tapis, je serais curieux de savoir. Attends, laisse-moi deviner : ç'a été le coup de foudre ? l'amour au premier regard ? plaisanta Tyler.

— En fait, non, répliqua J. D. C'était juste après. Quand elle m'a tenu tête pour la première fois : « Vous en jugerez par vous-même, J. D. Jameson. »

Eh oui, bien qu'il ait tenté de refouler ses sentiments pendant des années, se mentant aussi bien à lui-même qu'aux autres, le petit regard malicieux qu'elle lui avait jeté à ce moment-là l'avait mis à ses pieds, et pour de bon.

Tyler s'esclaffa.

— Ne le prends pas mal, J. D., mais te connaissant, ça me paraît un peu trop profond pour toi.

— J'ai réussi l'exploit de vivre ma vie de manière extraordinairement superficielle à tout point de vue, alors ça compense, me semble-t-il.

Tyler acquiesça d'un signe de tête.

Une clameur soudaine s'éleva de la foule autour d'eux ; le public sifflait l'arbitre. L'espace de quelques minutes, J. D. et Tyler se laissèrent distraire par le match. Puis les fans, satisfaits d'avoir pu exprimer leur indignation, se calmèrent, surmontant rapidement leur déception en bons supporters des Cubs qu'ils étaient.

Quand un vendeur approcha, J. D. et Tyler commandèrent de nouvelles bières. Une fois l'argent acheminé à l'extrémité de la rangée et les bières récupérées, Tyler se rassit sur son siège.

— Il va falloir que tu joues cartes sur table.

— J'aurais parié que tu allais me dire ça. Mais je ne crois pas que ça changera quoi que soit pour elle. Tu aurais dû voir son expression quand elle est partie.

— Mais juste avant, elle t'avait couru après pour te dire qu'elle voulait être avec toi. C'est plutôt bon signe.

J. D. prit une lampée de bière.

— Et même si elle passait l'éponge pour le mensonge, je crois qu'elle a raison. Dans le meilleur des cas, ce sera quand même bizarre entre nous après la décision du cabinet. Ce sera tendu, très tendu. Peut-être même qu'il y aura de la rancœur, fit J. D. en faisant passer son gobelet d'une main à l'autre. Alors, si cette relation est de toute façon destinée à échouer, mieux vaut ne pas se lancer du tout.

Tyler s'agita dans son siège.

— Et tu as déjà pensé à l'éventualité de...

Il laissa sa phrase en suspens, ne sachant pas s'il devait le dire.

— Oui.

Même s'il n'arrivait pas à la formuler à voix haute, J. D. avait déjà considéré cette option. Il se passa la main dans les cheveux.

— Je... euh... Bon sang !

Il prit une profonde inspiration.

— Je ne sais pas du tout si j'en serais capable. *Peut-être*. Si j'étais sûr que ça changerait quelque chose. Peut-être.

— Tu n'as aucun moyen de le savoir, J. D.

— J'avais compris.

Tyler empoigna J. D. par l'épaule.

— J'aimerais pouvoir t'aider plus. Mais c'est à toi de voir ce que tu es prêt à sacrifier pour être avec elle. En fin de compte, c'est le fond de la question, je me trompe ?

Pendant quelques instants, J. D. resta silencieux, méditant la remarque de son ami.

— Ce n'est pas juste ce poste qui compte, vois-tu. J'aimerais au moins quitter le cabinet la tête haute. Je n'ai pas vraiment l'habitude de m'effacer.

Tyler éclata de rire.

— Sans blague !

— Et sinon, tu aurais des conseils utiles ? Ne te méprends pas, ce n'est pas que je n'apprécie pas les commentaires triviaux et les questions rhétoriques, mais tu ne pourrais pas me donner quelque chose de consistant à me mettre sous la dent ? Un truc utile ?

Tyler prit un air sérieux.

— Écoute, ce n'est pas mon rôle de te dire si tu dois faire cette chose dont tu n'es pas sûr d'être capable. La décision te revient. Maintenant, à la question de savoir si tu dois prendre un risque, voilà ce que je te réponds : à la place de Payton, si j'avais découvert ton mensonge, je ne t'aurais même pas donné l'occasion de t'expliquer. Je ne t'aurais plus jamais adressé la parole. En d'autres mots : tu détestes te mettre en position vulnérable ? Dommage, mais oublie ton orgueil : c'est ta seule chance de te rattraper.

Sans piper mot, J. D. hocha la tête. Tout avait été dit.

Que cela lui plaise ou non, il savait que Tyler avait raison.

27

Payton contemplait la vue depuis la fenêtre de son bureau.

Elle venait de se rendre compte qu'on distinguait le lac.

Bon, ce n'était pas à proprement parler une vue. Néanmoins, en regardant bien sur la droite, on l'apercevait : entre deux gratte-ciel noirs apparaissait un filament argenté, à l'endroit où l'eau cristalline du lac Michigan se confondait avec le bleu du ciel estival.

C'était étrange qu'elle n'y ait jamais prêté attention jusque-là… Enfin, peut-être pas si étrange que ça, à la réflexion : d'ordinaire, quand elle était dans cette pièce, elle n'avait pas le temps de contempler le paysage.

Laney l'avait appelée pour lui proposer d'attendre avec elle, mais Payton avait décliné l'offre. Elle voulait affronter la matinée seule. Du reste, pour l'instant, elle n'était pas vraiment de bonne compagnie.

Pour la énième fois, Payton jeta un œil à l'horloge. Elle ferma les yeux. 10 heures. Enfin.

L'heure avait sonné.

Comme si le signal avait été donné, on frappa à sa porte. Payton pivota, vit sa secrétaire derrière la vitre et lui fit signe d'entrer.

Irma pénétra dans la pièce.

— Ben vous attend dans son bureau.

Payton ne put s'empêcher de jeter un coup d'œil de l'autre côté du couloir. Kathy sortait tout juste du bureau de J. D., après lui avoir probablement annoncé la même nouvelle. Derrière la vitre, elle remarqua que J. D. avait l'air d'hésiter.

S'il comptait l'attendre pour qu'ils se rendent dans le bureau de Ben main dans la main, il risquait de poireauter très longtemps. À la suite des événements de la veille, elle avait rayé J. D. Jameson de sa vie.

Au bout de quelques instants, elle le vit sortir et emprunter le couloir menant au bureau de leur patron. Elle le laissa prendre de l'avance, après quoi, impatiente d'en finir, elle quitta son bureau à grands pas, s'efforçant d'afficher ce qu'elle pensait être un air assuré et optimiste, bien qu'elle ne ressentît rien de tel. Mais elle était résolue à donner le change.

Dans le bureau de Ben, elle trouva non seulement le directeur du département contentieux, mais également les six autres membres du comité des associés. Assis de part et d'autre de Ben, placé au centre, ils décrivaient à eux sept un demi-cercle. En face, de l'autre côté du bureau, on avait placé deux chaises destinées à J. D. et à elle.

— Entrez, Payton, lui dit Ben sans se lever.

Surprise de découvrir les deux chaises inoccupées, Payton balaya la pièce du regard et vit que J. D. se tenait sur le côté, légèrement à l'écart. Lorsqu'elle entra, il leva la tête, et l'espace d'un instant, elle fut tentée de détourner les yeux. Mais elle se ravisa et, au lieu de cela, le fixa franchement. La tête haute, le menton relevé, elle prit place sur l'une des chaises.

— J. D. ? fit alors Ben à l'adresse de son collègue.

Comme J. D. s'installait dans le siège voisin, Payton garda les yeux rivés sur les associés.

— Payton, J. D., vous connaissez évidemment les raisons de votre présence ici, cela va sans dire, commença Ben.

Du coin de l'œil, elle vit que J. D. la lorgnait discrètement.

— Nous avons conscience de l'importance de cette décision pour vous et du dévouement dont vous avez fait preuve envers le cabinet durant toutes ces années. Tous autant que nous sommes, nous déplorons les circonstances fâcheuses qui nous forcent aujourd'hui à faire ce choix regrettable.

Tandis que Ben se livrait à ce préambule, Payton sentait peser sur elle le regard de J. D.

— Vous êtes tous les deux de brillants avocats, ce qui a rendu notre tâche très difficile. Néanmoins, nous avions une décision à prendre, et nous nous en sommes acquittés.

Payton remarqua que J. D. s'agitait dans son siège, qu'il remuait nerveusement la jambe. N'y tenant plus, elle finit par tourner la tête vers lui.

Comme s'il n'avait attendu que cela, il soutint son regard et la scruta. Une expression d'incertitude qu'elle n'avait jamais vue chez lui flottait sur son visage.

Alors, quelque chose se produisit. Un éclair apparut dans ses yeux, sa mâchoire se contracta.

— Très bien, Payton, s'écria-t-il. Et puis merde.

Il s'adressa à Ben.

— Je démissionne.

Payton en demeura pantoise.

— Quoi ?

Une exclamation que reprirent en chœur la plupart des associés présents dans la pièce.

J. D. se leva.

— Je démissionne. À compter de cette minute, je ne fais plus partie du cabinet.

— Oh que non ! objecta Payton.

— Oh que *si*, riposta J. D. en baissant les yeux vers elle.

Payton se leva à son tour.

— Non, tu ne démissionneras pas. Ne faites pas attention à lui, ajouta-t-elle en se tournant vers Ben. Il dit n'importe quoi. Tous ceux qui connaissent J. D. de près ou de loin savent qu'il serait prêt à tout pour devenir associé.

J. D. s'approcha d'elle pour lui murmurer :

— Je peux te dire un mot ?

— Non.

— Merci.

Sans plus de cérémonie, il l'empoigna par le bras et l'entraîna dans un coin de la pièce.

Une fois postée là, Payton croisa les bras sur sa poitrine.

— Comment oses-tu ne serait-ce que songer à faire ça ? siffla-t-elle, si bas que seul J. D. put l'entendre. Je t'ai déjà dit que je ne gagnerai pas par forfait.

— Je démissionne, Payton, répliqua J. D. d'un ton résolu. Et même si c'était moi qui obtenais cette promotion, je ne pourrais pas l'accepter. Pas après le mensonge que j'ai raconté à Ben.

— D'accord, j'ai compris. Tu te sens coupable, bla-bla-bla. Peu importe, je suis prête à accepter la décision du cabinet, quelle qu'elle soit. Au moins, à partir de demain, je n'aurai plus jamais à te voir. Alors, on peut en finir ?

Elle se tourna, s'apprêtant à regagner sa chaise, mais J. D. l'agrippa de nouveau par le coude.

— Non, j'ai un truc à te dire.

— Navrée, tu en as eu l'occasion hier, mais tu as loupé le coche. À présent, j'ai d'autres priorités.

— Et ce qui se passe entre nous, ça ne compte pas à tes yeux ?

— Tu te paies ma tête ? lâcha-t-elle en montrant d'un geste le demi-cercle d'associés qui les regardaient avec des yeux ronds. Tu tiens vraiment à en parler *maintenant* ?

— Oui, précisément. *Maintenant*.

— Oh, dans ce cas... Navrée, la réponse est toujours non. Au fait, il y a un truc que j'ai oublié de te dire hier : tu n'es qu'un pauvre con, lui lança-t-elle.

Derrière son bureau, Ben se redressa dans son siège. Apparemment, cette dernière remarque ne lui avait pas échappé.

— Hou là, Payton, balbutia-t-il, le regard allant de la jeune femme à J. D. C'est nouveau ? Depuis quand vous vous disputez, tous les deux ?

Une myriade de répliques cinglantes vint à l'esprit de la jeune femme. Elle les passait rapidement en revue, se demandant s'il y avait un moyen d'en placer une sans en subir ensuite les retombées, lorsqu'elle sentit la main de J. D. sur son bras.

— J'ai un mot à te dire, Payton, répéta-t-il. Ici ou en privé. À toi de choisir.

À son air déterminé, Payton comprit qu'il ne plaisantait pas. Elle se retourna et découvrit sept paires d'yeux confus et extrêmement curieux braqués sur eux.

Elle sourit poliment.

— Je vous prie de nous excuser. Nous ne serons pas longs.

Ils sortirent du bureau et tournèrent au coin pour rejoindre le couloir principal. Là, ils se figèrent, interdits.

La moitié du bureau semblait s'être rassemblée là : avocats, secrétaires et assistants juridiques formaient çà et là de larges groupes occupés à potiner. Dès que le duo surgit à l'angle, le silence s'abattit sur les employés.

Parmi la petite foule, J. D. distingua un attroupement particulièrement dense autour des postes de travail d'Irma et de Kathy : il remarqua Tyler, honteux d'avoir été repéré, le jeune Brandon/Brendan, et ce qui lui eut tout l'air d'être le sommet du crâne de Laney, postée derrière la plante du bureau d'Irma.

Comme tout le monde s'était tu, le regard braqué sur eux, J. D. se sentit obligé de dire quelque chose.

— Nous faisons une pause.

Un murmure de confusion s'éleva.

Pensant qu'il valait mieux continuer sur sa lancée, J. D. conduisit Payton dans un bureau inoccupé. Une fois à l'intérieur, il ferma la porte et la verrouilla.

S'éloignant de lui, Payton s'avança vers la table.

— Merci. Tu ne voudrais pas attirer davantage l'attention sur nous ?

— Ça peut se faire.

Elle pivota.

— Tu ne trouves pas que le moment est mal choisi pour tes sarcasmes ? Ou peut-être penses-tu simplement que je vais rester plantée là pendant que tu...

J. D. lui couvrit la bouche d'une main.

— En temps normal, Payton, ça me plairait beaucoup de jouer à ce petit jeu avec toi. Mais j'ai plusieurs choses à te dire, et tu ne me facilites pas la tâche. Alors, pour l'instant, ça m'arrangerait que tu t'assoies et que tu la *fermes*.

Il posa les mains sur ses épaules et la força à s'asseoir dans la chaise de bureau.

Payton leva les yeux vers lui.

— Je n'ai jamais... balbutia-t-elle sur un ton éminemment indigné.

Sa phrase mourut sur ses lèvres, mais il n'était pas nécessaire d'être devin pour comprendre qu'elle était furieuse : son regard était plus éloquent qu'un long discours.

Pas très encourageant.

J. D. se mit à arpenter la pièce de long en large, sous le regard de la jeune femme.

— Très bien, permets-moi de commencer par le mensonge que j'ai raconté à Ben. C'est impardonnable, je m'en rends compte. Sache que je m'en suis mordu les doigts à l'instant même où les mots sont sortis de ma bouche. À vrai dire, j'ai paniqué, ajouta-t-il en lui jetant un coup d'œil. Apparemment, la *façon* dont je te regarde me trahit.

Il s'arrêta devant elle.

— Tu pourrais peut-être faire oui ou non de la tête pour que je sache si tu me suis.

Payton secoua la tête, les sourcils toujours froncés.

J. D. se remit à faire les cent pas.

— Tu me rends dingue, tu sais. La manière que tu as de te trémousser au bureau dans tes petits tailleurs moulants, tes piques incessantes, et ton acharnement à me tenir tête, quoi que je dise ou fasse... Pendant huit ans, j'ai essayé de te sortir de ma tête, Payton, mais je n'y arrive pas.

Il fit une nouvelle pause devant elle, plein d'espoir.

— Tu vois où je veux en venir, à présent ?

Et Payton de secouer de nouveau la tête. Mais, au moins, elle ne fulminait plus.

J. D. prit une profonde inspiration.

— Je suis amoureux de toi, Payton.

Voilà, il ne pouvait plus faire machine arrière. Sa déclaration avait laissé la jeune femme bouche bée.

— Je suis amoureux de toi depuis le premier jour. Tu m'as demandé pourquoi je n'avais personne dans ma vie, et la raison est là, devant moi. C'est à cause de toi, Payton.

Il se racla la gorge.

— Mon comportement dénotait le contraire. Je t'ai traitée de manière épouvantable, par moments. Mais c'était juste un mécanisme de défense. Parce qu'en vérité, il ne s'est pas passé un seul jour, au cours des huit dernières années, où je n'aie cherché à ce que tu me regardes comme tu m'as regardé lors de notre première rencontre.

Il guettait une réaction de sa part.

— Si mes aveux te parlent, n'hésite pas à intervenir.

Payton hocha la tête. Elle paraissait choquée. Pour J. D., ce silence persistant était une véritable torture.

Soudain, l'impensable se produisit.

Une larme roula le long de la joue de Payton. Elle éclata d'un rire confus avant de l'essuyer.

— Désolée, je ne peux pas m'empêcher de penser à tout le temps qu'on a perdu, fit-elle en baissant les yeux sur ses mains. Pourquoi n'as-tu jamais rien dit ? demanda-t-elle en relevant le regard vers lui.

Cette larme eut raison de lui. Il mit un genou à terre.

— Je n'en sais rien, Payton. J'aimerais pouvoir revenir en arrière, tout recommencer à zéro, dit-il. Mais j'ose enfin te l'avouer aujourd'hui, et ne me dis pas que c'est trop tard.

Brusquement, on frappa à la porte, et la voix de Ben leur parvint depuis le couloir.

— Payton ? J. D. ? Tout va bien là-dedans ?

La poignée tourna. Puis J. D. entendit Ben héler quelqu'un dans le couloir.

— Appelez le service d'entretien. Voyez s'ils n'ont pas un double de la clé.

Comprenant que le temps leur était compté, J. D. reprit précipitamment :

— C'est toi qui avais raison, Payton. La décision du comité causerait à coup sûr un froid entre nous. Nous sommes tous les deux trop orgueilleux. C'est pour cette raison que je préfère démissionner.

Payton secoua la tête.

— Orgueilleuse ou pas, je refuse de devenir associée de cette manière-là.

— Je sais. Aussi, à la place, j'espérais que tu me suivrais.

Elle ouvrit des yeux grands comme des soucoupes, puis se mordilla nerveusement la lèvre.

— Je ne sais pas du tout si j'en suis capable, J. D.

On frappa un nouveau coup, plus fermement cette fois.

— Très bien, vous deux, vous allez me faire le plaisir d'ouvrir cette porte. J'ignore ce qui se passe là-dedans, mais ça devient grotesque.

J. D. soutint le regard de Payton.

— Nous pouvons le faire, Payton. Nous ne sommes pas forcés de les laisser nous séparer ; c'est leur choix, pas le nôtre. Ce que je préférais dans ce travail, c'était de passer du temps avec toi. Pas question que je fasse une croix là-dessus.

— Que suggères-tu ? Qu'on essaie de dégoter un poste ailleurs ? Tu crois vraiment qu'un cabinet acceptera de nous prendre tous les deux comme associés ?

— Oui. *Notre* cabinet. Je veux qu'on s'installe à notre compte.

Payton éclata de rire.

— C'est ridicule.

J. D. secoua la tête.

— Non, ça ne l'est pas. Tiens, prends le dossier Gibson : on fait des étincelles quand on travaille ensemble. Et puis, franchement, ça te plairait de signer de nouveau pour un job qui serait plus ou moins le même qu'ici ? Pour retrouver le même style de vie ? Le même nombre d'heures ? Tu ne préférerais pas travailler à ton compte, de manière à gérer toi-même ton emploi du temps ? Voire, pour une fois, à prendre des vacances ?

— Évidemment, vu sous cet angle, c'est très tentant. Mais ça reste trop risqué.

— Vraiment ? Écoute, toi et moi, nous sommes de sacrés bons avocats. Ouvrir notre propre cabinet, c'est probablement la meilleure chose qui puisse nous arriver.

On frappa de nouveau à la porte. À présent, Ben, qui s'égosillait de l'autre côté de la cloison, avait l'air franchement irrité.

— Je préfère vous prévenir : un homme du service d'entretien est en chemin. Il va venir ouvrir cette porte.

J. D. se retourna face à Payton.

— On n'a plus le temps, Payton. Tu l'as dit toi-même : la seule manière pour nous de surmonter cette épreuve, c'est de l'affronter ensemble. Nous en sommes tout à fait capables, je n'en doute pas un instant. Mais maintenant, c'est toi que je dois convaincre. Il faut que tu croies... en nous.

Payton demeura silencieuse un long moment. Le cœur de J. D. battait si fort qu'il parvenait à l'entendre.

— Il faudra que ça s'appelle Kendall et Jameson.

Il mit quelques instants à comprendre l'allusion. Alors, il sourit.

— Hors de question : Jameson et Kendall. Par ordre alphabétique.

— Tu sembles oublier que tu as raconté à notre patron que tu m'avais sautée sur ton bureau.

— Mais Kendall et Jameson, ça sonne très bien !

Un sourire triomphant éclaira le visage de la jeune femme.

— Alors, tu es sûre de toi ? demanda J. D.

Elle tendit la main.

— Tu veux qu'on scelle l'affaire ?

Il lui serra la main et se releva, l'aidant à se redresser par la même occasion.

— Je veux te l'entendre dire, Payton. Tu es vraiment sûre de toi ?

— Oui, fit-elle en acquiesçant d'un signe de tête.

— Bien. Dans ce cas, sache qu'à dater d'aujourd'hui, je refuse de passer ne serait-ce qu'un seul jour sans toi.

Le sourire enjoué qu'elle affichait jusque-là se transforma en une expression plus profonde. Se rapprochant de J. D., elle prit de nouveau sa main dans la sienne.

— Marché conclu, fit-elle doucement.

J. D. posa sa main libre sur son visage et l'embrassa, lui donnant le plus tendre des baisers, un baiser qu'il prolongea, parce que, pour la première fois, aucune menace ne planait au-dessus de leur tête, rien, absolument rien ne s'immisçait entre eux. Ils avaient tout le temps du monde.

Sauf si l'on tenait compte de l'enragé qui ne cessait de cogner contre la porte.

Payton s'écarta, prenant conscience du murmure qui s'élevait dans le couloir.

— Je crois qu'il vaudrait mieux qu'on sorte.

J. D. sourit malicieusement.

— En fait, il me reste une chose à faire avant.

— Ah bon ? demanda-t-elle. Oh, je vois... c'est ce bureau inoccupé qui t'a mis l'eau à la bouche ?

— Combien de temps comptes-tu encore me reprocher cet incident, histoire que j'aie une idée ?

— Un peu plus d'une journée.

Mais elle fit passer la remarque avec un sourire.

— En tout cas, tu as l'esprit mal placé, car j'avais autre chose en tête.

Il sortit son téléphone portable de la poche intérieure de sa veste et chercha un numéro dans son répertoire. Une fois le contact affiché, il montra l'écran à Payton.

— Qu'est-ce que tu en penses ?

— Une fois qu'on aura fait ça, on ne pourra plus revenir en arrière, répliqua-t-elle en observant le numéro.

— Je sais.

Elle sourit.

— J'aime beaucoup votre manière de penser, J. D. Jameson. Allons-y.

28

Lorsque la porte s'ouvrit enfin et que les deux avocats sortirent de la pièce, le silence s'abattit sur le groupe rassemblé devant le bureau.

Au premier plan se tenait Ben, qui s'approcha d'eux, l'air profondément agacé.

— C'est terminé, votre petite comédie ? On peut en finir avec notre affaire ?

Payton hocha la tête en signe d'acquiescement.

— En fait, Ben, nous en avons déjà fini. Parce que figurez-vous que moi aussi, je démissionne.

Elle aurait pu jurer que certains avaient cessé de respirer.

Les yeux de Ben se plissèrent. Son regard passa de J. D. à Payton.

— Qu'est-ce que c'est que ces conneries ? Vous démissionnez *tous les deux* ?

— Navré, Ben, mais vous ne nous avez pas laissé le choix. Payton et moi avons décidé de rester ensemble.

Derrière eux, Payton entendit quelqu'un dont la voix ressemblait étrangement à celle d'Irma pousser une exclamation.

Cependant, Ben n'avait pas dit son dernier mot. Il brandit une enveloppe. Son atout secret.

— J'ai là une lettre offrant un poste d'associé qui pourrait bien faire changer d'avis l'un d'entre vous.

Aucun d'eux ne cilla ni ne broncha.

Ben les consulta du regard tour à tour, stupéfait.

— Vous ne voulez pas au moins connaître le nom de celui que nous avons choisi ?

Un peu mon neveu ! À vrai dire, Payton aurait volontiers arraché la lettre des mains de Ben et déchiré l'enveloppe sans plus attendre.

Toutefois... elle jeta un coup d'œil furtif à J. D., qui la consulta à son tour du regard, et elle comprit qu'il pensait comme elle.

Parfois, mieux valait ne pas chercher à percer certains mystères.

Comprenant qu'ils ne mordraient pas à l'hameçon, Ben remit l'enveloppe dans la poche de sa veste.

— Vous êtes tous les deux des imbéciles, dit-il avec hargne.

— Des imbéciles d'avoir tant tardé à démissionner, compléta J. D.

— Nous n'en serions pas arrivés là, Ben, si vous aviez fait quelque chose. J. D. et moi méritions tous les deux ce poste, renchérit Payton. Vu le peu de cas que le groupe fait de la loyauté que ses employés lui ont témoignée pendant huit ans, vous ne méritez clairement pas nos services.

J. D. lui adressa un regard amusé.

— Beau discours.

— Merci, je l'ai répété mentalement pendant que tu étais au téléphone.

Il inclina la tête en direction du couloir, derrière eux.

— On y va ?

— Allons-y.

Mais ce fut plus fort qu'elle : elle coula un regard vers la veste de Ben, à l'endroit où il avait fourré l'enveloppe.

J. D. s'esclaffa et lui tendit la main.

— Allez, ma biche, on s'en va.

Payton lui jeta un coup d'œil assassin.

— Je n'arrive pas à croire que tu m'aies appelée comme ça devant tout le bureau.

Elle lui prit néanmoins la main, et ils remontèrent le couloir jusqu'à l'ascenseur, côte à côte, en passant devant leurs bureaux respectifs.

J. D. esquissa un sourire.

— C'est affectueux, je te l'ai déjà expliqué.

— Non, c'est paternaliste et un tantinet sexiste. Je ne parviens même pas à trouver d'équivalent pour un homme.

— Il n'y en a pas. C'est là tout l'intérêt.

À peine les portes de l'ascenseur se furent-elles refermées que l'étage fut en proie à une agitation de tous les diables. Première source de conflit parmi les employés : la question du pari.

Le clan Kendall, avec Laney à sa tête, fit remarquer que Payton avait déclaré à Ben qu'elle démissionnait « aussi », prouvant ainsi que J. D. avait été le premier à donner sa démission, ce qui faisait de Payton la gagnante de fait, même si la victoire avait été de courte durée.

La faction Jameson, quant à elle, conduite par Tyler et se reposant sur le témoignage secret d'un membre du comité ayant assisté à la réunion dans le bureau de Ben, argua que malgré la *tentative* de démission de J. D., Payton avait exigé qu'on rejette sa demande, faisant donc de sa propre déclaration à Ben la seule et unique démission officielle, ce qui portait J. D. au rang de vainqueur.

Au beau milieu de ce chaos, Marie, la secrétaire de Ben, s'avança vers ce dernier pour lui murmurer à l'oreille qu'on le demandait au téléphone.

— Dites que je rappellerai, aboya Ben.

Qui que ce fût, ça pouvait attendre.
Marie eut l'air d'hésiter.
— Il insiste pour vous parler sur-le-champ.
Ben n'était pas d'humeur.
— Débrouillez-vous, peu importe qui c'est, beugla-t-il en la bousculant au passage.
— C'est Jasper Conroy.
Ben s'arrêta net.
Non, ils n'avaient quand même pas osé…
— Je le prends, dit-il à Marie avec un signe de tête.
Sans perdre une minute, il se dirigea vers son bureau, où il décrocha aussitôt le combiné.
— Jasper ! Quel plaisir de vous entendre ! Comment ça va à Palm Beach ?
À l'autre bout de la ligne, Jasper lui répondit de son accent traînant :
— Ben, je suis content de vous mettre la main dessus. Écoutez, j'ai récemment décidé de restructurer un peu l'équipe juridique de Gibson… En fait, je vais transférer mon affaire ailleurs, filer le dossier à un cabinet moins important.
Ben leva les yeux au plafond.
— Qui donc ?
— En fait, c'est une nouvelle boîte. Ils m'ont appelé aujourd'hui pour m'informer qu'ils recherchaient des clients.
— Jasper, vous ne pensez pas sérieusement à…
— La loyauté, Ben. Sans elle, je ne serais pas là où j'en suis. Vous feriez bien d'en prendre de la graine.
— Ne prenez pas de décision hâtive dans le seul but de me donner une leçon, Jasper. Vous ne pouvez tout de même pas leur confier un dossier de deux cents millions de dollars.
— Oh, je crois bien que si, répliqua Jasper. Comme je vous l'ai dit, j'ai un bon feeling avec ces deux petits. Attendez-vous à les voir faire des étincelles, ajouta-t-il

en gloussant. À plus, Ben. Ah, et j'oubliais : merci de me les avoir présentés.

Ben entendit le déclic signalant la fin de l'appel. Il reposa le combiné sur son socle et le fixa d'un regard vide.

Ils avaient osé.

Nom de Dieu !

Dès que les portes de l'ascenseur se furent refermées sur eux, Payton pivota vers J. D. en se frottant les mains.

— Bon, on va devoir embaucher des collaborateurs sans tarder. Combien nous en faut-il pour commencer, à ton avis ? Cinq ?

— Dix.

— Hum... tu as sans doute raison, songea-t-elle. Hors de question de nous contenter de Jasper Conroy, je compte bien nous amener d'autres clients. Dès qu'on aura déposé la requête pour le changement d'avocats dans le dossier Gibson, les gens voudront savoir qui nous sommes.

J. D. s'appuya contre la rampe de l'ascenseur.

— Nous pourrions publier un article dans la presse avec nos coordonnées.

— Ce qui signifie qu'il nous faut trouver des locaux, ainsi que des gens pour le secrétariat, ajouta Payton.

— Irma et Kathy nous suivront sans problème. Ce sera suffisant pour commencer.

— Oui, très bien, acquiesça-t-elle en prenant une profonde inspiration, puis en souriant. Je n'arrive pas à croire qu'on ait sauté le pas.

J. D. haussa les sourcils.

— Des remords ?

Mais Payton secoua énergiquement la tête.

— Aucun.

Tant d'événements s'étaient enchaînés en l'espace de quelques minutes qu'elle avait encore du mal à tout assimiler. Elle tendit le bras vers J. D. et tira sur le revers de sa veste.

— Tu es d'un calme olympien, observa-t-elle.

— Et je n'ai pas l'intention de m'en défaire, du moins pas pendant les prochaines semaines. Ce qui ne sera pas difficile, étant donné l'endroit où nous allons.

— L'endroit où nous allons ? répéta Payton. Oh… où allons-nous ?

— Tu as oublié ? demanda-t-il. Tu viens de passer associée – quoique ce soit au sein d'un autre groupe –, et c'était la condition.

Payton tourna ces paroles sibyllines dans son esprit. Puis elle eut un déclic.

— Bora Bora ?

J. D. sourit.

— Je pose d'ores et déjà les règles du jeu : répondeurs, e-mails, BlackBerry et ordinateurs portables formellement interdits.

— Dis donc, qu'allons-nous pouvoir faire pour meubler le temps ?

Il attrapa la veste de Payton et l'attira vers lui.

— On trouvera bien quelque chose.

Payton glissa les mains autour de son cou.

— Du moment qu'on arrive à se tremper dans la mer, cette fois.

— C'est parfaitement réalisable, répliqua-t-il avec un large sourire. J'ai entendu dire que les bungalows sur pilotis étaient très tranquilles.

— Un bungalow sur pilotis ? s'étonna Payton.

Bigre ! Elle avait failli faire abstraction du style de vie de J. D. Jameson.

— Je ne veux absolument pas savoir combien ce genre de truc coûte.

J. D. s'écarta et la fixa.

— Bon, Payton. Autant régler ce point une fois pour toutes. Tu es au courant que les honoraires que Gibson versera, la première année du moins, s'élèveront à environ vingt millions de dollars. Or, désormais, grâce à notre petite manœuvre – dont j'ai été l'instigateur, si tu te rappelles –, ces honoraires ne seront répartis qu'entre deux associés : toi et moi. En d'autres termes, conclut-il en la prenant par les épaules, tu es sur le point de toucher le jackpot, Payton Kendall.

Payton le fixa, le temps d'absorber l'information. Elle n'ignorait pas, évidemment, qu'en décrochant le dossier Gibson, ils avaient fait un très beau coup. Mais elle s'était tellement focalisée sur sa relation avec J. D. qu'elle n'avait pas pris le temps de calculer l'ampleur de ce coup de maître.

Ils allaient se partager vingt millions de dollars à deux pour leur première année d'exercice.

Certes, il faudrait ensuite prendre en compte les frais, les salaires des collaborateurs et des employés administratifs, la location des bureaux, etc. Mais quand même.

Vingt millions d'honoraires. *Vingt millions*.

J. D. affichait un large sourire.

— Dis quelque chose, Payton.

Ses yeux se fermèrent, et elle gémit.

— Ma mère va me tuer.

J. D. éclata de rire.

— Tu n'auras qu'à lui acheter un millier de crédits carbone. Elle s'en remettra.

L'ascenseur s'arrêta, les portes s'ouvrirent ; il prit Payton par la main, et ils se dirigèrent vers la Bentley, à l'autre bout du parking.

— Et si ça ne suffit pas, je parlerai moi-même à ta mère, déclara-t-il d'un ton assuré.

Ils étaient parvenus devant la Bentley. J. D. déverrouilla la voiture avant d'ouvrir la portière du passager. Payton s'apprêta à se glisser à l'intérieur, l'air ravi.

— Une des raisons pour lesquelles je t'aime, J. D., c'est ton assurance. Même si, au sujet de ma mère, tu te fourres le doigt dans l'œil.

J. D. la coinça brusquement dans ses bras. Payton tourna la tête vers lui, surprise.

— Qu'est-ce que tu as dit ? fit-il.

Payton se répéta mentalement ses paroles.

— Quoi ? Qu'est-ce que je... Oh ! s'exclama-t-elle en se plaquant les mains sur les lèvres. J'ai dit la chose, n'est-ce pas ?

— Je n'en suis pas sûr, répondit-il. C'était noyé dans tes divagations habituelles. Tu pourrais répéter ?

Payton adopta une attitude faussement nonchalante.

— Est-ce vraiment nécessaire ? Ne dit-on pas que ce sont les actes qui comptent, et non les mots ?

Il fit un pas vers la Bentley, se rapprochant encore.

— De quels actes veux-tu parler au juste ?

Payton se rendit compte qu'elle était prise au piège entre la voiture et J. D. Typiquement le genre de situation où ils dérapaient.

— Eh bien, pour commencer, je n'aurais jamais quitté le cabinet si je n'avais pas eu de sentiments pour toi, répondit-elle.

— Tu aurais pu le faire pour donner un coup de pouce à ta carrière, car c'est un calcul intelligent, objecta-t-il.

— C'est vrai, concéda-t-elle. Mais je vais à Bora Bora avec toi : c'est significatif, tu ne crois pas ?

— Tu te sers peut-être de moi comme d'un objet sexuel.

— C'est à envisager... considéra Payton. Allons, il doit bien y avoir un argument inattaquable, fit-elle en soupirant. Ça y est, j'ai trouvé !

Elle lui caressa la joue.

— Et si je te disais que, même dans les pires moments, tu as été quasiment le seul homme à hanter mes pensées pendant huit ans ? C'est assez significatif à ton goût ?

J. D. approcha la main du visage de Payton et ramena délicatement une mèche blonde derrière son oreille.

— Peut-être bien.

— Et si, au lieu de ça, je te disais simplement que je t'aime ? finit-elle par avouer, les yeux plongés dans les siens. Qu'auriez-vous à répondre à cela, J. D. Jameson ?

Il sourit. Et, posant son front contre celui de Payton, il ferma les yeux et déclara laconiquement :

— Ce n'est pas trop tôt.

Découvrez les prochaines nouveautés
de nos différentes collections J'ai lu pour elle

AVENTURES & PASSIONS

Le 5 octobre

Inédit **La belle désenchantée** ~ **Meredith Duran**

Cette fois-ci était de trop ! Abandonnée une seconde fois, au pied de l'autel, la charmante héritière Gwen Maudsley décide qu'il est désormais grand temps de changer, et qui mieux qu'Alexander Ramsey lui apprendrait à être détestable ? Ce voyou aux mœurs scandaleuses sera le tuteur parfait ! Mais Gwen ne pouvait imaginer que ce séjour à Paris rendrait soudain leurs relations si sensuelles...

Les trésors de Daphné ~ **Laura Lee Guhrke**

Daphné Wade n'a d'yeux que pour le charmant duc de Tremore, un passionné d'archéologie qui s'emploie à restaurer les vestiges d'une villa romaine. Si seulement il pouvait la remarquer… À ses yeux, Daphné semble n'être qu'une employée parmi d'autres, mais elle ne rêve pourtant que de l'approcher au grand jour et de lui révéler les trésors d'une volupté qu'il semble ignorer.

Inédit **Les Hathaway - 5 -**
L'amour l'après-midi ~ **Lisa Kleypas**

Jeune femme nature et en retrait, Beatrix Hathaway s'est toujours sentie plus à l'aise en plein air que dans une salle de danse. Si elle a auparavant participé à la saison londonienne, sa beauté classique n'a jamais été appréciée. Elle s'est résignée, jamais elle ne rencontrera l'amour ! Mais, le temps est-il venu pour la plus rebelle des sœurs Hathaway de consentir à un homme ordinaire pour éviter le célibat ?

Le 19 octobre

Inédit

Comment séduire un marquis ?

Julia Quinn

Elizabeth Hotchkiss doit impérativement se marier d'ici peu pour subvenir aux besoins de sa famille, mais comment envoûter le riche et parfait époux ? Lorsqu'elle découvre un ouvrage intitulé *Comment séduire un marquis ?*, elle se risque à y jeter un œil, par simple curiosité. Et justement, à titre d'essai, Elizabeth usera de ces précieux conseils pour charmer l'intrigant James Siddons ! Et si James n'était pas celui qu'il prétend être ?

Cendres dans le vent **Kathleen E. Woodiwiss**

1863. Après le massacre de sa famille, la belle Sudiste Alaina part se réfugier, habillée en jeune garçon, à La Nouvelle-Orléans, alors occupée par les Nordistes. Elle y rencontre Cole Latimer, un médecin yankee qui lui sauve la vie et qu'elle aime en secret. Une nuit, Cole la surprend et, ébloui, il tombe éperdument amoureux. D'un mot, Alaina pourrait faire leur bonheur, mais il est un Yankee, un ennemi, et son orgueil s'y refuse...

La famille Blakewell - 2 -

L'offrande irlandaise **Pamela Clare**

« Regarde cette catin irlandaise. N'est-elle pas belle comme le jour ? Eh bien, sa virginité t'appartient ! » Jamie Blakewell est choqué par les propos de son ami, lord Byerly. Ému par cette beauté brune dont les yeux ne reflètent que mépris et épouvante, Jamie décide de protéger l'innocence de la jeune Bríghid, quitte à jouer le rôle de bourreau en public. Mais une compagnie aussi troublante ne peut qu'attiser les élans de la passion...

Le 19 octobre

Passion intense

Des romans aux tons légers et coquins

Inédit **Nuits blanches - 2 - Quand sonne minuit**

Lisa Marie Rice

Claire Parks a longtemps été isolée par la maladie et par un père surprotecteur mais désormais, place aux nouvelles expériences et au plaisir ! Pour commencer, elle va aller faire la fête dans cette sulfureuse boîte de nuit… Claire y rencontre Bud, qu'elle ne tarde pas à inviter chez elle pour un week-end des plus torrides. Bientôt, elle découvre que son ardent partenaire est en réalité le lieutenant Tyler « Bud » Morrison. Et, lorsque d'étranges évènements la menacent, Tyler est prêt à tout pour la protéger.

Inédit **Les combattants du feu - 4 - Flamme mortelle** **Jo Davis**

Grand, musclé et sexy, Tommy Skyler, le chouchou de la caserne 5, tait une profonde blessure : autrefois star incontestée de football, une terrible tragédie a brisé son rêve pour toujours. Lorsque, suite à une intervention difficile, Tommy est emmené à l'hôpital, il fait la connaissance de Shea Ford, une superbe infirmière. Mais il déchante très tôt, lorsqu'il découvre qu'une conspiration criminelle est organisée contre lui et que, à ses côtés, Shea frôle le plus grand des dangers.

Le 5 octobre

FRISSONS

Du suspense et de la passion

Inédit ***Faux pas*** ↬ **Laura Griffin**

Celie Wells ne voulait plus jamais avoir affaire avec son ancien mari et surtout pas avec son meurtre ! Elle doit maintenant faire face à la police et aux narcotrafiquants qui voulaient la peau de son mari. Et si le très sexy reporter John McAllister vient voler à son secours, elle se doute bien qu'il en veut plus qu'il ne le montre...

Et toujours la reine du roman sentimental :

Barbara Cartland

« Les romans de Barbara Cartland nous transportent dans un monde passé, mais si proche de nous en ce qui concerne les sentiments. L'amour y est un protagoniste à part entière : un amour parfois contrarié, qui souvent arrive de façon imprévue.
Grâce à son style, Barbara Cartland nous apprend que les rêves peuvent toujours se réaliser et qu'il ne faut jamais désespérer. »

Angela Fracchiolla, Rome, Italie

Le 5 octobre
Printemps à Rome

Le 19 octobre
Vivre avec toi

9730

Composition
FACOMPO

Achevé d'imprimer en Italie
par GRAFICA VENETA
le 22 août 2011.

Dépôt légal : août 2011.
EAN 9782290036280

ÉDITIONS J'AI LU
87, quai Panhard-et-Levassor, 75013 Paris

Diffusion France et étranger : Flammarion